HISTOIRES
D'IRLANDE

HISTOIRES D'IRLANDE

Textes réunis
par
Alain Pozzuoli
et
Jean-Pierre Krémer

SORTILÈGES
2004

Chez le même éditeur :

Histoires de chats
Autres histoires de chats
Histoires de chevaux
Histoires de chiens
Histoires de fauves
Histoires d'escargots
Histoires d'éléphants
Histoires de rats
Histoires de fourmis
Histoires de serpents
Dernières nouvelles des loups
Histoires de joueurs
Histoires de marins
Le Noël des écrivains
Histoires de Bretagne
Histoires de Venise

Histoires d'Égypte
Histoires de Provence
Histoires de Londres
Histoires de Rome
Histoires de New York
Histoires de Chine
Histoires de Toscane
Histoires de déserts
Histoires de jardins
Histoires de montagnes
Histoires d'îles
Histoires d'opéra
Histoires de trains
Voyages aux pays
des merveilles du monde
À bicyclette

À paraître :

Histoires de Paris

© 2004, Société d'Édition Les Belles Lettres,
95, boulevard Raspail, 75006 Paris,
*pour la présentation de cette anthologie
et les traductions françaises de William Butler Yeats et Frank O'Connor.*

La liste des copyrights des textes repris se trouve en fin de volume.

ISBN : 2-251-49160-0

AVANT-PROPOS

Les vallées verdoyantes, les lacs et les rivières bleu de glace, les champs de moutons, la Guinness couleur de tourbe, le son de la harpe celtique dans un pub de quartier, le vert des bus dublinois, tant d'images d'Épinal qui aux yeux des visiteurs sont autant de clichés, et qui ont pourtant leur part de vérité. Mais l'Irlande ne peut pas se résumer à ces seules visions de cartes postales. L'Irlande c'est un pays, une histoire, une tradition, des valeurs à nulles autres pareilles.

Entre l'homme d'hier qui gagnait sa misère à la sueur de son front, seul face aux éléments comme *L'Homme d'Aran* de Robert Flaherty, à celui d'aujourd'hui qui, tel Bono du groupe U2, est devenu un citoyen du monde, l'un des fers de lance des nations européennes, près d'un siècle est passé, avec son cortège de drames, de douleurs, de massacres, mais aussi d'espoirs, de fraternité, de rêves.

L'Irlande d'aujourd'hui n'est plus la même, et pourtant, en dépit de ses avancées culturelles et économiques elle n'a pas oublié ce qui a fait son identité pendant des siècles, pas renoncé à faire vivre son patrimoine, sans se soucier de paraître renfermée sur ses coutumes et ses habitudes. Et c'est sans doute grâce à cela qu'elle est devenue l'un des pays les plus intéressants, car l'un des plus authentiques qui, malgré ses affinités avec les États-Unis, terre d'accueil pour tant de ses fils, n'en a pas pour autant " vendu son âme " au dieu Coca-Cola, bien au contraire.

L'Irlande est un pays de culture, un pays de livres, et le voyageur qui aime se perdre dans les rues de Dublin, dans ses quartiers si différents les uns des autres, y a toujours l'heureuse surprise d'y trouver des librairies, grandes ou petites, modernes ou anciennes, regorgeant d'ouvrages en tous genres qui racontent l'histoire et la vie quotidienne des Irlandais. Ceux des champs attachés à la ruralité, et ceux des villes empreints d'influences venues d'ailleurs mais toujours entachés de nostalgie. Cette nostalgie qu'on pourrait appeler « fado » si on était au Portugal, mais qui ici n'a pas de nom et se laisse raconter au son de la lyre irlandaise ou de l'accordéon diatonique. Car, ne nous y trompons pas, même dans les soirées « arrosées », dans les « beuveries » des pubs irlandais, se profile toujours l'ombre de cette nostalgie qui parle d'avant, du temps où même les pauvres étaient réunis, en famille, avant l'exil... C'est cette Irlande-là que les auteurs rassemblés dans cette anthologie interpellent à coups de plume, comme un éternel sésame qui n'en finit pas de les inspirer et de faire vibrer la fibre irlandaise qui sommeille en eux, fussent-ils loin du pays natal.

Alain POZZUOLI

DIVERSITÉ DU GÉNIE IRLANDAIS

La presque totalité des histoires, récits et nouvelles qui suivent (vingt-quatre au total) a pour auteurs des Irlandais. Nous les avons regroupés en six sections : l'Irlande traditionnelle et rurale, l'Irlande fantastique, l'Irlande politique, Dublin d'hier, Dublin d'aujourd'hui, l'Irlande du Nord. Ils abordent des sujets divers qu'on peut regrouper en quatre thèmes.

Le premier est celui de l'art de faire revivre le passé – avec le désir de ressusciter pour le lecteur les mythes et les légendes celtes et de redonner ses titres et sa noblesse à la littérature irlandaise. Ainsi lady Gregory avec « Le rêve d'Angus Og ». Cette histoire appartient à son premier grand recueil de mythes irlandais, *Cuchulain of Muirthemme : The Story of the Men of the Red Branch of Ulster* (1902). Le jeune Angus Og, fils du roi Dagda, se meurt pour une jeune fille apparue en rêve. Mais une autre jeune fille, nommée Caer Ormaith, qu'il a trouvée et qui lui ressemble, se métamorphose en cygne. Il se métamorphosera lui-même en cygne et s'unira avec elle. Grâce à cette union et par un jeu d'amitiés, Angus accordera son aide « au temps de la guerre pour le taureau brun de Cuailgne ».

Yeats, avec son récit « Hanrahan le Rouge » (écrit en 1903 avec lady Gregory), qui appartient au recueil *Stories of Hanrahan the Red*, s'inscrit pour sa part dans le droit fil de *The Celtic Twilight* (1893). *Le crépuscule celtique* – crépuscule ayant le sens d'aurore, renaissance – est lui-même un recueil de textes surnaturels ou fantastiques et c'est le dernier, un poème, qui donne son nom à l'ouvrage. Ce recueil célèbre le dernier barde irlandais, et de fait, Yeats y exalte le génie celte en exhumant des textes folkloriques remis ainsi à l'honneur[1]. Dans « Hanrahan le Rouge » Yeats s'inspire également du Graal, qui échoue à poser les bonnes questions dans sa quête allégorique. Il y mêle également l'ésotérisme (l'influence des Rose-Croix) et la problématique de l'amour courtois (la magie des cartes empêche Hanrahan de rejoindre sa bien-aimée Mary Lavelle). Surtout Yeats voit dans la divination et dans la symbolique des signes (en cette nuit d'Halloween) une bien meilleure lecture du monde que le savoir livresque : « Les cartes [sont] mieux que les livres », dit l'instituteur. Puis le récit se clôt, après la quête des origines, par un saut prodigieux jusqu'à l'époque moderne, puisque la bien-aimée d'Hanrahan est partie chercher du travail à Liverpool.

Ce besoin de revenir au passé peut encore prendre la forme d'un témoignage, comme celui que contient la lettre de 1875 de Charlotte Stoker envoyée à son fils Bram (le futur auteur de *Dracula*, 1897) et racontant l'épidémie de choléra qui envahit l'Irlande en 1832 ; son récit, sévère et détaillé, sur « *la peste* » qui finit par envahir le comté de Sligo où habitait la famille, est moralisateur : « Le jugement des hommes commença à leur faire défaut à cause de la peur, et les actes qu'ils accomplirent furent assez égoïstes pour faire descendre sur nous la vengeance de Dieu ».

Ce goût du passé, mais un passé plus proche, peut se traduire aussi par l'envie de faire revivre des moments de la guerre civile qui a tant marqué l'histoire de l'Irlande. Avec « Les hôtes de la nation » (dans le recueil de même nom, 1956), Frank O'Connor (entré dans les rangs de l'IRA à quinze ans) montre la fin inéluc-

---

1. Un poème, *Red Hanrahan's Song about Ireland,* parut en 1904. Les lieux mentionnés se trouvent aux environs de Sligo. Sur le sommet du Koncknarea on montre le tombeau de la reine mythique du Connaught, Maeve ; dans *Hanrahan le Rouge* sont cités les lieux des comtés de Galway et de Clare, voisins du comté de Sligo, où est né Yeats.

table de l'amitié entre deux prisonniers anglais et des soldats irlandais au cours de la guerre d'indépendance qui endeuilla l'Irlande entre 1919 et 1921. L'horreur de la situation imposée par la guerre est racontée par l'un des protagonistes avec des mots simples dans la nouvelle, devenue un classique.

Enfin, ce peut être le désir tout simple de raconter le retour au pays natal. Dans « Resurgam », dernier chapitre de *Mémoires de ma vie morte* (1922), George Moore narre son retour précipité de Londres au comté de Mayo, sa mère étant tombée malade. Cet épisode douloureux de sa vie est l'occasion d'une réflexion sur le passage du temps, d'une façon proustienne. Se remémorant alors le passé, il s'exclame : « Quel grand événement ç'avait été le jour où nous étions allés à Ballyglass (...) car en ce temps-là le chemin de fer n'allait pas plus loin qu'Athenry. Ce jour-là j'avais vu le canal et, à mon grand étonnement, entendu dire que longtemps avant (sans doute quand mon père était tout jeune) les gens se rendaient à Dublin en chaland. ». Le passé et le présent continuent à se mêler dans ce beau texte.

Un second thème apparaît dans ce recueil, c'est celui de la prégnance de l'affectivité. La guerre civile ne pouvait que la favoriser. Ainsi, dans son dernier roman, *Insurrection* (1950), Liam O'Flaerty, qui aime les mots forts et parfois le pathos, décrit dans son premier chapitre l'insurrection du Lundi de Pâques 1916 à Dublin, l'un des moments-clés de l'histoire de l'Irlande ; il ne se contente pas de montrer la tension entre quelques soldats et des observateurs d'une part, le cortège d'autre part ; avec un art consommé de la mise en scène, presque sur le modèle antique, il fait s'écrier Mrs Colgan, femme de ménage et mère du jeune Tommy, qui s'est engagé : « La volonté de Dieu sera faite. C'est à Lui de décider ce qui sera. Il m'a donné un fils et Il a le droit de reprendre ce qu'Il donne. Je m'incline devant Sa volonté. Je vous le dis, même si je suis sa mère et si je n'ai que lui au monde et si la peur de le perdre est pour moi une torture ». Et s'exclamer : « Je suis fière de voir mon fils Tommy épauler son fusil pour la vieille

Irlande. » Le pathétique est ici à la mesure de l'événement[1]. Avec simplicité mais aussi fortement, dans « Les hôtes de la nation », le narrateur, sous la plume de Frank O'Connor, conclut avec une sobriété poignante : « Et tout ce qui m'est arrivé par la suite, je ne l'ai jamais ressenti comme avant. »

Brendan Behan, quant à lui, dans son livre de souvenirs, *Confessions d'un rebelle irlandais*[2], consacre l'un des premiers chapitres à une scène qui se déroule en 1942 à Glasnevin ; Brendan Behan est venu participer à ses risques et périls (il est membre de l'IRA) à la manifestation commémorative de l'Insurrection de ce Lundi de Pâques 1916 devant les tombes. Il a failli être pris. Brendan Behan commente ainsi cet épisode tragico-héroïque : « Mes mains tremblaient, et j'aurais bien voulu savoir si ma voix ne m'avait pas quitté, mais je savais que le simple effort de retenir mon souffle pour m'empêcher de bégayer m'aurait presque fait défaillir de faiblesse ». À travers ces propos se dessine l'autoportrait d'une personnalité hors du commun, qui livre avec humour et excès ses impressions sur son moi profond. Mais aussi le chapitre montre un rapport fort entre les gens ; le récit semble fait par le jeune homme qui s'engagea à l'âge de dix-neuf ans (une garde d'honneur de l'IRA escorta le cercueil de Brendan Behan lors de ses funérailles en 1964).

L'affectivité peut encore se traduire dans l'évocation de souvenirs d'enfance ; ainsi la nouvelle d'Elizabeth Bowen « Les promenades » (dans le recueil *Sept hivers à Dublin*, datant de 1942). Bowen, appartenant à une famille qui, en été, occupait sa belle demeure ancienne, Bowen's Court, dans le comté de Cork, trahit

---

1. Le lundi de Pâques 1916, la Fraternité républicaine irlandaise (IRB), mouvement précurseur de l'armée républicaine irlandaise (IRA), lança une offensive armée contre les forces britanniques. Après six jours de combat, les rebelles, installés dans la poste principale de Dublin, en haut de O'Connell Street, se rendirent. Le bilan fut lourd : 64 morts chez les rebelles, 130 dans les rangs de l'armée anglaise et 300 chez les civils irlandais.

2. Publié en 1965, un an après sa mort, à partir de bandes enregistrées aux États-Unis en 1960, et qui est la suite de *Borstal Boy* (1958), son roman autobiographique, l'un de ses meilleurs livres sur sa vie en prison.

sa peur de la pauvreté pendant les hivernages à Dublin. D'où l'ambivalence du récit. Dans les quartiers huppés « on n'entendait plus du tout les tramways ; on pouvait estimer que ce silence résidentiel reflétait soit le néant, soit la richesse ».

Le troisième thème est celui de la permanence des contrastes d'images entre l'île et Dublin. Ce n'est pas affaire de chronologie. Pour ce qui est de l'île, la campagne offre une vision sensiblement différente chez chacun des auteurs. Pour Arthur Young, dans « De découverte en découverte », extrait de *Voyage en Irlande, avec des observations générales sur l'état présent de ce royaume* (1801), l'Irlande est un pays de misère avec de « méchantes chaumières » (les cabins) : « Je crois que les plus justes preuves que l'on donne de la pauvreté de l'Irlande sont leurs mauvaises habitations et leur tristes meubles. » Mais Shannon est décrit comme un paradis.

John Carr, pour sa part, note l'abondance des saints dans l'île. Dans « Une visite à saint Kevin » (*L'étranger en Irlande*, 1805), « les missionnaires chrétiens adoptèrent un usage connu par toute l'Europe, dans les siècles ignorants, celui de personnifier les rivières, les montagnes et les lieux. Cet usage passa en Irlande comme ailleurs ; ainsi de Shannon, nous avons fait *Senanus* ; de la ville de Downe, *saint Danus* ; la montagne Kevin à Glendaloh a donné naissance à *saint Kevin*. » John Carr remarque encore que l'art lutte contre l'ignorance et la superstition et l'état de dégradation de l'esprit, mais notre auteur se permet quand même de s'approprier deux très beaux fragments de sculptures. Chez Alexis de Tocqueville (« M. Kelly interroge M. Wilson ») la critique contre le pays occupant pointe ; l'écrivain rapporte dans *Voyage en Angleterre et en Irlande de 1835* (1835) que « l'Irlandais en 1835 élève de belles moissons, porte sa récolte au port le plus voisin, l'embarque à bord d'un bâtiment anglais et revient se nourrir de pommes terre. Il élève des bœufs, les envoie à Londres et ne mange jamais de viande. »

En somme, chacun, de par sa formation, sa fonction, son tempérament, sa nationalité, décrit ce qui le marque le plus... Anatole Le Braz (« Tour de l'île », 1913), est surtout sensible au grand nombre de lacs et de rivières : « C'est proprement une éponge que l'Irlande ». George Moore, déjà cité, dans un « Un Théâtre dans lande », extrait de *The Untilled Field* (1903, traduit ensuite en gaélique), voit dans le théâtre, avec l'apparition d'un fantôme, la métaphore de l'Irlande pauvre, abandonnée et frustrée du début du XXe siècle, et dont les seules échappatoires sont la révolte ou l'exil. Le genre fantastique permet également à George Moore la critique détournée de la situation dans laquelle l'Angleterre tenait l'Irlande à l'époque : « Des arcs ont été construits sur des collines, et des routes ne vont nulle part. »

Quant aux images, Dublin bénéficie, elle aussi, de statuts divers dans les textes. On note cependant sa quasi prédominance dans la littérature anglo-saxonne. Dublin n'est pas une très grande ville[1], mais elle y est souvent présente ; peut-être parce que c'est à Dublin que sont nés un grand nombre d'écrivains irlandais (Stoker, Wilde, Shaw, Synge, O'Casey, Joyce, Beckett, Brendan Behan...). Mais toutefois Dublin est une grande ville dans la mesure où, comme le note Anatole Le Braz dans son texte de 1913, elle est le seuil d'accès à l'île lorsqu'on y aborde par la mer d'Irlande « sur le paquebot de Holyhead. » C'est une belle ville pour John Carr, auteur déjà cité, qui s'extasie en 1805 sur sa beauté, peut-être d'une façon exagérée. Mais nous y apprenons qu'on a commencé à paver Dublin dès 1774 et qu'elle comptait 190 000 âmes au début du XIXe siècle. Tocqueville pour sa part oppose au cours de son voyage de 1835 les deux institutions que sont la maison de mendicité et Trinity College, symboles concrets selon lui de la haine religieuse qui déchire le pays : « Si vous voulez savoir ce que peuvent produire l'esprit de conquête, les haines religieuses, combinés avec tous les abus de l'aristocratie, sans aucun de ses avantages, venez en Irlande ».

---

1. Dublin City compte aujourd'hui 500 000 habitants pour une population de 3,5 millions en Irlande du Sud et 1,6 million en Irlande du Nord. On considère que vingt pour cent de la population de l'Irlande vit directement de son travail en relation avec Dublin ; c'est une ville moderne, dont le centre a été restauré, mais dès qu'on le quitte on peut tomber facilement dans des quartiers en déshérence.

Un autre Français, Octave Mirbeau, avec « La Chambre close » (1900), révèle un aspect caractéristique de Dublin, toujours vrai. La campagne, en dehors du débouché sur la mer, encercle étroitement la capitale : « Ce jour-là j'allai à Glasnevin, où, comme vous le savez, se trouvent des prairies marécageuses. J'étais assuré d'y faire moisson de plantes curieuses, d'infusoires et diatomées ; je puis même vous confier que je découvris des espèces rares, sur lesquelles je compte présenter à la Botanic Society un travail qui fera, je crois, sensation. » Plus près de nous, en 1953, dans « Le mendiant du pont O'Connell », texte extrait de l'un des trois volumes de sa biographie romancée, *La Baleine de Dublin* (1953), l'Américain Ray Bradbury, appelé par John Huston cette année-là pour écrire le scénario de *Moby Dick* – d'où le titre du livre –, se montre pour sa part, et à la suite de Tocqueville, surtout sensible à la misère qui régnait à cette époque à Dublin. Le mendiant du pont O'Connell, mais aussi les autres, la symbolisent bien pour lui. Et ce qui le choque, c'est que cette pauvreté, les habitants de Dublin semblent l'ignorer : « Qui prend la peine de s'interroger sur eux, de regarder, de les voir, de savoir et de comprendre ? »

Dublin est aussi une grande ville quand elle favorise les rencontres ou les retrouvailles, et même décide d'un destin. C'est même, de préférence à d'autres, *la* ville des licences : Roddy Doyle, dans « Deux frimeurs » (extrait de *Rendez-vous au pub*, 1999), choisit expressément Dublin pour raconter l'apprentissage initiatique (et désastreux) de deux frères dans un pub. Ils ont décidé d'ingurgiter comme le père et à son insu des pintes de Guinness ; Danny boit, d'abord déçu : « Trois verres plus tard, c'était bon... Il s'est essuyé les yeux. Quand il les avait rouverts, il avait vu Jimmy vomissant à côté de lui. »

Comme il fallait s'y attendre, à Dublin, de même que dans les autres grandes villes, la vie peut être vraiment loufoque. Dans le récit de Cathal Ó Sándair, « Agression dans Harcourt Street » (écrit dans les années 50), l'auteur montre comment dans un Dublin pauvre un homme de « modeste aisance » s'oppose de

façon inattendue à des voyous de la ville : « les deux vauriens »
reçoivent « la monnaie de leur pièce ».

Dans la nouvelle de James Plunkett, « Le fusilier dublinois »
(1959), la ville offre une image bien différente. Le héros Marty,
frappé d'« obusité » (il a fait la première guerre en France), erre
de café en café, y revit les événements ; on le voit tomber au
cours de ses pérégrinations, se relever, revivre son premier amour,
tandis que les cloches des églises carillonnent à l'unisson, fêtant,
dirait-on, sa folie. Mais ce qui caractérise surtout ce récit poignant
c'est le sentiment de frustration du personnage, l'incohérence
de la ville où il se déplace, son absence d'espoir de s'en sortir.
En toile de fond on relève aussi l'amour des Irlandais pour le
bavardage, leur langage coloré, et la présence du problème politique de la division catholiques/protestants : « Jamais dans sa
famille il n'y avait eu de vendu ni de faux-jeton ».

Enfin dans ces nouvelles, le quatrième thème, qui, peut-être,
n'en est pas un, c'est la présence de l'humour. Celui-ci les imprè-
gne plus ou moins, mais dans une proportion qui fait un peu
démentir la remarque de Frank O'Connor selon laquelle les
nouvelles irlandaises sont pessimistes (quoique l'un n'empêche pas
l'autre). Il est vrai que nous n'avons pas que des nouvelles dans ce
choix de textes. Cependant l'humour y est souvent présent, même
dans les histoires ou extraits de récits. Ainsi pour Anatole Le Braz
(texte de 1913), l'Irlande est nommée par l'Angleterre l'île sœur,
« celle qui a pour destinée d'être perpétuellement battue ». La
guerre civile, en dépit des souffrances qu'elle a engendrées, est
traitée de façon désopilante par Brendan Behan dans ses *Confessions,* quand par exemple il raconte comment lui et son ami
Cafferty, recherchés par la police, échappent à leur arrestation en
Irlande du Nord : « Nous restâmes à Belfast, Cafferty et moi, jusqu'à ce que l'alerte se fût un peu calmée, car nous avions entendu
à la radio que des recherches intensives étaient menées contre
nous deux, et je ressentais une sorte de plaisir en pensant à tous ces
hommes en uniforme en train de devenir fous à force de rêver aux
galons qu'ils recevraient s'ils nous attrapaient. » Racontés avec le

langage de tous les jours, ces mémoires évoquent le moment, l'ambiance de l'IRA, les rapports entre ses membres, l'esprit de corps, les règles du jeu, la mentalité, mais aussi les liens avec les familles, les filles, les cérémonies. Le récit n'est jamais aussi bon que quand l'humour est là.

Situé à Belfast même, *Eureka Street* (1996) de Robert McLiam Wilson, dont nous avons extrait un passage, « Petit déjeuner à Belfast », raconte avec détachement et de façon désopilante la vie de l'auteur dans la partie ouest de la ville. « C'est là que j'étais né : à Belfast Ouest, l'audacieuse, la vraie de vraie, l'impitoyable » ; cette partie de la ville est catholique, pauvre et dévastée, alors que la partie protestante est calme, voire luxueuse. À l'ouest la menace terroriste est permanente. Un jour d'une énième explosion, le chat du narrateur profite des déchets du *Kentucky Fried Chicken* éparpillés par une bombe : « Des petits morceaux de viande grillée ont ainsi arrosé toute la rue. C'est mon chat qui a été content. »

And last, but not least, de Joyce, un extrait d'*Ulysse* (1922), que nous avons intitulé « Le passage du vice-roi », accumule en ce fameux jour du jeudi 16 juin 1904 entrelacs d'histoires, noms de personnages et de rues dans une énumération exubérante dressant le portrait de la ville, sa géographie. La bousculade y est joyeuse, on vient voir passer le vice-roi. Le persiflage de l'auteur, le sarcasme, l'humour des scènes prises sur le vif abondent : « Dans Lower Mount Street, un piéton à mackintosh brun, qui croquait du pain sec, traversa prestement et sans dommage la route du vice-roi. » Ce contraste entre la pauvreté du personnage et la munificence du cortège, Joyce le souligne par la répétition des titres du vice-roi : « William Humble, comte de Dudley, et lady Dudley, grand-croix de l'ordre de Victoria... » Il se peut que l'humour aide ici à faire passer la critique sociale... Avec sa mosaïque de personnages hauts en couleur, ses anecdotes tragico-burlesques, ses considérations sur l'âme irlandaise, le récit irlandais n'est pas toujours triste.

Jean-Pierre KRÉMER

L'IRLANDE TRADITIONNELLE ET RURALE

ARTHUR YOUNG

De découverte en découverte

Le Shannon est pour tous les habitants de ce canton d'une grande ressource ; il leur fournit, outre un grand nombre d'oiseaux sauvages, une quantité prodigieuse de très beau poisson. On y pêche, en abondance, des brochets, dont quelques-uns pèsent jusqu'à cinquante livres. Le long de ses bords il y a un grand nombre de lacs petits, mais profonds, qui dans l'hiver sont grossis de ses eaux ; mais quand la rivière se retire, elle laisse dans ces lacs beaucoup de poisson ; on le prend vivant et on le met dans des réservoirs. M. Holmes a, devant sa maison, à Johnstown, un petit réservoir qu'entretient un filet d'eau. En un moment il y pêche avec une ligne un brochet de vingt à quarante livres. J'en ai mangé d'un qui pesait vingt-sept livres, et qu'il avait pêché de cette manière. J'ai vu un pêcheur prendre trois truites, pesant chacune quatorze livres, et les vendre 6 *d* et demi la pièce. Des matelots étendirent un jour, entre deux bateaux à l'ancre, des lignes qui allaient de l'un à l'autre, et d'où partaient un grand nombre d'hameçons. Ils prirent une quantité innombrable de truites. Le colonel Prittie a pêché, en une matinée, trente-deux truites pesant quatre stones. Ces truites pèsent communément de trois à neuf livres. On pêche aussi dans le Shannon beaucoup de perches. Elles y parurent pour la première fois, il y a dix ans, en si grande abondance que le peuple pendant longtemps ne se nourrit que de perches. Il s'y trouve des brêmes de six livres, et beaucoup d'anguilles. On a envoyé à M. Jeakinson plusieurs *gitlaroos*, l'un desquels pesait douze livres.

Si l'on joint à tous ces avantages que procure le Shannon la faculté de chasser au fusil et de se promener en bateau, l'aspect des bords riants et pittoresques de la rivière, on concevra aisément que cette contrée est une des plus agréablement situées de toutes celles que j'ai vues en Irlande. Toutes les perspectives en sont belles et variées. De la montagne de Killodeernan, située derrière les nouveaux bâtiments que fait construire M. Holmes, on distingue clairement tout le pays, on voit le lac Derg formé par les eaux du Shannon. Il s'étend à la distance de plusieurs milles. Il est divisé en deux grandes parties, l'une desquelles a cinq milles de long et conduit, vers le nord, à Portumna. Cette partie est bordée de montagnes dont l'aspect est varié par un grand nombre d'enclos et de petits bois. Elle disparaît à l'œil dans un lointain. Les bois de Doras, appartenant au lord Clanrickard, forment une partie du bord opposé ; et la rivière elle-même présente en cet endroit une île de cent vingt acres. Un peu sur la gauche est une vallée raboteuse, sur laquelle on voit un vieux château adossé contre une haute montagne qui intercepte la vue de la rivière ; mais un peu au-delà on découvre une étendue de quinze milles que remplit la baye de Sheriff. Cette vue est bornée par les montagnes du comté de Clare. C'est entre ces montagnes et celles de Duharow que coule majestueusement le Shannon ; elles conduisent l'œil, toujours sur la gauche, jusqu'aux autres montagnes appelées le *Keeper* et le *Devil'sbit*. Cette immense variété de terrains cultivés, de grandes nappes d'eau, de bois, de montagnes et de vallées, forment un ensemble magnifique.

M. Holmes a pratiqué l'agriculture en grand ; il a fait quelques remarques qui pourront être utiles à d'autres cultivateurs. Il a toujours eu, depuis quatre ou cinq ans, un petit champ de choux écossais. Il les sème, soit en mars, soit en automne, pour pouvoir s'en servir à différentes saisons. Il les a employés à engraisser des moutons et des bêtes à cornes, mais principalement à nourrir des veaux nouvellement sevrés. Ils ont réussi principalement pour le sevrage des veaux. Il a eu constamment les plus beaux de toute la contrée en ne les nourrissant qu'avec des choux.

Tous ses serviteurs pensent qu'un bon acre de choux va faire autant de profit que deux acres de turneps[1], de la valeur de 3 *l* chaque. Une forte gelée arrêta, il y a deux ans, l'usage des turneps ; il fut heureux alors d'avoir des choux. Il a engraissé pour cette culture avec du fumier et avec de la marne. Il a trouvé que le fumier était le meilleur. [...]

Pour civiliser un peuple barbare, un moyen, plus sûr qu'il ne paraît l'être au premier aspect, est de lui bâtir des maisons. Dans un pays nu, à demi-cultivé, où l'on n'aperçoit que de méchantes chaumières, quel objet peut imprimer dans l'esprit de l'homme l'amour de l'ordre ? Il y sera sauvage comme les hordes vagabondes, comme les rochers dont il est entouré. Il conspirera avec la confusion, le désordre, le dérèglement, pour tout endommager, pour tout détruire. Mais s'il voit s'élever près de lui des édifices solides et agréables à la vue, s'il voit qu'on y dépense de grandes sommes d'argent, qu'on y emploie un grand nombre de bras, alors de nouvelles idées doivent naître dans son esprit, fût-il totalement inculte. Il doit éprouver quelques sentiments de respect d'abord, ensuite d'affection. À mesure que le pays sera plus décoré et mieux ordonné, il sentira que la licence lui doit être moins avantageuse ; bientôt il la haïra.

Mitchelstown, jusqu'au moment où son seigneur vint y fixer sa résidence, était un repaire de vagabonds, de voleurs, de tapageurs, et de White-boys ; mais je puis attester que cet endroit est aujourd'hui aussi bien réglé et aussi paisible que toute autre ville du royaume. On n'a cependant fait que d'y élever quelques nouveaux édifices, dont la construction a occupé, à la vérité, un

---

1. Navets (*N. de l'Éd.*).

grand nombre de bras. Lord Kingsboroug a fait bâtir, dans un court espace de temps, une vaste maison pour lui, située agréablement sur le haut d'un rocher au pied duquel coule une rivière ; un carré de maisons pour les offices ; les murs d'un jardin de cinq acres d'Angleterre, avec des serres chaudes, etc. Il a fait bâtir de plus, sur trois de ses fermes, des maisons en pierres et ardoises. Il a fait marché pour la construction de trois autres et de plusieurs chaumières qui sont déjà commencées. D'autres maisons sont en réparation.

Il a amené avec lui d'Angleterre un habile jardinier arboriste, et formé une pépinière de douze acres ; l'on commence à voir à quel usage il destine ces petits arbres. Plus de dix mille perches de haies sont déjà faites et plantées en bois vif. Dans des endroits favorables à la culture des arbres, il en a planté des bouquets qui viennent fort bien. Les arbres sont donnés *gratis* aux tenanciers, et des prix destinés à ceux qui en planteront le plus et qui sauront le mieux les conserver. Quatre-vingts livres sterling sont de plus offertes pour diverses améliorations à faire dans leur système d'agriculture. Toutes ces vues et ces premières opérations concilient déjà au jeune lord Kingsborough le respect et l'admiration de tout ce qui l'environne.

Il existe dans les montagnes dépendantes du domaine de ce lord, aux environs de Mitchelstown, quelques curiosités qui ont été, on ne sait pas pourquoi, totalement négligées par les voyageurs. La première que j'aie vue est une caverne qui se trouve à Skcheenrinky, sur la route entre Cahir et ce dernier endroit. On y entre par une fente de rocher, sur le côté d'une colline de pierre calcaire. L'entrée est fort étroite. J'y descendis avec une échelle qui portait environ vingt échelons, et alors je me trouvai sous une voûte de cent pieds de long et de cinquante ou soixante pieds de haut. Sur la gauche, une petite galerie conduit, en formant diverses sinuosités, jusqu'à la distance au moins d'un demi-mille d'Irlande. Ce passage offre à qui le sait une grande variété d'objets. On n'y peut pénétrer qu'avec des chandelles. Lord Kingsborough me le montra un jour avec des torches allumées, mais la fumée nous importuna extraordinairement. En quelques endroits ce défilé s'élargit et prend la forme d'une cathédrale voûtée, soutenue par des colonnes massives. Les murs, les plafonds, les piliers et le pavé présentent des formes bizarres. Souvent on y rencontre de superbes cristallations, dont quelques-unes sont tellement brillantes qu'on croirait voir une incrustation de diamants. En certains endroits le plafond ressemble beaucoup au dessous d'un chou-fleur. Le cristal formé en colonnes par le suintement de la terre a pris en quelques endroits une forme régulière, mais dans d'autres la cristallisation se déploie comme une draperie légère, dont la vue est fort agréable. Sur les angles des murs sont des espèces de franges qui ressemblent à des glaçons. Un passage fort long, qui tourne vers le nord, est si étroit et si bas qu'on ne peut y passer qu'en gravissant. Il conduit à d'autres espaces voûtés de différentes formes. Dans toutes cette caverne le cristal est fort brillant ; il égale, à peu de chose près, la pierre de Bristol. Quand on a suivi pendant plusieurs centaines d'yards le passage le plus large, on trouve sur la droite une espèce de réservoir où l'eau est très profonde, et que le commun peuple appelle la rivière. La terre sur laquelle on marche est une sorte d'argile de potier, d'une couleur brunâtre et qui prend aisément toutes les formes qu'en veut lui donner. Ce sol est fort différent du sol commun du voisinage. J'ai vu la fameuse caverne du Peak ; mais elle me paraît beaucoup moins curieuse que celle-ci. Lord Kingsborough, qui a beaucoup voyagé à l'étranger, dit que les cavernes les plus renommées ne sont point comparables à celle-ci.

Des curiosités d'un autre genre attendent le voyageur parmi les montagnes Galties. Ceux qui aiment ces sortes de perspectives dans lesquelles la nature déploie toute sa sauvage magnificence ne peuvent passer outre sans voir celles-ci. La chaîne de ces montagnes, presque toutes taillées à pic, occupe un espace d'environ six milles en longueur sur trois ou quatre de large. Galtymore est la plus haute de toutes. Elle a l'air d'un père de famille au milieu de ses enfants. Du sommet de Galtymore vous voyez un grand nombre de sommets qui vont en s'abaissant graduellement au sud, à l'est et à l'ouest ; mais au nord la descente de Galtymore est presque entièrement perpendiculaire. Sur ce côté, la fameuse vallée d'Or de Limerick et de Tipperary offre à l'œil une riche plaine bornée par les montagnes des comtés de Clare, du Roi et de la Reine, et pendant l'espace de plusieurs milles, au-dessous de Limerick, le cours majestueux du Shannon. Au sud vous voyez un assemblage de montagnes qui s'élèvent l'une au-dessus de l'autre, la vue est bornée par l'océan qu'on aperçoit, quand le temps est clair, près de Dungarvon. Au sud-est les montagnes de Waterford et de Knockmaldown remplissent le tableau. La perspective à l'ouest est la plus étendue. Rien n'y borne la vue jusqu'à ce qu'elle rencontre les pointes de Mangerton et de Macgilly, qui semblent sortir d'un endroit où le lac de Killarney invite le spectateur à faire encore un peu de chemin pour le voir. Du haut de Galtymore on découvre huit comtés, qui sont : Corke, Kerry, Waterford, Clare, de la Reine, Tipperary et du Roi.

Un peu à l'ouest de ce sommet, et au-dessous de lui, se trouve une cavité fort extraordinaire. C'est un lac circulaire de la largeur d'environ deux acres, et qu'on dit être sans fond. D'après les descriptions que j'ai lues dans divers voyageurs, je ne doute point que ce lac, de forme régulière, ne soit le cratère d'un volcan épuisé. C'est ce qu'atteste également la régularité conique du sommet de Galtymore. À l'est de cette *respectable* montagne, pour me servir des expressions de sir William Hamilton, après une descente d'environ un quart de mille, s'élève Galtybeg dont le sommet est encore plus régulièrement conique que l'autre ; et entre ces deux montagnes est un autre lac également formé de la bouche d'un volcan qui paraît avoir vomi Galtybeg. Au-delà de cette dernière montagne est un troisième lac, à l'est duquel est un troisième sommet. Enfin l'on trouve encore, m'a-t-on dit, un quatrième lac ; mais celui-ci n'a point de montagne qui lui corresponde. Il n'y a que les sommets qui s'élèvent ainsi au-dessus des lacs. Ce sont, à proprement parler, des montagnes sur des montagnes. Toutes les bases de ces sommets sont d'une forme presque régulièrement circulaire. Sur un des côtés, près de Galtymore, on voit le rocher coupé perpendiculairement. Il est formé de différentes couches uniformes ; on dirait que c'est un ouvrage de l'art plutôt que celui de la nature. C'est dans ces rochers que les aigles, qui sont en grand nombre dans les Galties, font leurs nids. Si ces montagnes sont d'origine volcanique, si ces lacs sont des cratères, comme je n'en doute point, d'après l'extraordinaire régularité avec laquelle chaque lac a son sommet correspondant, tous ces objets sont sans contredit fort curieux ; mais indépendamment de ces particularités, le voyageur trouvera encore dans les Galties une multitude d'objets qui doivent exciter son intérêt, telles sont particulièrement la hauteur des cimes, les immenses cavités et les descentes rapides, les formes extraordinaires des montagnes moins hautes, particulièrement de Bull-hill et de Round-hill, qui s'élèvent l'une et l'autre avec la régularité de deux demi-globes.

Outre ces grands traits du tableau, on trouve dans chaque défilé des beautés particulières. Il est peu de ces défilés où il n'y ait pas une rivière ou plutôt un torrent ; mais les plus grandes sont le Funcheon entre Séfang et Galtymore, le Lime-stone, entre Galtymore et Round-hill, et la Grouse, entre Coolegarranroe et la montagne de M. O'Callaghan. Ces défilés présentent à l'œil, dans l'espace d'environ trois milles, cette variété infinie que l'art cherche vainement à imiter dans nos terrains d'ornement. Les eaux y sont partout de la plus grande beauté, quand elles ne sont pas troublées par la pluie. Elles sont tellement transparentes qu'on y peut distinguer, à une très grande profondeur, une pierre grosse comme une tête d'épingle.

Dans les endroits où ces eaux sont reçues dans des bassins de pierres, on voit nager et s'ébattre la truite et l'anguille. Elles partagent cette vigueur native qui anime, à un degré supérieur, tous les habitants des montagnes, depuis le daim agile et l'aigle audacieux jusqu'au menu fretin qui vit dans les ruisseaux. Dans ces défilés vous trouvez, toutes les cinq minutes, des cascades qui partout ailleurs exciteraient l'admiration du voyageur. Quelquefois, suivant une pente plus douce, le vallon présente à l'œil vingt ou trente cascades. Les rochers sont confusément entassés. On voit les torrents surmonter ces masses, ou les traverser, ou passer au-dessous. Des montagnes accumulées forment le cadre de tous ces tableaux. [...]

Habitations.

Les chaumières des Irlandais, qu'ils appellent toutes cabanes [*cabbins*], sont les plus misérables gîtes qu'on puisse imaginer. En général, elles ne consistent qu'en une chambre. De la terre pétrie avec de la paille compose ordinairement les murs, qui rarement ont plus de sept pieds de haut, et qui souvent n'en ont pas six, sur environ deux pieds d'épaisseur. Une seule porte sert de fenêtre pour introduire la lumière, et servirait de cheminée pour laisser sortir la fumée si le plus souvent on n'aimait mieux la retenir en dedans. Ces gens font si peu de cas des cheminées et des fenêtres que j'ai vu boucher les unes et les autres, dans des habitations construites en pierre par des propriétaires qui amélioraient leurs biens. La fumée les échauffe, mais elle est funeste pour leurs yeux, aussi bien que pour le teint de leurs femmes qui, en général, ressemblent à des jambons fumés. Le nombre de pauvres aveugles, qui est je crois plus grand qu'en Angleterre, vient probablement de cette cause.

La charpente de ces cabanes consiste en perches appuyées sur les murs de terre. La couverture varie : quelques-unes sont couvertes en chaume, d'autres en fanes de pommes de terre, ou en bruyère ; quelques-unes ne sont revêtues que de mottes de gazon, enlevées de dessus les prés. J'en ai vu réunir ces trois matières dans leur composition. Le mauvais entretien de ces couvertures, dont souvent une plaque de gazon recouvre un trou dans le chaume, des herbes qui végètent sur la surface et pendent le long des murs, donnent à ces habitations l'air d'un tas de fumier sur lequel poussent de mauvaises herbes ; elles ont surtout cette apparence lorsque les murs ne sont pas réguliers et que la cabane est appuyée d'un ou de deux côtés contre la jetée de quelque large fossé sec ; le toit alors a l'air d'une butte couverte de gazon, et quelquefois, pour compléter la ressemblance, on voit dessus paître un cochon. Je n'ai vu nulle part en Angleterre de si misérables demeures. On m'avait dit que les plus mauvaises étaient en Connaught ; je me suis convaincu du contraire. J'en ai vu d'aussi pauvres en Leinster, et j'en ai trouvé dans Wicklow de pires même qu'en Connaught. Lorsqu'elles sont bien couvertes et construites, non en pierres mal assemblées, mais en terre, elles sont, même abstraction faite de la fumée, beaucoup plus chaudes que les chaumières faites de lattes et d'argile, ou de mortier qu'on voit en Angleterre, et dont les murs sont si minces qu'un rat passant y fait un trou à jour, au grand détriment de toute la famille. L'ameublement des cabanes est aussi chétif que leur architecture : dans plusieurs, il ne consiste qu'en un pot à bouillir les pommes de terre, une manière de table, et deux ou trois escabeaux cassés. Le plus ordinairement il n'y a point de lits. Toute la famille couche sur de la paille que partagent les porcs, les veaux et les vaches. Cependant le luxe des toits à porcs commence à s'établir en Irlande, et prive les pauvres cochons de la chaleur du corps de leurs maîtres et maîtresses. J'ai vu, pour cet objet, construire de petits abris de terre le long des murs de la cabane. Dans quelques endroits, on fait les meules de tourbe creuses en dessous, afin qu'elles servent d'abri aux cochons. Quoique ce soit là le tableau du plus grand nombre des cabanes, il souffre de nombreuses exceptions. J'ai vu plusieurs cabanes où l'on trouvait quelques meubles utiles, et même de superflus ; des chaises, des tables, des armoires à tiroirs, de la vaisselle de terre ; enfin, la plus grande partie de ceux que l'on trouve en Angleterre dans les chaumières du moyen ordre. En faisant, à cet égard, des informations, j'ai su que tous ces articles étaient achetés depuis environ dix ans, signe incontestable d'un accroissement dans la prospérité publique. Je crois que les plus fortes preuves que l'on donne de la pauvreté des Irlandais sont leurs mauvaises habitations et leurs tristes meubles. Mais il faut, ce me semble, attribuer ces effets au mode de leur salaire qui rend le bétail si précieux au paysan qu'il garde, pour en acheter, jusqu'au moindre sou qu'il peut épargner. De là résulte une autre observation, qui est que sa pauvreté est plus apparente que réelle. Il y a tel de ces gens qui a quatre ou cinq vaches, et qui n'a pas un meuble dans sa maison. J'ai vu même des fermiers aisés, des entrepreneurs de laiteries, dont les cabanes n'étaient ni meilleures ni mieux meublées que celles des plus pauvres ouvriers. Avant donc d'attribuer ce dénuement à la pauvreté, nous devons considérer l'habitude et le goût de ces hommes. En Angleterre, un pauvre, avant d'acheter une vache, aura rempli sa chaumière de mille choses inutiles. Ici, la comparaison me paraît tout à l'avantage de l'Irlandais : un cochon est un meuble beaucoup plus précieux qu'un service à thé, et quoique son chaudron de pommes de terre soit moins poétique que

> ... Quelques vases brisés,
> Sur une cheminée avec art disposés.

J'imagine qu'au jour de Noël le paysan et sa famille trouvent dans la chair de l'un un ample dédommagement de l'agrément des autres.

Extrait de *Voyage en Irlande avec des observations générales sur l'état présent de ce royaume*.

Traduit de l'anglais par Jean Martin.

JOHN CARR

Une nuit à Saint Kevin

Les églises sont dispersées et fort petites ; on dit que leur style d'architecture est un modèle de celui des Danois pendant leur séjour en Irlande. Je n'ai cependant rien vu de pareil en Danemark. Nous étions prêts à partir quand mon guide, me montrant une chaumière près de l'entrée de ce désert, me dit qu'il y avait là un joli cabaret à bière, et que jamais on n'en avait goûté de meilleure dans les montagnes. « Hier, ajouta-t-il, un gentilhomme me disait : Prenez une bouteille de bière ; faites-moi venir une soupe, une autre pour mon domestique, et prenez le reste. » Je ne fis pas semblant d'entendre cette insinuation. Joë parla beaucoup contre l'ivresse ; mais si l'esprit de saint Kevin jette quelques regards sur son historien, je défie qu'il le voie aussi heureux qu'il le fut quand je le récompensai à peu près à mi-chemin de Rathdrum. J'avais un peu blessé sa profonde vénération pour le lieu que nous venions de parcourir ; mais je le tranquillisai avec de l'argent, lorsqu'il m'eut aidé à transporter dans ma voiture deux fragments de très bonne sculpture que j'avais détachés des arcades dont les bords étaient extrêmement frais. On a pour ce lieu une si grande superstition que, le 3 juin, il vient une foule de personnes célébrer la fête du saint.

L'agriculteur conserve en effet une telle vénération pour les ruines de châteaux, de chapelles et de monastères que, non seulement à Glendalogh et dans les ruines des sept églises, ils s'en servirent pour établir indirectement et imperceptiblement le grand mystère de la révélation.

» Comme la superstition avait rempli Glendalogh de malins esprits, et ses lacs de serpents dévorants, les missionnaires chrétiens crurent absolument nécessaire de trouver quelques saints sous la protection desquels les habitants pussent vivre en sécurité sur les maux temporels et spirituels. À défaut de patrons, ils adoptèrent un usage connu par toute l'Europe, dans les siècles ignorants, celui de personnifier les rivières, les montagnes et les lieux. Cet usage passa en Irlande comme ailleurs ; ainsi, de *Shannon*, nous avons fait *saint Senanus* ; de la ville de *Down, saint Dunus* ; la montagne *Kevin* à Glendalogh a donné naissance à *saint Kevin*. Ce nom est celui de plusieurs montagnes du pays de Galles décrites par Camden.

» Saint Kevin, dit-on, se retira dans cette vallée horrible et séparée du monde. Il était né en 1498 : il fut baptisé par saint Cronan ; et, à l'âge de sept ans, il fut mis sous la conduite de *Petreus*, breton d'origine. Un autre dit que ce fut saint *Coemgenus* dont on entend parler : en latin on dit aussi *Pulchrogenitus*. Il reçut les ordres de l'évêque *Lagidus*, et se livra ensuite à la vie solitaire dans une grotte, près d'un endroit appelé anciennement *Cluayn-Duach*, où il était né, et où il fixa son séjour. Ce lieu est maintenant appelé *Glean-Dalach*, dit mon auteur, *vallis duorum stagnarum*, où un nommé Dymmach, seigneur de la terre, fonda une église en l'honneur de saint *Coemgenus*, avec un grand cimetière et plusieurs autres bâtiments.

» Mais la plus stupide crédulité ne saurait admettre qu'un peuple, nu et sauvage comme les Indiens de l'Amérique, ait pu conserver la généalogie de saint Kevin. Il en est de même des miracles de la légende qui tendent à établir ses droits à la sainteté. Un manuscrit irlandais, que nous avons déjà cité, prétend « qu'il y avait en Irlande, parmi les corps des saints, celui d'un nommé *Kavinus*, espèce d'ermite, habitant de la ville de *Glamel-hagam* (Glendaloch), qui, dans le temps où nous parlons, avait dans sa maison un jeune homme, son parent, auquel il était fort attaché. Ce jeune homme fut attaqué d'une maladie qui semblait mortelle, dans cette saison de l'année où elles sont les plus dangereuses, nommément dans le mois de mars : persuadé qu'une pomme apporterait du soulagement à ses douleurs, il conjura son parent Kavinus de lui en procurer une. Il n'était pas facile de trouver une pomme dans le temps où les arbres étaient à peine en feuilles. Kavinus, désolé de l'état du jeune homme, et plus encore de ne pouvoir lui procurer ce qu'il désirait, se prosterna devant Dieu, et le supplia de rendre la vie à son ami. Comme il sortait de chez lui après avoir prié, il aperçut un grand *salix* ou saule, dont il examina les branches, et il le trouva chargé d'une espèce de pommes dans leur pleine maturité. Il en cueillit trois et les porta au malade qui, en les mangeant, sentait diminuer son mal, et enfin se vit remis en pleine santé. L'arbre semblait se complaire à ce nouveau don du Seigneur ; depuis il porte chaque année un fruit semblable à une pomme qu'on appelle *pommes de Saint-Kevin*, et qu'on transporte dans toute l'Irlande pour les faire manger à ceux qui sont atteints de quelque maladie. Diverses relations affirment que c'est la plus agréable médecine qu'on puisse prendre contre tous les maux qui affligent l'espèce humaine, et l'on observe que ce n'est pas tant pour leur saveur que pour leur efficacité qu'elles sont estimées et recherchées. Il y a bien d'autres miracles soudainement accomplis par les vœux du saint homme : mais peut-être l'histoire des pommes est née de ce que les Irlandais croient que les sucs de l'écorce, des feuilles et des bourgeons du saule sont très efficaces contre la dysenterie.

» Cambrensis nous dit que, dans le temps de Lent, saint Kevin se retira du commerce du monde dans une petite hutte au désert, pour s'y livrer à la méditation, à la prière et à la lecture. Un certain jour, mettant la main sur sa fenêtre, et levant les yeux au ciel, comme c'était sa coutume, un oiseau noir vint se percher sur cette main ouverte et appuyée, et y déposa ses œufs comme dans un nid. Le saint eut pitié de l'oiseau, ne ferma ni ne dérangea sa main, la tint patiemment ouverte jusqu'à ce que les petits fussent éclos. En mémoire de cet événement, toutes les images de saint Kevin le représentent une main ouverte, étendue, et tenant un oiseau qui couve.

» Une tradition nous apprend que saint Kevin, se promenant sur une colline près de chez lui, dans un temps de famine, rencontra une femme portant un sac sur sa tête, et ce sac contenait cinq pains. Il lui demanda ce qu'elle portait ; et celle-ci lui ayant répondu que c'étaient des pierres : « Je prie Dieu, dit le saint, que ce soient en effet des pierres. » Et aussitôt cinq pierres tombèrent. On les conservait comme des reliques dans l'église de Refeart, mais elles sont à présent dans la vallée, fort loin de l'église ; elles pèsent chacune vingt-huit livres, sont échancrées comme des pains, et leur jonction est marquée comme dans le four. Laissons ces histoires impies et absurdes de l'ignorance et de la superstition ; elles nous instruisent de l'état de la dégradation de l'esprit humain, qui seule peut leur avoir donné du crédit et de la publicité. Examinons maintenant les traces de l'art, dont cette vallée célèbre nous offre encore des vestiges.

» En entrant du côté de l'est, nous trouvons d'abord l'église d'Ivy, ou *du Lierre*, ainsi appelée parce que les murs sont couverts de cet arbuste. Le clocher est circulaire et montre les efforts qu'on a faits pour unir la tour ronde avec le corps de l'église. Au sud-est, et sur le côté opposé à la rivière, est l'église orientale ou le prieuré de Saint-Sauveur. Tout proche de celle-ci, il y avait une chapelle avec un toit de pierres, qui fut découverte il y a quelques années par Samuel Hayes, écuyer, l'un des représentants du bourg de Wiclow. À peu près à un demi-quart de mille de l'église d'Ivy, à l'est, il reste un petit carré qui était autrefois un marché. Il y avait au centre une croix de pierre dont il n'est demeuré que le piédestal. Au midi de cette place, vous passez la Glendasan sur des pas de pierres, seul reste d'un ancien pont, et vous arrivez au cimetière d'où, par une grande porte et une arcade demi-circulaire, vous entrez dans l'enceinte de la cathédrale. La nef a quarante-huit pieds de long sur trente de large, une arcade en demi-cercle forme le chœur. La fenêtre du côté de l'est est en forme d'arcade, ornée avec des moulures, et les sculptures de l'imposte sont historiques, ou plutôt tirées des légendes. D'un côté c'est un chien dévorant un serpent. La tradition nous apprend que jadis un serpent habita le lac, et on l'appelle aujourd'hui *lochnapiast,* ou *serpent-loch.* Comme cet animal était nuisible aux hommes et au bétail, il fut tué par saint Kevin. D'un autre côté, on voit le saint homme embrassant son bien-aimé saule, et dans le feuillage de l'arbre on aperçoit la pomme médicinale ; la fenêtre en elle-même est fort singulière, car elle se termine en un petit trou fort pointu. Il paraît que ni là, ni à Glendalogh, il n'y a eu de vitraux. Tout près de la cathédrale est la sacristie appelée *la maison des prêtres.* La chambre dans laquelle étaient renfermés les ornements et les vases sacrés est encore intacte. Le vulgaire croit que c'est un remède infaillible pour les maux de dents, de tourner trois fois autour de cette enceinte.

» La cuisine de saint Kevin est un oratoire couvert en pierres ; le bord du toit est à trente pieds de terre, et son angle est aigu. À l'ouest est une tour ronde d'environ quarante-cinq pieds de haut. L'église de la Vierge est la plus occidentale des sept églises, et presque opposée à la cathédrale. Celle de Refeart fut principalement le lieu de sépulture des rois ; et, selon la tradition, sept de ces personnages y sont enterrés. On trouve, dit-on, sur une tombe, cette inscription en irlandais :

« JÉSUS-CHRIST
Mile deach feach cort re Mac Atthwil. »

« *Voyez la dernière demeure du roi Mac Thole, mort en Jésus-Christ 1010.* »

» Dans la solitude des montagnes on trouve *Teampeall, na skellig* ; ce qui signifie, dans les vieilles archives, le prieuré de Rupe, et le couvent du désert. Le tombeau de saint Kevin est au-dessus de cette maison religieuse. Presque au milieu de la vallée sont les ruines de l'abbaye, ou monastère dédié à saint Pierre et à saint Paul ; au nord-est, l'église de la Trinité, avec les restes d'une tour qui fut évidemment un clocher. Il y a aussi plusieurs petites chapelles ou oratoires. Ainsi les sept églises qui font la renommée de Glendaloch, sont :

1° L'abbaye ;

2° La cathédrale ;

3° La cuisine de saint Kevin ;

4° Le couvent du désert ;

5° L'église de Notre-Dame ;

6° L'église de la Trinité ;

7° L'église du Lierre.

» Les autres paraissent d'une construction plus moderne. Lorsqu'on approche des sept églises par le pont de Derry-Bawn, on jouit d'une vue agréable et pittoresque. Le pont est jeté sur l'Avonmore ; il est composé de trois arches elliptiques dessinées par Samuel Hayes. Derry-Bawn, couvert de taillis de chênes d'un côté, et de broussailles de l'autre, resserre la vue de la rivière dans la vallée ; elle se termine par la grande tour ronde et les autres ruines qui paraissent avec avantage. Des montagnes fort hautes et fort variées font une singulière et agréable perspective.

» Autrefois, le nombre sept était mystique et sacré : il était consacré à la religion ; il a commencé avec la création du monde, et les rites des Juifs sont marqués par ce nombre mystérieux ; on le trouve chez les Brachmanes et les Égyptiens. Les Grecs exaltèrent sa puissance. Les Latins l'appliquèrent à la superstition. L'église a formé divers septennaires. Ce qui suit est extrait des constitutions de l'archevêque Peckam, composées à Lambeth en 1281. " Le Très-Haut a créé une médecine pour le corps des hommes, reposant en sept canaux qui sont les sept sacrements de l'Église : il y a sept articles de foi appartenant au mystère de la sainte Trinité : il y a sept articles appartenant à l'humanité de Jésus-Christ[1]. Il y a sept

---

1. Ce sont apparemment les sept plaies de Jésus-Christ. (*N. du T.*)

commandements par rapport aux hommes, sept péchés capitaux, et sept grandes vertus. " Amalarius Darandus, et les Ritualistes en disent encore beaucoup davantage. L'Irlandais conserve pour ce nombre une grande vénération, témoins les sept églises à Glendaloch, Clonmacnois, Inniscathy, Inch, Derrin, Inniskealtra ; les sept autels à Clonfert et Holy Cross. La foule se rend dans ces lieux pour y célébrer les plus profonds mystères. »

Extrait de *L'étranger en Irlande*.

Traduit de l'anglais par M. Keralio-Robert.

ALEXIS DE TOCQUEVILLE

M. Kelly interroge M. Wilson

11 juillet 1835.

Mr. Kelly est un avocat irlandais très intelligent, chargé par le gouvernement de la direction générale des *national schools*.

Mr. Wilson, ministre de l'Église anglicane (homme évidemment des plus modérés de son ordre), était présent à cet entretien, et ce qui va suivre est en résultat l'opinion de ces deux hommes.

D. – Est-il vrai qu'il n'y ait point de petits propriétaires en Irlande ?

R. – Je ne crois pas qu'il en existe un seul.

D. – Cependant toutes les propriétés immobilières ne sont pas substituées et vos substitutions comme celles des Anglais ne sont pas éternelles.

R. – Il arrive souvent que l'on vende des terres. Mais alors on les vend toujours en gros. Le propriétaire change quelquefois, la terre ne se divise jamais. L'idée d'acheter une petite portion de terre ne vient à personne, pas plus que l'idée de la vendre. Nos lois civiles, d'ailleurs, rendent le transfert de la propriété foncière d'une main dans une autre coûteux et difficile.

D. – Est-il vrai que les terres soient divisées en très petites fermes ?

R. – Oui, le système des petites fermes est universel.

D. – Quelles sont les causes de cet ordre de choses si contraire aux intérêts de l'agriculture et au bien-être de la population ?

R. – Il y a plusieurs causes : la première est la pauvreté de ceux qui se présentent comme fermiers. Pour exploiter une grande ferme, il faut un capital, et il n'y a pas de paysan irlandais qui ait un capital. La seconde est toute politique : pendant longtemps le cens requis pour être électeur avait été placé très bas, et le fermier électeur votait toujours suivant les intérêts de son propriétaire. Le propriétaire avait donc un très grand intérêt politique à diviser sa terre en autant de petites fermes que possible pour accroître le nombre des électeurs qui lui étaient dévoués.

D. – Mais l'élévation du cens à 10 pounds[1], en diminuant le nombre des électeurs, et l'esprit d'hostilité qui s'est établi entre les fermiers et les propriétaires, ont dû faire cesser cette seconde cause ?

R. – Aussi en est-il arrivé ainsi. Depuis le changement des lois électorales et le bill d'émancipation, les propriétaires se sont occupés à détruire les trop petites fermes et à en former de plus considérables. À cet effet ils ont chassé tous les petits fermiers qui étaient en retard (or ils l'étaient presque tous). Cette expulsion rapide d'une grande partie des petits cultivateurs a singulièrement accru la misère dans ces derniers temps.

D. – Est-il vrai que les propriétaires irlandais pressurent la population agricole et en tirent presque jusqu'aux moyens de vivre ?

R. – Oui. Nous avons ici tous les maux de l'aristocratie sans un seul de ses avantages. Il n'existe aucun lien moral entre le pauvre et le riche ; la différence d'opinion politique, de croyance religieuse, de race, l'éloignement matériel dans lequel ils vivent, les

---

1 . En avril 1829 fut voté le bill d'émancipation des catholiques. En même temps on enleva la franchise électorale aux tenanciers payant un cens de 40 shillings pour la réserver à ceux payant 10 livres. Cette mesure fut adoptée pour empêcher O'Connell de contrôler toutes les élections en Irlande.

rendent étrangers, on pourrait presque dire ennemis. Les riches propriétaires irlandais tirent de leurs terres tout ce qu'elles peuvent donner, ils profitent de la concurrence que crée la misère et, quand ils ont ainsi réuni d'immenses sommes d'argent, ils vont les dépenser hors du pays.

D. – Pourquoi la population ouvrière se porte-t-elle toute du côté de l'agriculture, ce qui augmente d'une manière si extrême la concurrence ?

R. – Parce qu'il existe très peu d'entreprises industrielles ; et il existe très peu d'entreprises industrielles parce que les capitaux et l'esprit d'entreprise manquent. Les capitaux et l'esprit d'entreprise manquent parce qu'à côté de nous la richesse et la civilisation supérieure des Anglais attirent tout. Dublin a eu des manufactures de coton florissantes. Manchester a tué ce commerce.

D. – D'après ce que vous me dites, quoique la population agricole soit pauvre, la terre rend beaucoup ?

R. – La terre rend immensément. Il n'y a pas de pays où le prix des fermes soit plus élevé. Mais il ne reste rien de ces biens dans les mains de la population. L'Irlandais élève de belles moissons, porte sa récolte au port le plus voisin, l'embarque à bord d'un bâtiment anglais et revient se nourrir de pommes de terre. Il élève des bœufs, les envoie à Londres et ne mange jamais de viande.

D. – Pensez-vous qu'une loi des pauvres fût un bien pour l'Irlande ?

R. – Je le crois.

D. – Mais ne pensez-vous pas que c'est un remède dangereux ?

R. – Oui. Mais l'Irlande se trouve dans une position si exceptionnelle qu'on ne peut lui appliquer les raisonnements généraux. Il faut trouver un moyen de forcer les propriétaires à dépenser une portion de leur argent dans le pays. En connaissez-vous un autre ?

D. – On a parlé dans ces derniers temps de demander le rappel de l'Union. En est-il encore question ?

R. – C'est un sujet qui sommeille. O'Connell l'avait soulevé, d'autres objets sont venus à l'occuper, la chose est restée là.

D. – Que pensez-vous sur cette question ?

R. – Je pense que jamais les Anglais ne consentiront au rappel de l'Union et qu'il n'y aurait de chances de l'obtenir que les armes à la main.

D. – Mais si la chose pouvait se faire paisiblement, la jugeriez-vous désirable ?

R. – Non. Quand nous avions un parlement irlandais, l'Angleterre nous regardait en quelque sorte comme une puissance étrangère et rivale ; sa jalousie était excitée et, comme elle avait la richesse et la puissance, elle nous faisait sentir sa supériorité bien plus durement qu'à présent qu'elle nous considère comme une partie d'elle-même. Quand nous avions un parlement irlandais, les deux races qui divisent cette île étaient toujours en présence, l'esprit de parti était plus actif, et la tyrannie du parti le plus fort (les Orangistes) insupportable. Les lois de cette époque sont détestables.

D. – Mais ne pensez-vous pas que de nos jours les choses sont changées ? Aujourd'hui le parti catholique si longtemps opprimé ne tarderait pas à dominer dans le parlement ?

R. – Ce serait une révolution complète, une tyrannie d'une autre espèce non moins grande.

D – Croyez-vous que l'Angleterre pût espérer de rester unie à l'Irlande si le parlement irlandais était créé de nouveau ?

R. – Non. Je suis convaincu que la suite infaillible d'une pareille mesure serait la séparation de l'Irlande, et à tout prendre je crois que l'union de l'Angleterre et de l'Irlande est nécessaire à cette dernière et lui deviendra très profitable avec le temps, si le gouvernement anglais, comme tout l'annonce, continue à prendre soin de ce pays-ci et à se poser en médiateur entre les deux partis.

Mr. Kelly *(11 juillet 1835)*. Routes en Irlande[1].

Mr. Kelly m'a expliqué de cette manière le système de routes en vigueur dans l'Irlande :

D. – Avez-vous beaucoup de routes à barrières ?

R. – Nous en avons un certain nombre, mais la majorité de nos routes n'ont point de barrières.

D. – Comment ces dernières sont-elles entretenues ?

R. – Chaque année le sheriff du comté choisit parmi les grands propriétaires vingt-quatre personnes qui sont les grands jurés (*système anglais*) : ces vingt-quatre personnes, ou un nombre quelconque d'entre elles au-dessus de douze, se réunissent deux fois par an (à ce que je crois) et, après avoir décidé quelles routes devaient être ouvertes ou réparées dans le comté, fixent le montant de la taxe qui doit être payée par les habitants. Cette taxe ne peut être levée que quand le juge d'assises a *ordonnancé* la dépense.

D. – Les routes établies ou entretenues d'après ce système sont-elles bonnes ?

R. – Elles ont été longtemps fort mauvaises. Maintenant la plupart d'entre elles sont bonnes.

D. – Ce changement a-t-il tenu à la législation ou à quelques causes accidentelles ?

R. – Nos routes ont été mauvaises, et elles sont devenues bonnes sous l'empire des mêmes lois.

D. – À quoi attribuez-vous le changement ?

R. – À l'opinion publique qui s'est tournée de ce côté, et qui a donné une nouvelle impulsion aux grands jurys.

D. – Vous m'avez dit qu'une partie de vos grandes routes étaient à barrières. Comment pouvez-vous combiner les deux systèmes ?

---

1. Ce fragment fut sans doute inspiré par le *Highway Bill* qui fut voté en Angleterre en 1835. « L'organisation des voies de communication, écrit Elie Halévy, était un véritable chaos. Il y avait des *turnpike roads*, gérées par des trusts, sorte de corporations, investies par la loi du droit de prélever un péage sur les passants. » Le problème se pose également pour l'Irlande.

R. – Nous ne trouvons aucune difficulté à le faire. Lorsqu'on découvre qu'une ligne de routes est assez parcourue pour défrayer aisément des frais de son entretien, on demande au Parlement le droit de décharger le comté de ces frais en établissant sur cette route un *turnpike*. Presque toutes les routes très fréquentées d'Irlande sont organisées maintenant de cette manière.

D. – Donnez-vous comme en Angleterre la surveillance de ces travaux à un corps de *trustees* dont les membres nommés par le Parlement remplissent eux-mêmes ensuite les vacances ?

R. – Oui. Et nous avons éprouvé, comme je crois qu'on l'a éprouvé en Angleterre, que ces corps, *self-elected*, et qui ne rendent compte à personne de leurs opérations, sont quelquefois l'occasion de grands abus.

D. – Quels hommes en général sont *trustees* ?

R. – Des propriétaires des environs de la route. Ils ne reçoivent aucun émolument, mais ils se prêtent très volontiers à remplir ces fonctions qui occupent leurs loisirs et leur donnent une certaine importance dans leur canton. Quand je parlais plus haut des abus qui résultent du système actuel des *trustees*, je ne veux point dire qu'on les accuse de mettre l'argent de la route dans leur poche, mais il y a des dilapidations indirectes, telles que des sinécures créées pour obliger un individu, certains travaux accordés à un individu plutôt qu'à un autre quoiqu'il ne les fasse pas à si bon marché[1]...

Course à Kingstown (*11 juillet 1835*).

Fête donnée au lord-lieutenant et à lady Mulgrave[2] par la compagnie du chemin de fer. Étiquette toute royale qui environne le vice-roi. Grand déjeuner qui lui est donné à Kingstown. Composé en grande partie évidemment d'Irlandais non oran-

---

1. Les points de suspension sont dans le manuscrit.
2. Constantine, Henry Phipps, second earl of Mulgrave, puis marquis de Normanby (1797-1863), fut lord-lieutenant en Irlande de 1835 à 1839. Plus tard, de 1846 à 1852, il fut ambassadeur à Paris.

gistes. Toast porté *to the resident nobleman* reçu avec acclamation. Singulier toast qu'on ne peut comprendre qu'après avoir habité quelque temps ce pays-ci.

Aspect du pays de Dublin à Carlow.

Joli pays. Terre très fertile. Belle route. De loin en loin, des barrières. De temps en temps, de très beaux parcs et d'assez jolies églises catholiques. La plupart des habitations du pays très pauvres d'apparence ; un fort grand nombre misérables au dernier point. Murs de boue, toit de chaume, une seule pièce. Point de cheminée, la fumée sort par la porte. Le cochon couché au milieu de la maison. C'est le dimanche ; cependant la population a l'air fort misérable. Beaucoup portent des habits percés ou très rapiécés. La plupart sont nu-tête et nu-pieds.

19 juillet 1835.

Extrait de *Voyage en Angleterre et en Irlande de 1835.*

CHARLOTTE STOKER

Lettre à son fils Bram sur l'épidémie de choléra à Sligo en 1832 [1]

Aux premiers temps de ma jeunesse, le monde eut à subir l'épouvante d'une nouvelle peste effroyable qui dévasta tous les pays sur lesquels elle se répandit, et sa progression fut si régulière que les habitants étaient capables de prédire en quel lieu elle allait apparaître et presque le jour où on pouvait l'attendre. C'était le choléra qui survenait pour la première fois en Europe de l'Ouest. Son amer et étrange baiser, ainsi que le manque d'expérience des hommes ou de connaissance sur sa nature ou sur la meilleure façon de résister à ses ravages, ajoutaient encore à l'horreur, si pareille chose était possible.

En ce temps-là je vivais avec mes parents et mes frères dans une petite ville provinciale à l'ouest de l'Irlande qui s'appelle Sligo. C'était bien avant l'époque des chemins de fer et (je pense) des bateaux à vapeur, et les nouvelles se répandaient

---

1. « Une nouvelle peste », tel aurait pu être le titre de ce récit de l'épidémie de choléra à Sligo, en 1832, que Charlotte Stoker adressa à son fils en 1875. Cette lettre inspira à Stoker *Le géant invisible,* ainsi que d'autres contes qui figurent dans *Au-delà du crépuscule* (*Under the Sunset,* publié à Londres en 1881). (*N. du T.*)

lentement. Les rumeurs de la grande peste éclataient sur nous de temps à autre, à la façon dont les hommes parlent de choses bien lointaines qui ne viennent jamais jusqu'à eux, mais progressivement la terreur nous gagnait quand nous entendions dire qu'elle s'approchait de plus en plus. « Elle est en France », disait-on. « Elle est en Allemagne », et « Elle est en Angleterre ».

Puis, dans la plus grande terreur, nous finîmes par entendre le chuchotement : « Elle est en Irlande. » Le jugement des hommes commença à leur faire défaut à cause de la peur, et les actes qu'ils accomplirent furent assez égoïstes pour faire descendre sur nous la vengeance directe de Dieu.

Je me rappelle clairement un fait. Un pauvre voyageur est tombé malade au bord de la route à quelques miles de notre petite ville, et comment ces bons samaritains l'ont-ils soigné ? Ils ont creusé une fosse, puis, avec de longs bâtons, l'ont poussé dedans et l'ont recouvert, encore vivant. C'est sévèrement, comme Sodome, que notre cité a payé pour ses crimes.

Alors ils creusèrent des tranchées au travers des routes dans la direction d'où le choléra devait venir, dans le but exprès de stopper tout contact avec les régions infestées. Inutile ! Inutile !

Un soir, nous entendîmes que Mme Feeny – une très grosse femme qui enseignait la musique – était morte brusquement, et sur l'ordre du médecin avait été enterrée dans l'heure qui avait suivi. Leurs visages devenus blancs, les hommes se sont regardés les uns les autres et ont chuchoté : « Choléra ! » ; mais le jour suivant les chuchotements se sont transformés en clameurs, et dans nombre de maisons étaient étendus un, deux ou même trois morts. Une maison était atteinte et puis la suivante épargnée. On ne pouvait savoir qui serait le prochain à partir, et lorsqu'on disait au revoir à un ami, on le faisait comme si c'était pour toujours.

En quelques jours, la petite ville fut peuplée de morts. Aucun véhicule ne se déplaçait, sauf les chariots pour mettre les gens atteints de choléra ou les voitures des médecins. Bon nombre de gens fuyaient dont certains furent surpris par la peste et mouru-

rent sur la route. Bien des médecins « accomplirent leur devoir »,
comme eux-mêmes le disaient au début, mais l'un après l'autre
ils devinrent également des victimes.

D'autres vinrent et colmatèrent les brèches, et puis d'autres
encore prirent leurs places.

La plupart des membres des clergés de toutes confessions
fuirent, et rares furent les occasions où l'on put lire une oraison
funèbre.

Le grand dispensaire du comté, avec le pavillon des fièvres
infectieuses, fut transformé en hôpital du choléra, mais il était
tout à fait insuffisant pour répondre aux besoins de la situation.
Les infirmières moururent les unes après les autres, et on ne
trouva que des femmes de la pire espèce, qui étaient toujours à
moitié ivres, et les scènes qui s'y produisaient étaient telles qu'elles
donnaient la chair de poule rien qu'à entendre les récits qu'on
en faisait.

Un prêtre catholique romain resta sur place (il y en eut peut-
être d'autres, mais je ne connaissais que celui-là). Il s'appelait
Gilern, et nous raconta lui-même qu'il fut obligé de demeurer
assis jour après jour et nuit après nuit, en haut du grand escalier
de pierre, une cravache à la main, afin d'empêcher ces scélérates
de traîner les malades par les jambes en bas des escaliers, leurs
têtes rebondissant sur les marches de pierre, avant de mourir.

La coutume était, à l'arrivée d'un nouveau groupe de malades
pour lesquels il n'y avait pas de lits, de prendre ceux qui étaient
sous l'effet de l'opium et près de la mort, de les enlever pour
faire de la place aux nouveaux arrivants. On dit même que
beaucoup furent enterrés vivants. Un homme porta sa femme à
l'hôpital sur son dos et, comme elle souffrait beaucoup, il noua
bien serré un grand foulard rouge autour de sa taille pour tenter
de contenir la douleur. Quand il revint le soir à l'hôpital, on lui
apprit qu'elle était morte, et placée à la morgue. Il chercha son
corps, afin de lui assurer un enterrement plus décent que celui
qu'elle pourrait avoir dans ces conditions (on avait l'habitude de
creuser une grande tranchée, d'y jeter quarante ou cinquante

corps sans cercueil, d'y ajouter de la chaux et de couvrir la fosse). Il vit le bout de son foulard rouge sous plusieurs corps qu'il déplaça, trouva sa femme et constata qu'elle était toujours en vie. Il la ramena chez eux, elle se remit et survécut un grand nombre d'années.

Il y avait un personnage remarquable dans la petite ville, un homme de haute taille, autrefois soldat, et qu'on surnommait habituellement « l'asperge Callen ». Il attrapa le choléra, fut tenu pour mort, et on apporta un cercueil. Comme le fabricant de cercueils en avait toujours une pile sous la main, les enter- rements succédant immédiatement aux décès, ceux-ci étaient plus ou moins de la même dimension, et, bien sûr, ils étaient bien trop courts pour l'asperge Callen. Les hommes cherchant à le placer à l'intérieur, et voyant qu'il n'y entrait pas, prirent un grand marteau pour lui briser les jambes et le faire entrer de force. Le premier coup de marteau fit sortir le sergent de sa stupeur, il sursauta et se remit. Je le vis souvent par la suite.

Peu à peu, dans la famille, nous cessâmes de sortir ou de prêter attention à ce qui se passait à l'extérieur. Le dernier soir où nous sortîmes, nous allâmes voir la famille du percepteur, M. Holmes. C'était une grande famille : père, mère, grand-mère, trois ou quatre fils, trois filles et un petit-fils. Nous les quittâmes tous en bonne santé à neuf heures du soir, et le lendemain matin nous apprîmes que M. Holmes, sa mère, deux fils, une fille et le petit dernier étaient morts et enterrés.

Après cela (au sixième jour du choléra), nous restâmes pres- que tout le temps à la maison. Nous faisions régulièrement des fumigations. Nous déposions de temps à autre des assiettes emplies de sel, dans lesquelles nous avions versé de l'acide sulfurique, à l'extérieur de chacune des fenêtres et des portes. Chaque matin, dès que nous étions réveillés, nous avalions tous une dose de whiskey épaissie de gingembre, en quantité proportionnelle à l'âge. Peu à peu, la rue où nous vivions se dépeupla, au fur et à mesure que nos voisins morts étaient emportés par deux ou trois à la fois. Un matin (le neuvième jour), quatre morts furent enlevés en même temps de la maison d'en face. Nos voisins des deux côtés de la rue moururent. Sur un côté, une petite fille, qui s'appelait Mary Sheridan, fut abandonnée seule et malade, et nous pouvions entendre ses cris. Je suppliai ma mère de me laisser l'aider, et avec beaucoup d'appréhension elle me permit de sortir. La pauvre Mary mourut dans mes bras une heure plus tard. Je retournai chez moi, et, ayant fait une bonne fumigation, je ne fus pas contaminée.

Il devint presque impossible de trouver certains aliments. Le lait plus que tout, car personne à la campagne ne se laissait convaincre d'approcher la ville condamnée. Nous avions une vache, et beaucoup de gens (des gens que nous ne connaissions pas, si ce n'est de vue) venaient quémander un peu de lait pour leurs enfants en bas âge. Nous déposions sur le seuil les pots remplis, et ils étaient emportés.

La nuit, un grand nombre de barils de goudron et d'autres matières combustibles furent brûlés le long de la rue pour tenter de purifier l'air, et ils avaient l'air surnaturel, comme s'ils venaient d'un autre monde, luisant dans l'ombre. Sur les chariots et les lits de camp de choléra, il y avait des cloches qui accroissaient le sentiment d'horreur, et le fabricant de cercueils, un homme qui s'appelait Young, frappait aux portes pour demander si l'on en voulait.

Ce fut le point culminant, difficile à supporter. Les nerfs de la plupart d'entre nous lâchèrent, et nous demandâmes à Young de cesser. Mais il venait toujours, et un jour je lui dis que s'il revenait je lui enverrais un seau d'eau à la figure. Le jour suivant, il frappa comme d'habitude – et, par la porte, le contenu entier d'un grand pot fut déversé sur sa tête. Le bonhomme se secoua, me regarda en faisant une grimace diabolique, agita son poing et dit :

– Si dans l'heure vous mourez, vous n'aurez pas de cercueil.

– Merci, dis-je. Si ça se produit, ça me sera égal.

Il ne vint plus.

Les jours passèrent sans aucun changement. La peste ne s'arrêtait pas. Tous les matins, au lever du jour, d'une pièce à l'autre dans la maison, un cri s'élevait : « Est-ce que quelqu'un est mort ? » Mais nous fûmes miséricordieusement épargnés. Dans notre rue entière, il n'y eut que la famille du docteur Little et la nôtre qui ne perdirent personne.

Il y avait des jours où le choléra faisait plus de ravages que d'autres, et ces jours-là nous pouvions voir un lourd nuage couleur de soufre qui demeurait bassement suspendu au-dessus de la maison, et on nous dit que des oiseaux avaient été trouvés morts sur les rives du lac Gill.

Tôt le matin du quatorzième jour, ma mère entendit un grand remue-ménage parmi les poules dans l'arrière-cour, et en sortant, elle en trouva plusieurs mortes ou en train de mourir. Elle revint et dit qu'il était temps pour nous de partir avec nos bagages. Nous réunîmes quelques articles, envoyâmes la vache au pré dans le voisinage où il y avait de l'eau, priâmes les gens d'à côté de la traire et d'utiliser le lait, et à dix heures la famille (c'est-à-dire mon père, ma mère, mes deux frères, moi-même et un domestique) partit avec le courrier de Ballyshannon, où vivaient quelques amis de mon père qui, nous en étions certains, nous recevraient pour quelques jours, le temps que nous trouvions un lieu pour vivre.

C'était une matinée humide, sous la bruine, et nous nous sentions très malheureux, comme si nous soupçonnions déjà ce qui nous attendait. Tout se passa bien jusqu'à un mile d'une bourgade elle-même située à quatre miles avant Ballyshannon, quand la voiture se heurta à une meute d'hommes qui nous arrêta. Ils étaient armés de bâtons, de faux et de fourches. Ils étaient menés par un docteur, John Shields, qui était à demi fou. C'était le fils de l'un des meilleurs médecins et aussi l'un des hommes les plus respectés du comté, mais il ne ressemblait pas à son père. La voiture fut stoppée et il nous ordonna d'en sortir. On descendit nos bagages et pas la moindre de nos supplications ne put décider ces hommes à nous autoriser à passer. La peur en avait fait des enragés. Après de longs pourparlers et les menaces répétées de faire appel à la loi en guise de représailles, la voiture put continuer, et nous fûmes abandonnés sur le bas-côté de la route, assis sur nos valises, grelottant de froid, trempés, affamés, et n'ayant presque plus d'espoir. Mon père hésitait à nous laisser pour aller chercher de l'assistance, mais environ une heure et demie plus tard nous vîmes la voiture de mon oncle et un cabriolet arriver vers nous.

L'un de mes cousins était dans la voiture. La famille avait eu vent de notre sort et était partie pour tenter de nous ramener. Un vieux domestique de la famille, qui possédait une écurie de louage, avait pris son cabriolet – par amour du bon vieux temps. Nous montâmes dans les voitures, mais lorsque nous approchâmes de Ballyshannon, nous nous vîmes refuser la permission d'y rester ; tout ce que l'on nous permettait de faire, c'était de traverser la ville. Mon oncle ayant une vieille amie, une madame Walker, à Donegal, à peu près à vingt miles plus loin, il nous conseilla de nous y rendre, et lui écrivit pour lui demander de nous recevoir quelque temps. Nous continuâmes donc, ma mère et nous autres enfants dans le cabriolet, et mon père, le domestique et les bagages dans la voiture découverte.

Il pleuvait maintenant comme si le ciel et la terre eussent voulu se confondre, et après avoir à peu près couvert dix miles, mon père semblait très malade. Nous sortîmes notre provision de médicaments contre le choléra (sans laquelle personne ne bougeait d'un mètre), mais nous n'avions pas de récipient pour les dissoudre, aussi l'un des cochers courut jusqu'à une cabane dans les champs et demanda à emprunter un gobelet et un peu d'eau. La femme les donna, mais quand le gobelet lui fut rendu, elle le brisa en morceaux, et quand il lui fut offert un peu d'argent, elle dit que si nous le déposions sur le chemin elle le reprendrait plus tard, qu'elle avait peur de toucher quoi que ce soit venant de nos mains.

Mon père n'avait pas le choléra, mais sa maladie était plutôt la conséquence du froid, de l'inquiétude et de l'épuisement, et il fut bientôt en état de continuer. Nous entrâmes dans Donegal. Notre arrivée avait sans doute été annoncée, la place étant emplie d'hommes hurlant comme des diables. En un rien de temps nos bagages furent descendus, ou plutôt arrachés des voitures, empilés au centre de la place et nous juchés dessus, et un cri fusa : « Le feu pour brûler les gens du choléra ! » Nous pensâmes que notre dernière heure était sûrement arrivée, et nous restâmes aussi tranquilles que possible, en tentant de nous résigner à notre sort. Par chance, l'officier qui commandait le régiment en garnison dans la ville était un homme prompt et plein d'humanité. Le portail de la caserne donnait sur la place, et en un temps incroyablement court il fit sortir les troupes qui nous entourèrent en formant un carré, faisant face de chaque côté à la meute, les baïonnettes au canon.

Nous étions maintenant relativement en sécurité, mais dans quel état ! Trempés, gelés, affamés, sans toit, et entourés d'une multitude hurlante qui ne nous permettait même pas de continuer. Bientôt, des magistrats se réunirent en conseil pour décider de ce qu'il fallait faire de nous, et (je regrette de devoir le dire d'un ministre du Christ) le plus cruel et le moins miséricordieux parmi eux fut le pasteur de la paroisse. Pendant ce temps, une personne bénévole nous fit parvenir un grand pot de thé chaud et une miche de pain, que nous acceptâmes avec gratitude. Ce fut la seule nourriture que nous eûmes ce jour-là.

Les magistrats décidèrent de ne pas nous laisser continuer, mais au contraire de nous renvoyer par la route que nous avions prise, sous l'escorte de soldats, pour nous protéger de la fureur de la meute. Ainsi, nos voitures furent à nouveau chargées, et nous revînmes avec notre escorte, qui nous quitta à peu près à sept miles sur la route. Nous tînmes alors un conseil de guerre sur ce qu'il fallait faire, et les cochers furent d'avis que nous devrions attendre la nuit : ils nous amèneraient par un petit chemin jusqu'à la maison de notre cousin à Ballyshannon, où nous serions assurés d'un abri, si nous pouvions enfin y arriver.

Ils firent marcher les chevaux au pas, et, à environ dix heures du soir, nous arrivâmes sans avoir été aperçus et fûmes chaudement reçus par nos cousins. Nous fûmes nourris, et nos pieds baignés. Nous commencions à nous sentir commodément installés quand un grand tumulte se produisit dans la rue et la voix de notre vieil ennemi, le docteur John Shields, demanda qu'on nous fasse sortir. Mais nous étions maintenant en meilleure position et nos cousins refusèrent d'ouvrir la porte.

Les bruits continuaient. Bientôt le premier magistrat de la ville et deux médecins arrivèrent, et demandèrent poliment à entrer. On les fit entrer sur leurs promesses de s'abstenir de toute violence, et nous dûmes nous soumettre à un examen médical. On nous déclara pour l'instant exempts de choléra, mais la maison fut mise en quarantaine et personne ne put sortir pendant quelques jours.

À la fin de cette période, nous pûmes vivre en paix jusqu'à ce que la peste eût disparu et nous pûmes retourner à Sligo. Nous y trouvâmes les rues couvertes d'herbe et les trois quarts de la population disparus. Nous avions une grande raison de remercier Dieu qui nous avait épargnés.

Traduit de l'anglais par Jean-Pierre Krémer.

GEORGE MOORE

Resurgam

J'étais à Londres lorsque mon frère m'écrivit que ma mère était malade ; pas exactement en danger : si son état s'aggravait, il me télégraphierait. Quelque heures plus tard, on me remit une dépêche : « Viens de suite. Maurice. » Ma mère est donc mourante, murmurai-je à moi-même, et je restai hébété, voyant déjà la garde qui me ferait entrer dans la chambre, la chaise qu'on me donnerait à son chevet, et la main pendante qu'il me faudrait tenir jusqu'au moment où je verrais son visage devenir calme pour toujours.

Au milieu de mes préparatifs de départ, je me pris à penser que ma mère pourrait vivre encore bien des jours, comme l'avait fait l'amie si chère qui repose à présent dans le cimetière sous les Dunes. Pendant des semaines, son mari et ses enfants l'avaient vue mourir sous leurs yeux : pourquoi n'aurais-je pas le même sort ? Je ne sais pas quel Dieu je priai, mais toute la nuit dans le train et à bord du bateau, je priai Dieu d'avoir pitié de moi, et, tout en priant, je pris le train à Broadstone.

Ce voyage : comment le raconter ! La dernière partie doit en avoir été assurément la plus pénible, autant que je me souvienne. Étrange agonie éprouvée à reconnaître soudain des objets long-

temps oubliés : un lac, un arbre ou un marécage. Ce pays familier, évoquant mon enfance, entraînait çà et là mes pensées. Elles
vagabondaient comme ces hirondelles qui venaient justement
d'arriver, et de leurs vols elliptiques poursuivaient les moustiques
au-dessus du vieux canal qu'encombraient de mauvaises herbes.
Ce canal que le train longeait ramena mes pensées vers les tout
premiers temps de ma vie, lorsque, à la portière de la voiture,
j'assassinais de questions mon père et ma mère sur la vie des
chalands qui montaient et descendaient le canal. Ce souvenir
était affreux : surtout quand surgissait cette pensée que je m'en
allais dans l'ouest voir mourir ma mère, que rien ne pouvait lui
épargner à elle de mourir, ni à moi de la voir mourir. « Rien, me
disais-je, ne peut m'éviter cela, à moins que je ne descende à la
prochaine station. » Et je me voyais prenant une voiture pour
m'enfoncer dans la campagne ; mais si je faisais une chose
pareille on me prendrait pour un fou : « Nous sommes attachés à
une roue », murmurai-je ; je pensai que les condamnés à mort
doivent souvent se demander pourquoi ils ont été spécialement
choisis pour un pareil destin, et cette énigme doit être
probablement le plus pénible de leur souffrance.

La matinée était une des plus belles que j'eusse jamais vues, et
je me surpris à chercher de quelle expression pittoresque la
décrire. Ne pouvait-on comparer la terre à un œuf, elle paraissait
si chaude sous le ciel blanc, et le ciel était doux comme les
plumes d'une colombe. À ce soudain aboiement du limier
littéraire, j'eus l'impression que je méritais de me donner des
coups de pied à moi-même. La nature a oublié de nous doter
d'une troisième jambe avec quoi nous venger de ceux de nos
instincts que nous ne pouvons contrôler. Un moment plus tard,
je me trouvai plongé dans des réflexions sur notre impossibilité à
tenir nos pensées fixées assez longtemps sur quelque sujet que ce
soit. Ces réflexions faites, je me rejetai en arrière avec stupeur,
me demandant s'il me faudrait vraiment veiller près du lit de
mort de ma mère. Je fus alors frappé d'étonnement en sentant
que j'avais perdu toute existence corporelle, que j'étais devenu

un pur esprit, un bourdonnement de pensées : je me fis l'effet
d'une mouche qui grimpe le long d'un dôme de verre, retombant, bourdonnant et remontant encore. Jamais, me dis-je, je
n'ai été rien de plus qu'une mouche sous un dôme de verre. Et à
quoi bon ! Cela passe à vrai dire la cruauté de Néron.

En proie à une perplexité aussi amère, la moindre question
serait intolérable, et je me rencognais dans la voiture chaque fois
qu'un passant me rappelait, ne fût-ce que vaguement, quelqu'un
que j'avais pu connaître autrefois. Cette tension mentale s'accrois-
sait, lieue après lieue, à mesure que les noms des stations me
devenaient plus familiers. À Roscommon, j'essayai de me rappeler combien il y en avait encore avant d'arriver à Claremorris, où
je devais descendre. Une heure plus tard, le train ralentit, le
conducteur cria : « Ballyhaunis » ; la station suivante serait
Claremorris, et je me mis à regarder attentivement les champs
les uns après les autres, voyant d'avance la longue route, moi
d'un côté de la voiture, le cocher de l'autre : deux heures, en
silence ou en causant – en causant – car il pourrait probablement
me donner des nouvelles de ma mère, si la nouvelle de sa
maladie s'était répandue jusqu'à Claremorris.

À l'auberge où j'allai chercher une voiture, je m'enquis de
nouvelles : on n'y avait entendu parler de rien. Ma mère avait dû
tomber malade subitement : mais de quoi ? On ne m'avait pas dit
qu'elle fût souffrante. Je ne me rappelais pas qu'elle eût jamais
été malade. La voiture avançait, par ce beau temps d'été,
montant et descendant les routes faméliques de Mayo ; à la fin,
quelques arbres me rappelèrent les approches de Ballyglass, et
mes pensées s'en allèrent devant moi sur la longue route, jusqu'à
l'autre côté de la colline : et j'y voyais (ne voyons-nous pas
souvent, de mémoire, les choses aussi nettement que si elles
étaient devant nous ?) les deux poneys couleur crème, *Ivoire* et
Primevère, qu'elle avait coutume de conduire ; et le phaéton, et
moi dedans, petit enfant en robe, désireux par-dessus tout de
voir passer la diligence. Elle était un beau spectacle avec les sacs
de la poste et les bagages, son garde soufflant dans sa trompe, ses

chevaux trottant superbement, les longues guides se balançant, et son conducteur, la tête un peu penchée de côté, pour empêcher que ne s'envolât son chapeau de castor gris.

Quel grand événement ç'avait été le jour où nous étions allés à Ballyglass, non pas cette fois-là pour regarder la diligence, mais pour la prendre, car en ce temps-là le chemin de fer n'allait pas plus loin qu'Athenry. Ce jour-là, j'avais vu le canal et, à mon grand étonnement, entendu dire que longtemps avant (sans doute quand mon père était tout jeune), les gens se rendaient à Dublin en chaland.

Au sortir de ces souvenirs, je vis que nous n'étions plus qu'à deux milles et demi de Moore Hall. Encore une demi-heure, et je saurai si elle vit encore ou si elle n'est plus, me dis-je, et je regardai trotter le cheval, prenant intérêt à son allure traînante, ou sans y prendre intérêt du tout, je ne sais plus. Dans des moments de grande tension nerveuse, on observe tout : maintenant c'était un bois, un peu plus loin, une cour de ferme, puis une rangée de cottages, un autre bois et, à l'une de nos portes, la maison du concierge, qu'un vieux scieur de long habitait. J'espérais que le bruit des roues de la voiture ne le ferait pas sortir, je ne voulais pas voir cet homme. Les sapins dans la plaine avaient poussé durant ces trente dernières années, mais pas beaucoup. Nous arrivâmes au pont que nous passâmes, ainsi que le pavillon du garde et l'avenue qui y aboutit, les bois que je connaissais si bien, les buissons de lilas, les faux-ébéniers ; mon Dieu ! que cette résurrection était affreuse ! Les brumes nous dérobent les montagnes, le présent nous dérobe le passé : mais par moments le présent n'existe absolument pas, tous les brouillards sont balayés et le passé se dresse devant nous dans sa nudité même ; et c'est pourquoi peut-être il m'est si pénible de retourner chez moi. La petite colline à l'entrée de l'avenue n'est qu'une petite colline, mais pour moi c'est bien davantage, tant elle est intimement liée à toutes les peines et tous les soucis de mon enfance. Tout ce parc était jadis un domaine de contes de fées : ce n'est plus maintenant qu'une bien pâle réalité, un livre que j'ai lu, et dont la simple pensée m'ennuie, tant il m'est familier. Voici le bosquet de lilas. J'avais l'habitude d'y aller avec ma mère, il y a trente ans, à cette époque-ci de l'année. Nous en revenions, les mains chargées de fleurs. Deux tournants encore, et nous serons en vue de la maison. C'est la sensation que doivent éprouver les condamnés à mort, j'en suis sûr. À la dernière montée, le cocher mit son cheval au pas, mais je le priai de le pousser un peu, car j'apercevais des paysans sur les marches de la porte d'entrée. Ils attendaient, sans doute, des nouvelles, peut-être en avaient-ils. « Nous avons de mauvaises nouvelles à vous donner », dirent-ils, de ce ton plaintif que les gens ont dans l'Ouest. « Pas absolument mauvaises, me dis-je ; ma mère est morte, du moins m'a-t-il été épargné la douleur inutile, la torture d'esprit qu'il m'aurait fallu endurer, si j'étais arrivé à temps. »

Des roses de Chine, comme à l'ordinaire, poussaient à travers les grilles : il ne restait que quelques fleurs. J'en remarquai quelques-unes en gravissant les hautes marches, tout en me demandant pourquoi je ne parvenais pas à rejeter le passé derrière moi. Si jamais il y avait eu un moment pour vivre dans le présent, c'était bien celui-ci. Jamais le présent ne m'avait semblé plus lointain et jamais le passé ne m'était plus clairement apparu que lorsque j'ouvris la porte du vestibule et que je m'arrêtai dans ce hall peint en gris et bleu, et pavé de dalles grises. Trois générations y avaient joué : c'est dans ce coin que j'avais appris à lancer ma première toupie et que je m'y étais acharné, avec une obstination qui étonnait mon père. « Si cet enfant, disait-il, montre autant de persévérance aux autres choses qu'à la toupie, il arrivera. » Il me surprenait à essayer encore et encore de lancer cette toupie, lorsqu'il descendait aux écuries voir ses chevaux de course qu'il aimait tant. Voici la chaise même sur laquelle il avait l'habitude de poser son chapeau et ses gants. On portait alors des chapeaux hauts de forme à la campagne, et c'était l'affaire du valet de chambre de les tenir soigneusement brossés. Et je me rappelais comment ce petit vieux avait coutume de me surveiller, s'opposant autant qu'il le pouvait à ce lancement de toupie dans le hall, par crainte de me voir renverser la chaise sur laquelle le chapeau était posé : quelquefois cela arrivait, et alors, Seigneur !...

À la recherche de quelqu'un, j'ouvris la porte du salon. Ma sœur s'y trouvait, pleurant notre mère qui était morte le matin.

Nous sommes ainsi faits qu'il nous faut à nos émotions des signes extérieurs, et surtout à notre chagrin ; nous doutons de sa réalité s'il ne s'accompagne de soupirs et de pleurs : et c'est pourquoi, je pense, les larmes de ma sœur me furent un soulagement, car, à vrai dire, j'étais assez frappé de ma propre insensibilité. Ce n'était que sottise de ma part, car je savais par expérience que nous ne commençons pas à souffrir aussitôt après l'accident : cela, comme toute chose, demande un peu de temps, aussi bien la souffrance physique que le chagrin ; mais dans un moment aussi terrible que celui que je décris, on ne réfléchit pas, on retombe dans cette convention que la douleur et les larmes sont aussi inséparables que le feu et la fumée. Si je ne pouvais pleurer, il était bon que ma sœur le pût, et j'accueillis ses larmes comme un tribut payé à la bonté de notre mère, une bonté qui n'avait jamais failli, car c'était une bonté d'instinct. Je regrettai même que Nina dût s'essuyer les yeux pour me faire le récit de ces tristes circonstances : le moment de la mort de notre mère, sa maladie, le spécialiste qui n'était pas arrivé à temps ; j'appris que quelqu'un avait commis une maladresse, ce qui n'avait pas eu, à dire vrai, grande importance, car malheureusement notre mère n'aurait pu supporter une opération.

Tout en l'écoutant, je me rappelai, malgré moi, comment nous parlions de la chère femme dont j'ai décrit l'enterrement dans les pages intitulées *Souvenir*. Ses filles, son fils, son mari et moi, nous parlions d'elle tandis qu'elle agonisait dans la chambre au-dessus ; nous étions tous très émus, et moi, tout au moins, je mesurais l'amour que je ressentais pour elle ; néanmoins notre conversation se trouva dévier tout à coup, et nous nous laissâmes entraîner à parler de choses indifférentes ; peut-être le maître d'hôtel avait-il dû venir nous dire que le déjeuner était servi. Comme de tels incidents détonnent avec nos plus beaux sentiments ! Il semble qu'ils avilissent la vie, au point que nous nous sentons honteux de vivre et tentés de regarder la vie même comme une disgrâce.

Je prévoyais que dans cette maison carrée de style George, dominant du haut d'une colline un long lac sinueux, ce serait parmi nous les mêmes interruptions, les mêmes divagations que parmi mes amis, dans cette maison à l'italienne, sous les dunes, au milieu de bouquets de chênes toujours verts. L'une de ces déplorables divagations ne se fit pas longtemps attendre. Ma sœur eut à me dire quelles personnes étaient à la maison : une tante, sœur de ma mère, était arrivée ; un oncle, frère de ma mère, arriverait le lendemain. On peut aisément comprendre comment la seule mention de ces noms nous éloigna de ce qui aurait pu être l'objet de notre pensée. La pièce même nous fournissait une foule de distractions : tout cet ancien mobilier, la couleur des murs, l'atmosphère même de la pièce reportaient ma pensée vers mon enfance. Le sofa sur lequel ma sœur était assise avait été cassé autrefois, et sans le vouloir je me rappelai comment il avait été cassé ; on l'avait mis dans une chambre de débarras : quelqu'un l'avait donc fait réparer. Je me pris à me demander qui cela pouvait être : ma mère très probablement ; elle veillait à tout.

J'ai dit que je venais d'arriver après un long voyage : ma sœur ne put faire autrement que de parler de déjeuner et nous passâmes dans la salle à manger ; au milieu du repas, mon frère survint avec un air si solennel que je me demandai s'il n'avait pas pris une expression de circonstance, je veux dire s'il n'avait pas involontairement exagéré l'expression de chagrin qu'il aurait dû naturellement avoir. Nous sommes ainsi faits que le vrai et le faux se chevauchent, et si subtilement qu'aucune analyse ne peut déterminer où l'un finit et où l'autre commence. Je me rappelais l'arrivée des parents et des amis, ce jour d'enterrement dans le Sussex, chacun avec un air grave, et, interrompant soudain quelque conversation futile, nous redevenions graves et nous parlions de la morte avec sympathie pendant quelques minutes. Puis, à la première occasion, et avec un sentiment de soulagement, nous nous mettions à parler de choses indifférentes ; avec chaque nouvel arrivant, c'était la même comédie. Revenant du passé au présent, j'écoutai mon frère me parler de la maladresse qu'on avait commise : comment le docteur qu'on n'aurait pas dû appeler était venu à cause de... on rejetait la faute sur quelqu'un, n'importe sur qui. Le sujet était pénible, et il aurait mieux valu le laisser de côté, mais il n'osait parler de quoi que ce fût d'autre que de notre mère, et nous faisions tous nos efforts pour soutenir cette conversation aussi longtemps que possible. Mon frère et moi nous ne nous étions pas vus depuis des années : il revenait des Indes après une longue absence ; je ne pense pas non plus que j'avais vu ma sœur depuis son mariage, il y avait longtemps de cela ; elle avait eu des enfants, et c'était la première fois que je la voyais dans son âge mûr. Nous avions envie de nous poser des questions, de savoir quelque chose les uns des autres, et nous avions envie aussi de voir le paysage que nous n'avions pas vu, du moins pas ensemble, depuis des années : la tentation de sortir de la maison nous venait à la faveur de ce tendre soleil qui flottait sur la pelouse.

Cette même journée suave de brume et de soleil que j'avais contemplée dès le petit matin s'était prolongée, et le soir différait à peine de l'aurore : l'exaltation dans l'air était seulement un peu plus intense ; et je me pris à me dire : « Ma mère est morte par le plus beau jour que j'aie vu, le plus séduisant, le plus blanc, le plus insouciant : un jour aussi chargé d'amour qu'une jeune fille qui s'arrête dans un sentier pour cueillir une branche d'aubépine. » Et je pensais qu'il était singulier que la mort pût venir emporter un être par un jour qui avait un tel air de fiançailles, mais, aussitôt après, je songeais qu'attendre de la nature qu'elle préparât un décor en accord avec notre humeur, c'était folie. Nous n'échappons jamais à l'antique sauvagerie, si persuadés que nous soyons du peu de souci que la nature prend de nous et que nos souffrances ne lui importent pas le moins du monde, car notre instinct remonte à l'époque où le soleil était immobile et où les anges peuplaient l'univers. Mon frère et moi nous contemplions le jour en silence : nul doute que mon frère ne méditât lui aussi cette coïncidence, quoiqu'il ne me fît part d'aucune de ses pensées ; car personne n'ose en exprimer de semblables, elles sont cette substance originelle de nous-mêmes dont nous rougissons et dont la vulgarité nous effraye à moins que nous ne soyons des poètes ou des paysans.

Le jour passait lentement de l'après-midi au soir comme une jeune épousée qu'un voile blanc dérobe et dont les mains et le voile sont parés de fleurs blanches : mais un oiseau noir, de la grosseur d'un oiseau-mouche, s'était perché sur une touffe de fleurs, et il me sembla que le sinistre point noir qu'il y mettait me faisait perdre de vue ce beau jour.

J'aurais pu trouver une comparaison plus heureuse si j'y avais appliqué mon esprit, mais telles étaient mes pensées, ce jour où je parcourais la pelouse avec mon frère, honteux tout à la fois et contraint de parler de ce qu'avait été notre existence pendant les années qui nous avaient séparés.

Comment pourrait-on être accablé de douleur parmi tant de circonstances distrayantes ? Tout ce que je voyais était nouveau et ancien à la fois. Je me retrouvais tout à coup avec mon frère et ma sœur, après ne les avoir vus, comme je l'ai dit, depuis des années : c'était notre première rencontre depuis l'enfance, et nous nous trouvions tous réunis dans la maison où nous étions tous nés. Le lierre qui avait poussé sur l'un des côtés de la maison, la disparition d'un des faux-ébéniers, la brèche faite dans le bois, tout cela était nouveau : mais le lac que je n'avais pas vu depuis ma petite enfance, je n'avais pas besoin de le regarder, tant je savais comment se recourbait chacune de ses rives, et la place exacte de chaque île. C'est sur cette longue grève qu'avaient commencé mes premières aventures, point ne m'était besoin de détourner la tête pour la revoir, je savais que les arbres la masquaient : je connaissais chacun des sentiers qui serpentaient dans les bois.

Cette longue grève jaune tachetée de touffes de joncs avait été ma première cour de récréation. Quand mon frère proposa d'y aller, je trouvai pourtant quelque excuse. À quoi bon ? la réalité ne ferait que détruire mon rêve, qu'abîmer en moi le souvenir de ces futaies où les lapins se terraient, de la mare où nous pêchions des grenouilles, de la longue grève, avec le lac à perte de vue, en été ? Je me rappelle si bien ce sable jaune, dur et tassé, par endroits, comme le plancher d'une salle de bal. L'eau y était si peu profonde que notre gouvernante nous laissait y vagabonder à notre gré et courir en avant à la poursuite de quelque bécasseau. L'oiseau tournoyait avec de petits cris : souvent nous croyions qu'il était blessé, peut-être faisait-il semblant de l'être pour nous éloigner de son nid.

Nous ne pensions pas qu'il fût possible de voir le lac sous un nouvel aspect ; pourtant il nous apparut tel que nous ne l'avions jamais vu auparavant, si calme, si doux, si gris, comme une écharpe de mousseline blanche déroulée entre l'île et la pointe. Le silence était si profond qu'il faisait songer aux contes de fées de jadis, aux bois dormants et aux châteaux hantés : les châteaux se trouvaient dans ces îles, posées sur cette eau embrumée, vagues comme des rêves. Par moments, un pinson lançait son petit gazouillement perçant du haut des branches de grands mélèzes, et les canards jacassaient dans les roseaux, mais leur jacassement n'était qu'un doux murmure qui ne s'entendait guère plus que le bruissement des roseaux à ce moment en pleine floraison. L'ombre des roseaux et de l'île semblait fixée à jamais comme un miroir magique, un miroir sur lequel on aurait respiré : et en écoutant le murmure de l'eau sur le galet on croyait entendre l'éternité murmurer son refrain monotone et triste...

Le lac s'avance vers la terre et forme dans le bois une baie charmante : sur une flaque de sable, quelques pins ont pris racine, ils y vivent tant bien que mal en dépit de rudes sautes de vent durant l'hiver. Au long de la rive, des roseaux morts, sur trois pieds de profondeur, stagnent parmi les joncs : si on les y avait mis exprès, ils ne seraient pas plus réguliers ; il y a aussi un vieux chemin de halage où des aubépines poussent par-dessus un mur effondré. Le penchant de la colline est planté : d'un côté, des hêtres superbes et des houx, de l'autre, des étendues de gazon avec de grands cytises dont les branches chargées de baies répandent leur ombre et de vagues senteurs. C'était l'admiration de mon enfance. Un chemin mène à travers le bois, et sous un pin rugueux, on avait mis un siège, une pierre grossièrement taillée portée par deux pierres debout. Pour une indicible raison, cette pierre me suggéra toujours, même lorsque j'étais enfant, l'idée d'un siège de pèlerin. Cette idée m'était venue, je crois, parce que ma grand-mère avait coutume d'aller chaque jour à l'extrémité du bois et que je le savais. Il y a bien longtemps de cela : j'étais encore en robe. Vingt ans plus tard, c'est là qu'on déposa mon père.

Incessant retour des choses ! Un corbillard apparaîtra dans quelques jours, peut-être ce sera le même. Il y aura ces mêmes chevaux couverts d'une étoffe noire, et que rend ridicules ce deuil extravagant, ce cocher avec son air de bouffon, cet ordonnateur de mauvais augure, qui, muet, dirige les autres de sa baguette ; il y aura une procession de parents et d'amis, portant le crêpe et les gants noirs, et songeant pour la plupart à retourner bientôt à leurs affaires : cette mascarade, que nous appelons un enterrement... Appréhendant une inhumation prématurée (crainte fort répandue), ma mère avait demandé qu'on différât ses obsèques jusqu'au moment où un changement naturel des éléments de son corps ne pourrait plus faire douter que la vie s'en était retirée. Je passai sur la rive du lac le temps qui sépara sa mort de son enterrement.

La même température, jour après jour, persistait ; il est presque impossible de trouver des mots pour exprimer la beauté du reflet gris des îles et des roseaux, les rives estompées flottant au loin, disparaissant dans cette brume de soleil, et le silence de ces rives, une sorte de silence enchanté qu'interrompait seulement le murmure de l'eau sur le galet crayeux. Par moments le chant d'un pinson venait le rompre, puis tout retombait en silence... « Un silence qui semble venir du cœur même des choses », me disais-je, et je m'arrêtais, prêtant l'oreille comme si j'eusse été au bout du monde. Puis je marchais dans les ajoncs, l'herbe drue et les buissons de genévriers qui poussent en bordure du bois, admirant encore en silence le vide de cette campagne, qu'interrompaient seules, parfois, des ramasseuses de bois mort, vieilles femmes courbées sous leur faix de fagots. Et je pensais que peut-être je les connaissais, elles étaient évidemment du village ; j'avais dû les connaître lorsque j'étais petit garçon, et je fus saisi soudain d'une terreur ou d'une timidité incroyables, causées sans doute par le sentiment de l'immense différence que le temps avait imprimée sur nous : elles étaient pareilles, mais j'étais différent. Les livres que j'avais examinés, les tableaux que j'avais vus, m'avaient fort éloigné d'elles, simples âmes qu'elles étaient, et à sentir l'injustice de la destinée humaine il me devenait pénible de les regarder dans les yeux. Aussi fus-je trop heureux de passer derrière des buissons et de m'échapper dans les bois.

Parvenu à une agréable clairière, plus agréable même que celles dont j'avais conservé le souvenir, je m'étendis à terre ; quoiqu'on ne fût qu'aux premiers jours de mai, l'herbe était chaude et les branches des grands cytises se balançaient doucement au souffle délicieux de la brise. Cela me rappela les mots du vieux poète irlandais : « Le bois est comme une harpe aux mains du harpiste. » Regarder les rameaux, écouter leur bruissement suffisait à mon plaisir : je me pris à admirer le ciel bas que chargeaient des flocons de nuages blancs, et la fleur blanche qui commençait à percer parmi les petites feuilles de la haie. Ce fut probablement cette aubépine qui soudain évoqua en moi la pensée de la femme aimée que j'avais perdue à jamais. La mort de ma mère avait un peu fermé cette blessure ; mais, en un moment, toute ma douleur reparut, la blessure se rouvrit, et sans qu'il fût possible d'en étancher le sang.

Un homme ne peut pleurer deux femmes à la fois, et il n'y avait guère plus d'un mois que la plus belle réalité qui eût jamais pris place dans ma vie, et telle que dès l'abord j'en avais senti l'inviolable attache, m'était apparue, m'avait tenu compagnie un moment, puis m'avait abandonné. Toutes les amours partielles de ma jeunesse semblaient avoir enfin trouvé à s'exprimer dans une immuable passion. Qui expliquera jamais le mystère d'un

amour que le temps ne peut pas modifier ? Le mot *fatalité* est le
seul qui en contienne quelque idée. À quoi bon dire que sa
chevelure était blonde et abondante, que ses yeux étaient gris et
bleus ! J'avais connu bien des femmes avant elle : et beaucoup
d'entre elles avaient des cheveux et des yeux aussi beaux ou aussi
profonds, mais aucune autre n'avait eu le pouvoir de me faire
éprouver ce sentiment que je vivais plus intensément quand elle
était près de moi que quand elle en était loin. C'est ce tres-
saillement de vie dont nous sommes toujours en quête, et que
nous sommes peut-être condamnés à perdre pour le mieux
conserver.

Par un tel tour, sous les branches ondoyantes des cytises, la
blancheur de ce lac voluptueusement recourbé entre ces rives
basses ne pouvait manquer de me rappeler son corps. Ce
mystère me rappelait son mystère, mais la ligne mélancolique
des montagnes courant sous le ciel vers le sud ne lui ressemblait
aucunement. On oublie ce qui est différent pour ne s'attacher
qu'à ce qui est semblable... À force de songer à elle, mes sens
s'égarèrent, une sorte de folie m'envahit – adorable désespoir –
à la pensée de ne pouvoir jamais plus posséder cette splendide
créature parfumée comme le temps de mai, de ne plus jamais
tenir entre mes mains le doux ovale de ce visage, de ne plus
jamais me pencher sur ces yeux si beaux : à la pensée aussi que
toute l'intimité de sa personne n'était plus rien qu'un souvenir
que ne renouvellerait plus jamais la présence réelle. C'est à de
tels moments de souvenir passionné qu'on éprouve la douleur
véritable, une angoisse qui n'a probablement jamais trouvé son
expression, si ce n'est en Niobé ; et même cette réunion
d'événements traduit bien plutôt le désespoir que la douleur. Et
la douleur que cette femme m'inspirait m'empêchait de pleurer
ma mère comme j'aurais voulu le faire, car elle avait été une
femme parfaitement bonne, ses vertus avaient brillé d'un admirable éclat pendant des années, et si j'avais vécu avec elle, si
j'avais été près d'elle durant les dernières années de sa vie, sa
mort m'aurait atteint comme le sentiment d'une perte person-

nelle, je l'aurais pleurée le jour de sa mort comme je la pleure à Londres quand, auprès du feu qui s'éteint, la douceur du souvenir s'insinue en moi et que je comprends tout ce que j'ai perdu avec elle.

Nous ne pleurons pas les morts parce qu'ils se trouvent privés des plaisirs de la vie (en admettant que cette vie soit un plaisir), mais à cause de notre propre perte. Qui donc contestera un semblable égoïsme ? C'est pourtant ce que nous possédons de meilleur : c'est notre être même. Songez à la honte qu'éprouverait une maîtresse si son amant allait lui dire qu'il l'aime parce qu'elle désire être aimée, parce qu'il pense que cela lui fera plaisir d'être aimée – elle le haïrait d'un tel altruisme, et le considérerait comme indigne d'elle. Assurément, elle penserait ainsi et elle détournerait de lui son visage jusqu'à ce que le désir de la possession la vienne rejeter vers lui. Nous ne pensons qu'à nous-mêmes, directement ou indirectement. Je pensais à moi quand la honte m'empêchait d'aller au-devant de ces pauvres ramasseuses de fagots : elles n'auraient point du tout réfléchi à l'injustice d'être demeurées aux champs, tandis que j'allais au loin jouir du monde ; elles auraient pris plaisir à me revoir, et quelques bonnes paroles leur auraient fait paraître plus légère la charge qui pesait à leur dos. Ainsi conduit par une involontaire association d'idées, je me mis à songer que l'injustice est une part certaine de notre sort humain, car nous ne nous affligeons passionnément que de ce qui passe ou qui semble passer : peut-être parce que la loi suprême nous en échappe.

Je pense maintenant à celle qui vint tout à coup parmi nous, nous offrir la tentation d'une couleur fugitive comme celle d'une fleur, nous leurrer d'une lueur aussi subite que celle que projettent les ailes d'une colombe. Pourquoi, me demandais-je, étendu sous les cytises, sommes-nous donc portés à pleurer si intensément un délice furtif ; pourquoi nous possède-t-il plus complètement que la tristesse que nous inspire celle qui a enduré pour nous le travail de l'enfantement, qui nous a peut-être allaité de son sein, dont le dévouement pour nous n'eut point de cesse, et qui s'est faite plus tendre encore et plus détachée d'elle-même au fur et à mesure des années. Il n'est nul moyen d'échapper à l'injustice, d'en éluder une parcelle. Tout au plus pouvons-nous, et nous le devons même, admettre que le seul chagrin que nos cœurs peuvent ressentir pour les personnes âgées est une sorte de tristesse douce, semblable à celle que l'année elle-même communique à nos sens en automne lorsque nous rentrons chez nous les mains chargées de ces beaux dahlias simples que les Hollandais ont aimés et peints, liés avec des brins de rouge vigne vierge. Nous rentrons le long des chemins ensoleillés que dominent si pathétiquement des hêtres jaunes, nous nous attristons sur l'année, mais nous ne souffrons pas passionnément : nos cœurs ne se brisent pas. Nous ne parvenons pas même à nous affliger comme les conventions le voudraient, revêtus d'étranges habits. Le fait seul de porter du crêpe et des gants noirs nous rend étrangers à nous-mêmes ; nous ne sommes plus nous-mêmes : nous devenons des cabotins engagés dans la représentation d'une mascarade. « J'aurais pu mieux pleurer ma mère sans tout ce crêpe », m'écriai-je. On n'a jamais rien inventé de si horrible que les funérailles modernes. Le tableau du corbillard et des serviteurs muets s'éveilla dans mon esprit. Ce fut alors même que le pinson reprit et, juste au-dessus de ma tête, dans les mélèzes, éclata un vilain chant perçant d'une douzaine de notes terminé par une insolente petite fioriture. « Quel est cet oiseau, m'écriai-je, qui vient interrompre mes méditations ? » Et, m'étant levé, j'essayai de le découvrir parmi les branches de l'arbre sous lequel je me reposais. Le chant reprit dans un autre arbre un peu plus loin, puis dans un autre encore. Je le suivis et il me conduisit en contournant le bois vers le sommet de la colline au bas de deux courts perrons : le second, en partie tout au moins, demande à être déplacé quand le caveau est ouvert. Ce caveau consiste, sans doute, en une seule pièce avec des tablettes de chaque côté : peu de gens éprouvent la curiosité de descendre dans un caveau à moins d'avoir cent ans. Au-dessus se trouve un monument, très simple, une sorte de table ; à l'enterrement de mon père, un prêtre s'y jucha, ou y fut hissé par la foule, et fit de là son oraison funèbre.

Aucun arbre n'avait été coupé en cet endroit, aux époques où l'on émonde le bois ; les pins et les ifs ont poussé si serrés que l'endroit en est tout obscur, et l'ombre sépulcrale n'y est pas éclaircie même en plein midi. Derrière le tombeau, dans le bois, les pierres de vieilles sépultures apparaissent au ras du sol : la terre les a presque ensevelies, elles ne dépassent que de quelques centimètres les feuilles mortes : tout ce penchant de la colline a dû être autrefois un cimetière, il y a des centaines d'années, et il n'est jamais sorti de ma mémoire, à cause de ce qui m'y est arrivé autrefois, lorsque j'étais enfant.

Le mystère de ce bois tentait vivement ma curiosité, mais jamais je n'avais osé grimper par-dessus le mur fort bas qui le bornait, jusqu'au jour où, laissant ma gouvernante en prière près de la tombe, je découvris une brèche que je pouvais escalader. Mon escalade se trouva interrompue par l'apparition ou l'imaginaire apparition d'un être revêtu d'un châle ou d'une robe brune. Ce me sembla être une femme : elle paraissait flotter au-dessus du sol ; à sa vue, je fis un bond en arrière et je tombai, me blessant assez grièvement. Ma peur avait été si vive que je ne dis mot de ma blessure à ma gouvernante, mais je lui parlai de l'être que j'avais vu, la suppliant de venir avec moi. Elle n'y consentit pas et cela m'impressionna vivement ; je me disais : « Si elle n'avait pas cru qu'il y eût quelqu'un, elle serait venue. »

La peur de la femme au châle brun persista longtemps, et je suppliais toujours ma gouvernante de ne pas traverser l'espace vide qui s'étendait entre la lisière du bois et le tombeau même. Il est possible de revivre en imagination une émotion déjà ressentie : tout ce que j'avais éprouvé, lorsque j'étais enfant, en ces mystérieuses régions du bois de hêtres derrière le tombeau, et la vieille pierre qui se trouvait là, et cet être que j'avais vu, vêtu d'un manteau brun, j'en pouvais revivre les impressions, mais le bois lui-même n'éveillait plus en moi aucune sensation neuve. Tout me semblait quelconque : les marches du tombeau, le tombeau lui-même, le mur, et jusqu'au bois enchanté qui n'était à présent à mes yeux rien de plus qu'un simple bois. Quelques vieilles pierres y pointaient parmi les feuilles, c'était tout.

Le merveilleux ne cesse point : quand on est jeune on s'émerveille du monde extérieur ; plus tard, on trouve extraordinaire la vie intérieure ; et ce qui maintenant me semblait merveilleux, c'était que j'eusse tant changé. La vue du fantôme peut être mise au compte de mon imagination, mais comment expliquer le changement qu'avait subi ce bois ; son mystère aussi n'était-il donc qu'un rêve, une simple imagination ? où est la vérité ? l'expérience dépouille-t-elle le monde de son mystère, ou changeons-nous au point que les émanations furtives, qui jadis prenaient forme, échappent maintenant à nos yeux ? est-ce donc impossible ? Un sens se développe, un autre s'atténue. Le mystique qui, au haut d'une colline, dans le recoin d'une caverne, passe sa vie à considérer les choses éternelles, atteint aux clartés d'une vie qui s'étend bien au-delà de notre vie quotidienne. Peut-être l'homme ne se résigne-t-il point à mourir comme une plante ? Et tout en me demandant si l'éclair d'une autre vie m'avait été accordé au temps où mes sens étaient plus affinés, je descendis la colline et je m'assis à l'ombre des mélèzes chargés de fruits, essayant de me persuader que je n'avais pas espéré revoir la dame brune.

Un jour, le silence des bois fut rompu par les coups de marteau d'un maçon et d'un ouvrier qui l'accompagnait, l'aide-maçon probablement. J'appris qu'en ouvrant le caveau on avait découvert qu'il n'y avait pas assez de place pour un autre cercueil. Élargir le caveau n'était point nécessaire, une ou deux tablettes de plus pouvaient suffire pour bien des années encore. Son idée était juste ; avec deux tablettes de plus, il y aurait de la place pour mes frères, ma sœur et moi, mais il faudrait que la génération suivante fît faire une nouvelle excavation dans la colline ou cherchât un autre cimetière. Il me regardait en parlant. Je considérai un moment ce beau garçon, jeune et dont les yeux étaient pâles comme le paysage, et je me demandais s'il s'attendait à ce que je lui dise ma satisfaction de voir que les choses se fussent arrangées ainsi... Le bruit du marteau du maçon me donnait sur les nerfs et, sentant que le bois n'était plus un endroit propre à la méditation, je fis le tour de la rive jusqu'au vieux garage, me demandant comment il se pouvait que les paroles d'un simple paysan eussent réussi à produire une aussi étrange révulsion de mes sentiments. Sans nul doute c'était l'intensité avec laquelle j'avais ressenti à quel point nous ne sommes jamais très loin de la mort, les uns et les autres, qui me donnait la sensation de penser à ce sujet pour la première fois de ma vie. À peine atteignons-nous l'âge de la réflexion, la pensée de la mort n'est jamais très éloignée de notre esprit. C'est un sujet auquel nous pensons toujours. Nous nous couchons en songeant qu'un autre jour a passé, que nous sommes d'un autre jour plus près de notre tombe. Le moindre incident suffit à nous faire resonger à la mort. Ce matin même, j'avais vu deux mouches bleues se presser l'une l'autre dans le coin d'une vitre ; et aussitôt je m'étais rappelé que toute vie a un terme, quelques mois pour la mouche bleue, et quelques années pour moi. On oublie comment on pensait vingt ans plus tôt ; mais j'incline à croire que les jeunes gens même méditent souvent sur la mort : il en doit être ainsi, car tous leurs livres contiennent des vers sur l'inconstance des choses. Et plus nous avançons en âge, plus il semble que nous pensions à ce même sujet. Qu'est-ce que toute la littérature moderne sinon la fumée du regret que nous ne soyons rien que des bulles sur un fleuve ? Je croyais qu'on ne pouvait rien dire sur ce sujet éternel qui fût susceptible de m'émouvoir : et pourtant cette pensée qui nous suit de la jeunesse à l'âge mûr, ce garçon de Derryany l'avait provoquée en moi, mieux qu'aucune littérature n'eût pu le faire. Il avait surpassé tous les poètes, et cela non pas avec une simple phrase ; c'était plutôt son attitude d'esprit vis-à-vis de la mort qui m'avait ému, et tout en marchant le long de la grève, j'essayais de me rappeler ses propres mots. Ils étaient bien simples, assurément, si simples que je ne pouvais les retrouver. Il m'avait dit que Michel

Malia (c'était le nom du maître-maçon) m'avait connu depuis mon enfance ; et puis, sans choisir ses mots, sans y prendre garde, parlant inconsciemment comme il respirait, il avait ajouté que si je tenais à avoir une certaine place, je n'avais qu'à prévenir Michel Malia, qu'il me la réserverait. Il y en aurait une convenable, juste au-dessus de mon grand-père, quand on aurait assujetti la nouvelle tablette : il se rappelait avoir entendu dire que nous étions l'un et l'autre des écrivains. Je le remerciai et me mis à penser qu'il m'avait « mis à ma place » comme peut-être aucun poète ne l'avait fait. Je le verrai toujours, comme je le vis, s'éloigner d'un pas ferme à travers la verdure du bois, le sac de chaux sur le dos.

Et assis au bord de ce paisible lac, je me dis : « Dans vingt ou trente ans je rejoindrai certainement les autres dans cet horrible caveau : rien ne peut m'en préserver. » De nouveau le présent m'échappa et mon esprit redevint clair comme le cristal : nous n'avons du présent qu'une idée inconsciente, sans quoi nous ne pourrions pas vivre. Je m'étais dit tout cela auparavant, et de nouveau je me faisais l'effet d'une mouche grimpant le long d'une vitre, retombant, bourdonnant et regrimpant encore. Tous les expédients que j'avais tentés s'étaient montrés illusoires. Chacun d'eux aboutissait à cette même conclusion que les morts sont impuissants. « Les vivants font de nous ce qu'ils veulent », murmurai-je, et je songeai à ceux de mes parents qui, catholiques, croient tous à l'intervention des prêtres et de l'eau bénite, à l'Immaculée Conception, aux indulgences papales, et à une foule d'autres choses que je ne pouvais me rappeler, tant était grande mon angoisse à la pensée que mon pauvre corps païen dût être livré sans secours à leurs pieuses mains. Je me rappelais leurs visages, je pouvais entendre leurs voix, celle de mon frère qui me faisait toujours penser à la voix d'un cardinal manqué bien plutôt qu'à celle d'un colonel ; je pouvais voir ses yeux pâles, humides de sa foi dans l'intercession de la Vierge : un catholique est reconnaissable à première vue comme on reconnaît un poitrinaire.

Le lac recourbé, les montagnes pâles, les rives basses, le soleil et la brume ne contribuaient pas peu à m'effrayer ; la campagne prenait à ce moment une impression intensément catholique : mes pensées dévièrent, et je commençai à me demander si l'aspect d'une contrée n'emprunte pas son caractère aux idées de ceux qui y vivent. « Comment pourrais-je éviter ce caveau ? » m'écriai-je tout à coup. L'aide-maçon de Michel Malia m'avait dit qu'on pourrait me placer juste au-dessus de mon grand-père. Mon grand-père était un homme de lettres, un historien dont je n'ai pas lu les histoires ; et au sein de l'horreur que m'inspirait mon probable enterrement, je me divertis en pensant que j'aurais aimé voir le vieux monsieur dont le portrait est pendu dans la salle à manger lire mes romans, et je me mis à imaginer ce que cet auteur d'une histoire de la Révolution française aurait pensé d'*Esther Waters*.

Et tout en écoutant clapoter l'eau du lac, j'imaginai un horrible colloque dans ce caveau. Il me vint tout fait à l'esprit, notre dialogue. « Ciel, m'écriai-je, il faut faire quelque chose pour y échapper. » Et mes yeux se tendaient par-dessus le lac vers l'île où un homme du pays de Galles avait bâti un château. Je voyais les bois qui descendaient jusqu'au bord de l'eau et je me rappelais ceux que je ne voyais pas. Tous les mélèzes qui poussaient aux flancs des collines revinrent à mon esprit d'un coup, et je pensai au merveilleux bûcher que l'on pourrait en faire. On n'avait pas coupé d'arbres depuis trente ans, j'en pouvais vivre encore trente. Que de bois splendide on y trouverait pour un bûcher, un bûcher de cinquante pieds de haut, imprégné d'huiles odoriférantes ! J'y serais couché tout en haut avec tous mes livres (le bel oreiller que cela me ferait sous la tête) ; les anciens héros n'étaient-ils pas étendus avec leurs armes auprès d'eux ? On abattait leurs montures pour que les esprits de ces chevaux pussent les servir dans les royaumes aériens. Mon bûcher serait élevé sur l'île qui me faisait face : on en verrait les flammes à des lieues et des lieues, le lac en serait tout éclairé, et mon corps deviendrait une sorte de phare, le phare de l'avenir païen qui attend la vieille Irlande. Le prix de semblables funérailles ne serait pas par trop excessif : quelques milliers de francs, peut-être, le prix d'un millier de mélèzes, de quelques barils d'huiles parfumées et de la fête, car, tandis que je rôtirais, les assistants devraient manger et boire et porter de gais vêtements, les hommes comme les femmes... On jouerait la musique la plus gaie : des passages du *Mariage de Figaro*, et la scène du feu de la *Walkyrie* pour terminer. Mais ce n'est là qu'un choix improvisé, c'est une chose qui demande une attention soigneuse. Il serait beau, en vérité, que de telles funérailles, qu'une telle incinération pût avoir lieu : rien ne s'y oppose à moins que la loi n'interdise de brûler en public des corps humains.

Et mon visage alors s'assombrit ainsi que mon âme : je devins mélancolique comme le lac, comme les montagnes du sud qui couraient sous le ciel plaintif, à la manière d'une mélodie irlandaise ; car ce bûcher que j'avais si splendidement rêvé était impossible. Il me faudrait retomber sur le four crématoire, en Angleterre. Il n'y en a pas en Irlande, l'Irlande est liée à sa croyance dans la résurrection des corps. « Avant de décider quelles devaient être mes propres funérailles, me dis-je, il me faut voir quelles libertés funèbres la loi moderne et la morale chrétienne laissent à un citoyen, et je ne pourrai le faire avant de retourner à Dublin. »

C'est près de Lough Cara que je commençai d'imaginer mon entrevue avec le notaire de la famille, vieil homme à tête blanche pleine de préjugés, comme les rois de certaines pièces romanesques, dévot catholique qui n'entendrait pas grand-chose à mon paganisme, mais je le tiendrais entre ces deux pointes bien aiguisées : soit de commettre un acte aussi dénué de sens pratique que de refuser de faire un testament pour des raisons théologiques, soit de faire violence à sa conscience et d'aider son prochain à disposer de son corps de façon à créer des difficultés au Tout-Puissant au moment de la résurrection des corps dans la vallée de Josaphat. L'embarras de la famille du notaire ne serait pas sans charme, et, s'il refusait de m'établir ce testament, il y aurait une foule d'autres notaires qui n'hésiteraient pas à établir tout ce qui me passerait par l'esprit à cet égard. Afin d'assurer le convenable ensevelissement de mon corps, mon intention était de laisser tous mes biens, terres, argent, tableaux et mobilier, à mon frère le colonel Maurice Moore, à condition que je serais incinéré et que l'on dispenserait mes cendres de l'humiliation des rites chrétiens. Au cas où les conditions du legs seraient trop désagréables au colonel Maurice Moore pour qu'il pût veiller à ce que mes restes fussent traités conformément à mes volontés, mes biens, terres, argent, peintures et mobilier iraient à mon frère Augustus Moore ; au cas où celui-ci déclinerait de faire exécuter mes volontés concernant mes restes, tous mes biens iraient à mon frère Julian Moore ; s'il se croyait tenu de refuser à veiller à l'exécution de mes dernières volontés concernant mes restes, tous lesdits biens devraient aller à mon ami, sir William Eden, qui prendrait, j'en suis sûr, un plaisir attristé à réaliser les souhaits de son vieil ami. Un testament ainsi établi me donnerait toute assurance de n'être pas enterré avec mes ancêtres à Kiltoon, et, durant les deux jours qui suivirent, je méditai sur mon propre ensevelissement. Mon frère trouverait probablement que ce serait là une assez grosse dépense, mais il ne m'abandonnerait pas.

Il m'avait déchargé du soin de voir les entrepreneurs de pompes funèbres et de prendre les arrangements nécessaires pour faire dire les messes, soin qui m'eût été atrocement désagréable, si bien que j'eus grandement le temps de songer aux détails de mes propres funérailles, et je me félicitai de penser que j'échapperais à la honte d'un ensevelissement chrétien, honte qui ne m'était pas complètement apparue avant ces deux derniers jours mais que j'avais néanmoins soupçonnée. Sans doute, c'était la terreur de Kiltoon qui m'avait inspiré cette obsession de la mort à laquelle pendant les dernières années je n'avais pu échapper. Je suis d'une nature romanesque et il eût été fâcheux de renoncer au bûcher que j'avais imaginé. Je me plaisais à la vision qui m'était venue, et j'imaginais le bûcher haut de cinquante pieds, brûlant splendidement et dégageant une chaleur si intense qu'il faudrait aux assistants se rembarquer sur leurs bateaux. Quel spectacle ce serait là, en admettant que la loi le permît, mais la loi s'oppose à ce qu'on brûle des restes humains, et j'en serais réduit au four crématoire public ! Mais où et de quelque façon que je sois brûlé, il me faudrait décider ce que je désirais qu'on fît de mes cendres. Dans un moment d'heureuse inspiration, je conçus l'idée d'un vase grec, et je me remémorai tous les vases grecs que j'avais vus : ils sont tous beaux, le premier venu fera l'affaire pourvu que le relief représente quelque scène de bacchanale. L'achat du vase sera une dépense additionnelle ; sans doute je vais causer à mon frère une sérieuse dépense, cela devient de plus en plus difficile d'acheter de la sculpture grecque originale ; et dans un moment de parcimonie posthume, j'allai jusqu'à penser à une simple copie, en granit : le granit résiste mieux que le marbre. Ce serait amusant de prendre une feuille de papier et un crayon et de dessiner tout ce que je puis me rappeler des différents vases, de ces diverses scènes bachiques, où l'on voit des hommes robustes portant des outres de vin, mêlés à d'aimables jeunes filles qui dansent avec grâce. Des jeunes gens jouent de la flûte, et l'on voit parmi eux des faunes, cette aimable animalité des bois et des paysages antiques, du temps où les hommes commencèrent à traire leurs chèvres, et où l'un d'entre eux, plus pensif, plus méditatif que les autres, descendit sur la rive du fleuve, coupa un roseau et découvrit la musique. Le vase que je me rappelle le mieux avait des anses droites formées de cols de cygnes. Il avait environ deux pieds de haut, et sa cavité aurait pu assurément contenir tout ce qui resterait de moi après mon incinération. Personne, à voir ce sourire de satisfaction sur mes lèvres, n'eût pensé que je songeais à une urne grecque et à un petit tas de cendres blanches.

« Ô Mort ! où est ton aiguillon ? » murmurai-je, et le crayon tomba de ma main car je ne pouvais parvenir à me rappeler, plus qu'à moitié, le jeune homme qui danse près d'une jeune fille sur l'épaule de qui il a placé son bras gauche. « Mais elle est plus impulsive que lui », me dis-je, et je me pris à me demander si la cause de son désir était une autre jeune fille ou un poème qu'il préférait à la compagne de ses ébats. Peu à peu la plupart des figures de cette saturnale me revinrent à l'esprit, car cette sculpture était si bien faite que les années n'avaient qu'obscurci ma mémoire, et, comme celle-ci s'éclairait, je vis la jeune fille qui dansait, le bras droit étendu, le bras gauche replié et agitant une écharpe. La forme continuait à se préciser dans mon souvenir, la place exacte des seins, et surtout le modelé du ventre, d'un dessin si parfait qu'il semblait que la jeune fille eût posé devant le sculpteur tandis qu'il travaillait. « Ingres et l'antiquité seuls ont su simplifier, m'écriai-je ; comme cette cuisse est délicieuse, comme elle avance bien ! » Et nous, pauvres modernes, nous vivons sur cette beauté-là depuis quelque chose comme deux mille ans. Mais c'est en vain que nous avons pu essayer d'imiter cette draperie qui flotte autour des chevilles, comme l'écume qui se brise sur la crête d'une vague. Un svelte jeune homme est près d'elle, ses épaules se soulèvent, car il porte la flûte à ses lèvres, ses pieds sont joints, et près de lui un satyre danse avec une sauvage ardeur, frappant les cymbales en dansant. Il est suivi, me semble-t-il – il est difficile de préciser si c'est un souvenir d'un autre vase ou si la figure fait bien partie du même groupe –, d'un faune si séduisant qu'il me décida à choisir ce vase pour le repos de mes cendres et à spécifier, dans le testament que je voulais faire dès mon retour à Dublin, que le meilleur sculpteur possible serait requis pour en faire une copie.

Il ne faut pas que mon testament soit trop compliqué, sans quoi on le contestera. Tout ce qui n'est pas commun peut être aisément présenté comme une folie par un avocat bavard devant un jury stupide. « Qui donc, sinon un fou, demande l'avocat, peut se soucier à ce point de ce que l'on fera de ses restes ? » Tout le tribunal l'approuve, car chacun des membres du tribunal a le plus grand désir de prouver à son voisin qu'il est un bon chrétien. Tout est convention, et il est impossible que les cercueils de plomb et les cercueils de chêne soient considérés comme une preuve d'insanité, parce que les hommes croient encore à la résurrection des corps. Les pharaons étaient-ils des fous ? et la construction de la grande pyramide était-elle un acte de démence ? L'affirmation courante est que le sort de nos restes importe peu, et cependant le monde n'a cessé de s'employer à construire des tombeaux. Il n'y a que ces charmants satyres qui ne s'en soucient point. Les satyres, eux, s'en vont vers quelque place secrète, quand ils sentent que la mort les menace ; mais la pauvre humanité veut qu'on se souvienne d'elle. Le désir de n'être pas oublié, pendant quelque temps au moins après la mort, est un instinct aussi puissant que tous ceux qu'on pourra invoquer ; nous n'employons nos vies qu'à nous assurer un peu d'immortalité. Qu'y a-t-il de plus naturel que de voir chacun d'entre nous souhaiter que sa mort et son ensevelissement soient, autant que possible, conformes aux idées qu'il déclarait accepter durant sa vie ? à quel autre propos peut servir la consécration de morceaux de terrain et l'érection de croix ? En cela tout au moins je ne diffère pas des autres. Si je m'inquiète de mon incinération, c'est parce que je voudrais jusqu'au bout manifester et exprimer mes idées : et ni dans ma prose ni dans mes vers, je n'ai tracé mes pensées aussi complètement, ni aussi parfaitement que je le fais dans ces instructions pour mon tombeau. Un doute encore, pourtant, demeure dans mon esprit. Où devrait-on placer ce vase ? Pas dans Westminster Abbey. Fi de tous les lieux de sépulture chrétiens ! Un musée n'inspire qu'à peu de gens des pensées élevées : Goncourt parle de la glaciale admiration des foules. Pourquoi ne pas placer ce vase dans ce mur de pierre, dans ce même coin où j'apprenais à lancer ma toupie ? Mais, tôt ou tard, une servante le briserait. La maison deviendra la propriété de quelque autre famille, et des étrangers regarderont ce vase avec une nonchalante curiosité ou peut-être penseront-ils qu'il est ennuyeux de m'avoir ainsi dans le hall. Et un ordre m'enverra au grenier.

Savoir comment placer le vase me coûta beaucoup de recherche, et je prévoyais qu'à défaut d'une idée qui me permettrait de le préserver à jamais mon projet serait privé d'une bonne moitié de sa valeur. J'étais assis à réfléchir quand j'entendis un bruit de pas dans l'escalier. « Ils descendent le cercueil de ma mère », me dis-je. La porte s'ouvrit et on vint me dire que le funèbre cortège m'attendait. Mon frère, ainsi que divers parents et amis, se trouvaient dans le hall : à toutes les mains des gants noirs, du crêpe à chaque chapeau. « Toute la mise en scène du chagrin, me dis-je, rien n'y manque. » Mon âme se révoltait contre cette moquerie. « Mais pourquoi plaindre ma mère ? Elle a souhaité reposer près de son mari : loin de moi la pensée de critiquer un tel désir ! »

On hissa le cercueil sur le corbillard. Un vieux jardinier d'autrefois vint me demander si je désirais qu'il y eût des pleureuses. Je ne compris pas d'abord : il se mit à s'expliquer, il entendait par là les lamentations avec lesquelles les paysans de l'Ouest accompagnent leurs morts au tombeau. Abominable sauvagerie ! et j'ordonnai qu'il n'y eût rien de pareil, mais trois ou quatre femmes, incapables de se contenir, se jetèrent en avant et commencèrent leurs lamentations. Il était difficile d'essayer de les interrompre. Chacun regardait de droite et de gauche pour voir s'il n'y avait pas de nuages au ciel, car on était à une demi-lieue de la chapelle ; nous aurions à marcher une bonne lieue au moins, et s'il pleuvait, on prendrait probablement froid. Nous pensions à l'humidité du bois qui s'égoutte du haut des branches mélancoliques des sapins et des ifs qui poussent autour du sépulcre sur le penchant de la colline. Mais il n'y avait aucun danger de pluie ; fondue et grise, l'île du château reposait dans l'eau embrumée et me rappelait quelles splendides funérailles j'aurais pu avoir si la loi n'était venue m'en empêcher. Et comme nous suivions cette famélique route grise d'Irlande que bordaient, de chaque côté, de pauvres champs, des champs qui semblaient sur le point de s'effondrer en marécages, une fois passées les maisons des pauvres gens, j'essayai de trouver un moyen de sauvegarder le vase. Mais Ramsès lui-même n'a pas réussi à protéger son corps de la profanation : on l'a démaillotté, j'ai vu sa photographie dans le Strand ; et où il a échoué, comment réussirais-je ?

Pendant que chantaient les vingt prêtres convoqués pour célébrer la messe, mon esprit continuait à vagabonder à la recherche de l'inaccessible, à la recherche de ce que Ramsès n'avait su découvrir. Malgré moi, au moment même où le prêtre commença à entonner le *Pater noster*, je pensai à la haute mer comme au seul réceptacle propre et assez sacré pour le vase qui contiendrait mes cendres. Jeté là où la mer est la plus profonde, il ne toucherait pas le fond mais resterait suspendu dans les sombres régions immobiles où circulent seuls quelques poissons dans un froid tombeau, « fait sans mains, dans un monde sans tache », entouré d'une ronde gracieuse de bacchantes, jeunes gens et jeunes filles, créatures sauvages des bois, humaine animalité primitive.

Rien ne dure à jamais. Dans quelques millions d'années, la mer commencera à se dessécher, le vase qui me contiendra coulera à pic. (Pourquoi ne coulerait-il pas sur quelque solide fondement de rochers pour y rester debout, dans ce désert dépourvu d'air et d'eau ? C'est mon espoir.) Ramsès a échoué, mais je réussirai.

Environnée d'une ronde de jeunes gens et de jeunes filles, ma tombe se dressera sur un roc élevé dans la solitude de l'océan tari. Des millions d'années passeront : la terre, après être restée comme morte pendant un très long hiver, ira avec d'autres planètes tournoyantes s'absorber dans les astres : Sirius et ses semblables. Au regard des événements graves, les millions d'années ne sont que des secondes. Après... disons : quelques millions d'années, le suprême moment, l'instant originel, celui de l'unité sera accompli ; alors le flot sidéral commencera de nouveau à se répandre et l'éternelle dispersion des choses recommencera. Les soleils seront projetés dans l'espace, les planètes vomiront les lunes. Des millions d'années passeront ; la terre deviendra froide ; du limon primitif, la vie resurgira sous forme de plantes, puis de poissons, puis d'animaux... Imagination folle ? est-elle donc plus folle que l'histoire des pauvres gens de Palestine ? J'ai cette croyance que dans des billions d'années d'ici, des billions et des billions d'années, je me retrouverai dans cette même chambre, écrivant ces mêmes lignes que j'écris à présent ; et je crois qu'après quelques années ma tombe flottera de nouveau dans les profondeurs silencieuses de l'immuable océan, et que les mêmes figures, les mêmes nymphes et les mêmes faunes mèneront leur danse autour de moi.

Extrait de *Mémoires de ma vie morte*.

Traduit de l'anglais par G. Jean-Aubry.

ANATOLE LE BRAZ

Tour de l'île

Pour commencer, voici une carte de la grande île occidentale que, par un joli euphémisme, l'Angleterre désigne sous le nom de l'« île sœur », entendez la sœur cadette, celle qui a pour destinée d'être perpétuellement battue. Remarquez l'abondance des lacs : on dirait une terre criblée de trous. Par là le pays est déjà quelque peu symbolique de ses habitants. Un des premiers traits, en effet, qui vous frappent chez l'Irlandais comme chez l'Irlandaise, c'est la multiplicité des lacunes dont témoignent à l'ordinaire leurs vêtements. Qu'il s'agisse du paletot des hommes ou du jupon des femmes, on voit, si l'on peut dire, le jour au travers. Ainsi en va-t-il de l'Irlande elle-même : à tout instant, le sol s'entrouvre pour laisser s'épanouir la lumière d'un lac. Des trous avec quelque chose autour, telle est la terre irlandaise et tel pareillement le costume irlandais.

À présent, saluons Dublin. La capitale de l'île en est aussi le seuil d'accès, lorsqu'on y aborde par la mer d'Irlande, sur le paquebot de Holyhead. La traversée se fait habituellement de nuit, et la nuit, vous le savez, surtout quand on ne dort pas, est singulièrement propice aux songes. Sur ces eaux ils s'évoquent d'eux-mêmes. N'est-ce pas cette mer qui, jadis, a servi de cadre à la plus merveilleuse histoire d'amour et de mort qu'ait inventée l'imagination des hommes ? N'est-ce pas dans ces parages que, par une nuit semblable, sous ces mêmes étoiles, Yseult et Tristan commirent la divine erreur de tremper leurs lèvres au philtre enchanté ? Toutes ces admirables créations du génie celtique, les plus belles peut-être qui soient au monde, vous les sentez vivre ici dans l'espace, tellement, aux approches de l'île sainte, l'atmosphère est comme chargée de souvenirs, tellement il y frémit, il y palpite un je-ne-sais-quoi de véhément et de subtil tout ensemble que ne connaissent point les autres climats.

De Dublin nous nous mettrons tout de suite en route, s'il vous plaît, vers le nord-ouest. Le caractère le plus spécifique de l'Irlande c'est d'être enclose comme dans une corbeille de montagnes qui la bordent sur presque tout son pourtour et, le plus souvent, s'érigent à pic au-dessus des flots. Le fond de la corbeille est constitué par une plaine immense, veinée de rivières et, comme nous l'avons dit, ajourée de lacs. C'est là vraiment la verte Irlande, celle qui a mérité d'être appelée l'« Émeraude des mers ». Rien dans nos pays ne peut donner l'idée de ce verdoiement intense, presque excessif, et de teintes pourtant si mobiles, si lumineuses, si délicatement nuancées ! Cela est d'une douceur, d'un moelleux inexprimables. C'est comme une caresse apaisante qui, par les yeux, vous pénétrerait jusqu'au cerveau.

Mais on se trompe fort, lorsqu'on se représente l'Irlande tout entière vouée au vert. Cette fête, cette orgie de verdure n'appartient qu'à la plaine centrale, et, dès que l'on s'enfonce dans les régions montagneuses, on assiste à un déploiement infini de colorations qui vont du bleu indigo au rouge sombre en passant par toutes les gammes intermédiaires, depuis les lilas et les mauves les plus tendres jusqu'aux pourpres les plus éclatants.

Au commencement du printemps et sur la fin de l'automne, les vastes étendues de bruyères desséchées exhibent des tons noirâtres. On a l'impression d'une Irlande funèbre, d'une Irlande en deuil. Mais ce noir même est un noir spécial, un noir

ciré, pour ainsi dire, et qui reste vivant, comme un grand miroir
d'ébène qu'anime du jeu de ses nuages et de ses rayons la
fantaisie changeante du ciel irlandais. Vienne le mois d'août,
vienne surtout septembre : alors c'est une splendeur à laquelle je
ne vois pas ce que les landes de Bretagne elles-mêmes pourraient
avoir de comparable. Toute l'Irlande des bogs et des monts est
comme ruisselante de pourpre et d'or. Essayez de vous figurer
des champs de bruyères, fleuries à perte de vue dans toutes les
directions, et si hautes sur tige qu'un homme y disparaît tout
entier. Et c'est vous marquer assez, n'est-ce pas ? qu'on n'en est
pas quitte avec l'Irlande quand on a parlé de la « verte Erinn ».

Mais voici un autre charme de cette terre, l'abondance de ses
eaux. Nous avons vu qu'elles y sourdent de partout, qu'elles la
perforent et qu'elles l'imprègnent. C'est proprement une éponge
que l'Irlande. Lorsque vous voyagez de nuit dans ses solitudes,
vous êtes comme enveloppé par le bruit des torrents qui
s'interpellent et se répondent de vallée en vallée. De même, vous
n'y pouvez faire une lieue de chemin sans découvrir soudain, à
droite ou à gauche, quelque lac petit ou grand, semblable à une
prunelle mystérieuse où se réfléchit un lambeau de ciel. Torrents
ou lacs alimentent les fameuses rivières à saumons. D'aucunes,
comme à Belleeck ou à Ballyshannon, sont coupées de barrages
qui fournissent aux amateurs de ce genre de sport l'occasion de
contempler « le saut du saumon », lorsque le saumon est en
humeur de sauter. C'est un spectacle qui exige chez ses fervents
une dose de patience et de goût du farniente pour laquelle ce
n'est pas assez d'être breton : il faut être irlandais.

À ces paysages qui viennent de passer devant vous, vous aurez
certainement constaté qu'il manque un élément essentiel, à
savoir : des arbres. Ils sont plutôt clairsemés en Irlande. Lorsque
vous les voyez surgir en masse profonde, vous pouvez être sûrs
que, derrière leurs frondaisons, va se découper, dans la perspective d'une avenue, la demeure imposante d'un *landlord*, c'est-
à-dire d'un de ces grands propriétaires anglais à qui, depuis
Cromwell, sont dévolus les trois quarts, sinon les cinq sixièmes,

de la terre irlandaise. À part ces bois seigneuriaux, les seules forêts de l'Irlande, ce sont ses bruyères. Ce sont elles, voyez, qui drapent de leur épaisse fourrure cette montagne, l'Errigal, l'un des plus hauts sommets de l'île. Hauts sommets, ai-je dit : non pas sans doute que les cimes irlandaises fassent jamais penser aux Alpes. Mais elles ne laissent pourtant pas d'avoir leur majesté propre, leur solennité, leur grandeur. Et elles ont en plus un je-ne-sais-quoi d'invitant, de captivant qui vous prend l'âme. Je les ai parcourues pendant des journées et des journées, cheminant de crête en crête, sans éprouver, je ne dis pas seulement la moindre sensation de fatigue, mais même la plus légère impression de monotonie.

Vous apercevez ici un des chemins en lacets qui les traversent. Ah ! le plaisir de rouler à bicyclette sur ces belles routes irlandaises, comment et par quels mots vous le rendre ! Ailleurs, qui dit chemin dit une chaussée immobile, dure, figée. En Irlande, vous le sentez vibrer, palpiter, rebondir sous vos pas. Vous allez, vous volez, porté par un sol souple, un sol élastique dont la vertu communique à vos membres une sorte d'allégresse et presque d'impondérabilité. Voyager ainsi, ce n'est plus un effort, mais une joie.

Nous venons d'atteindre l'arête schisteuse d'un de ces puissants promontoires que les chaînes du Donegal projettent dans l'Atlantique, au-dessus du *glen* Columkill. Vous êtes ici en présence d'une scène de nature dont je n'en connais pas d'autres qui égalent la souveraine beauté : j'entends le mariage sublime de la montagne et de la mer. Est-il besoin de vous faire remarquer avec quelle noblesse et quelle grâce elles s'étreignent et se confondent ? C'est à qui des deux déploiera dans ce magnifique hymen les séductions les plus grandioses, les charmes les plus pénétrants.

Les guides du tourisme, vous disais-je au début de ma causerie, veulent que l'on aille de préférence à la traditionnelle « Chaussée des géants » admirer ces jeux de la montagne et de la mer. Et, comme vous en jugerez par les images qui vont suivre, le spectacle, assurément, n'est pas banal de ces énormes tuyaux de basalte, de ces prestigieuses orgues en pierre au sein desquelles mugissent toutes les formidables harmonies des flots et des vents.

Mais c'est ici, dans le Connemara, devant les falaises de Mohair, que j'ai vraiment goûté, quant à moi, les indicibles magies de l'Irlande maritime. À des centaines de pieds au-dessus de votre tête, la paroi de granit, de marbre ou de porphyre s'enlève d'un élan vertigineux, fouillée, sculptée comme par une mer artiste, et barbouillée d'une débauche de couleurs où le soleil, à son déclin, allume de fantastiques fulgurations. Car l'Irlande est, par excellence, la terre du soleil couchant. De là lui vient sa valeur, sa signification suprême. Les pays de beauté sont ceux qui regardent l'ouest. Et l'Irlande est à un degré unique une Hespérie, un pays du soir, une terre de crépuscule, comme a dit le poète Yeats.

Le dernier adieu de l'astre, près de la vie, en s'attardant sur le front de l'Irlande, la marque d'un signe d'élection parmi les patries de la beauté.

Extrait de *Impressions d'Irlande.*

L'IRLANDE FANTASTIQUE

OCTAVE MIRBEAU

La chambre close

I

J'ouvris les yeux et je regardai autour de moi. Un homme était penché sur mon lit ; près de l'homme, une femme, coiffée d'un bonnet à grandes ailes blanches, tenait en ses mains des compresses humides. La chambre vibrait, claire et simple, avec ses murs tapissés d'un papier gris pâle à fleurettes roses. Sur une table recouverte d'une grosse serviette de toile écrue, je remarquai divers objets inconnus, des rangées de fioles et un vase de terre brune plein de morceaux de glace. Par la fenêtre entr'ouverte, l'air entrait, gonflant comme une voile les rideaux de mousseline, et j'apercevais un pan de ciel bleu, des cimes d'arbres toutes verdoyantes et fleuries se balançant doucement dans la brise. Où donc étais-je ? Il me sembla que je sortais d'un long rêve, que j'avais, pendant des années, vécu dans le vague et pour ainsi dire dans la mort. Je ne me souvenais de rien, j'avais le cerveau vide, les membres brisés, la chair meurtrie, la pensée inerte. J'entendais par moments comme des cloches qui auraient tinté au loin, et puis soudain on eût dit que des vols de bourdons m'emplissaient les oreilles de leurs ronflements sonores.

L'homme souleva ma tête avec des mouvements doux, me fit boire quelques gorgées d'un breuvage que j'avalai avidement.

– Eh bien, monsieur Fearnell, me dit-il, comment vous trouvez-vous ?

– Hein ? Quoi ? m'écriai-je, où suis-je ?

– Vous êtes chez moi, mon bon monsieur Fearnell, répondit l'homme, chez moi... Allons, ajouta-t-il en replaçant ma tête sur l'oreiller, tranquillisez-vous, on vous soigne bien.

Je fixai les yeux, longtemps, sur celui qui me parlait ainsi, et tout à coup je reconnus le docteur Bertram, le célèbre médecin aliéniste de Dublin. Un frisson me secoua le corps. Pourquoi donc me trouvais-je chez le docteur Bertram et non pas dans ma villa de Phœnix-Park, au milieu de mes livres, de mes herbiers, de mes microscopes ? « On vous soigne bien », me disait-il. J'étais donc malade ? Je fis des efforts surhumains pour me rappeler, pour comprendre, pour pénétrer le mystère qui m'avait jeté là, dans une maison de fous, car le docteur Bertram, je m'en souvenais maintenant, dirigeait un hospice d'aliénés. Et cette chambre, cette religieuse, ces fioles, ces morceaux de glace !... il n'y avait plus à douter... J'étais fou, fou !... Fou, moi un brave homme, moi un savant membre de plusieurs académies !... Mais pourquoi ? mais comment ?

Je demandai :

– Depuis combien de temps suis-je ici ?

– Depuis un mois, mon bon monsieur Fearnell, depuis un mois... Voyons, ne vous découvrez pas, reposez-vous, là... comme ça... Et surtout ne parlez plus.

Et le docteur, ayant rebordé mon lit, se frotta les mains, et il sourit, le bourreau ! Sans doute il se réjouissait de mon malheur, sans doute j'étais plus fou qu'aucun des fous qu'il avait soignés jusqu'ici. Et c'est pour cela qu'il se frottait les mains.

Depuis un mois ! Était-ce possible ? Depuis un mois ! Que s'était-il donc passé ? En vain je cherchais à dissiper la nuit qui pesait sur mon cerveau. La nuit était épaisse, obstinée. Pas une lumière n'apparaissait, pas une aube ne se levait sur ces ténèbres... Pourquoi le docteur me défendait-il de parler ?... Pourquoi causait-il tout bas avec la religieuse ?... Peu à peu je sentis que je défaillais, que je m'endormais, et je vis, dans un paysage convulsé, une route couverte de sang et bordée de monstrueux microscopes en guise d'arbres, une route sur laquelle deux petites filles jouaient à la balle avec une tête coupée, tandis que le docteur Bertram, comiquement coiffé d'une cornette de religieuse, enfourchait un cadavre tout nu, qui sautait à petits bonds, se cabrait, poussait des ruades.

II

Le lendemain, j'allais beaucoup mieux. Je n'éprouvais plus qu'une sensation de vague délicieux et de grande fatigue. Avez-vous quelquefois, la nuit, dormi dans un wagon ? Les secousses de la voiture et la dureté des coussins vous ont moulu les reins et les épaules ; malgré le plaid dont vous êtes chaudement enveloppé, un froid – un petit froid exquis – fait courir sur tout votre corps des frissons légers comme des caresses ; vous dormez, bercé par le roulement orchestral du train qui vous apporte sans cesse des airs connus, des musiques préférées, et vous avez la perception physique et pour ainsi dire la tangibilité corporelle de ce sommeil. Oui, vous le touchez... Ce sommeil... Et c'est une des plus complètes, des plus étranges jouissances que l'homme puisse goûter. Que de fois ai-je passé des nuits en wagon, sans but de voyage, rien que pour y dormir ainsi ! Aux arrêts, dans les gares, tous les bruits du dehors – la sonnerie du télégraphe, le clac-clac rythmique du graisseur, les pas des hommes d'équipe sur le quai, une voix qui s'éloigne, brusquement coupée par la fermeture des portières, la cloche, la machine qui halète, essoufflée par la course –, tout cela vous arrive multiplié par le silence, rendu plus net par la nuit. Mais ces bruits nets et pourtant brouillés, proches et pourtant lointains, clairs et pourtant assourdis, n'éveillent pas dans votre esprit l'idée d'un travail, d'une fonction, n'évoquent ni la forme de l'être ni celle de l'objet qui les ont produits. Ainsi de moi, dans mon lit avec mes souvenirs qui, peu à peu, revenaient, mais vagues, confus, insaisissables. Je les entendais distinctement et je ne les voyais pas, ou, si je les voyais, ce n'étaient que des apparences fugitives de fantômes, des formes évanouies de spectres ; et tout cela grimaçait, tournoyait, incohérent, sans suite, sans liaison, comme dans un cauchemar.

Vers le soir, le docteur, que je n'avais pas vu de la journée, s'assit près de mon lit.

– Allons, allons, dit-il en me tâtant le pouls, tout va bien, et vous en serez quitte pour la peur, mon bon monsieur Fearnell. Je puis vous avouer cela, maintenant que vous êtes sauvé : jamais je ne vis plus beau cas de congestion cérébrale ! non, en vérité, jamais de plus beau cas. Que vous soyez vivant, c'est à ne pas croire. Dites-moi, et la mémoire, revient-elle un peu ?

– Je ne sais pas, répondis-je, découragé... je ne sais rien, rien... Je cherche, je cherche...

– Mon Dieu ! je vous parle de cela, parce qu'il vous est échappé des choses, dans votre délire, des choses véritablement bizarres. Savez-vous qu'on vous a trouvé, dans la rue, évanoui, à demi-vêtu ?

– Je ne sais rien, je ne trouve rien... Docteur, écoutez-moi... J'ai passé par quelque chose d'effroyable... Quoi ? Ah ! voilà ce qui est affreux, je ne pourrais vous le dire... Mais, à des souvenirs qui me reviennent, j'ai la sensation d'avoir été mort ; oui, docteur, d'avoir été tué... là-bas... dans une chambre... Il y avait un lit et puis... je ne sais plus, je ne sais plus rien... Ai-je rêvé ? Suis-je le jouet de la fièvre ? C'est bien possible après tout... Pourtant, non... Aidez-moi... je cherche depuis ce matin... Hélas ! mon cerveau est faible encore, ma mémoire ébranlée par la mystérieuse secousse... Ne suis-je pas fou ?... je me sens mieux, cependant... les bourdonnements ont cessé... on dirait que j'ai, en tous mes membres, un grand bien-être, comme une lassitude de bonheur... Mais ce cadavre, cette enfant blonde, et la tête, qui roula sur le plancher, oui, elle roula... Mon Dieu ! je ne sais plus...

Le docteur m'interrogea. Il me raconta ce que j'avais dit, les mots que j'avais prononcés dans la fièvre. Je l'écoutais avidement. À mesure qu'il parlait, un voile se levait lentement devant mes yeux, et, chose étonnante, je voyais tout, tout, avec une admirable lucidité. Mon agitation était telle que le docteur, à ce moment, me tâta le pouls et me dit :

— Peut-être vaut-il mieux que je vous laisse reposer, je crains que cette émotion ne vous fatigue. Nous causerons aussi bien demain.

— Non, docteur, m'écriai-je ; à l'instant, il le faut... C'est cela, je me souviens, c'est bien cela... Attendez seulement que je mette de l'ordre... Oui, je ne me trompe plus, je ne rêve pas... Écoutez.

III

Voici, exactement rapporté, le récit que je fis alors au docteur Bertram, et plus tard au magistrat :

— Vous connaissez ma passion pour l'histoire naturelle. Il ne se passe pas de semaine que je n'herborise, dans la campagne, autour de la ville. Ce jour-là j'allai à Glasnevin, où, comme vous le savez, se trouvent des prairies marécageuses. J'étais assuré d'y faire ample moisson de plantes curieuses, d'infusoires et de diatomées ; je puis même vous confier que je découvris des espèces rares, sur lesquelles je compte présenter à la *Botanic Society* un travail qui fera, je crois, sensation ; mais ceci est une autre affaire. Donc, ma trousse en bandoulière et ma boîte pleine de trésors, je revenais gaiement par la route, quand, aux portes de Dublin, j'aperçus une jolie petite fille de cinq à six ans, toute seule, qui pleurait. Je m'approchai d'elle, mais, à ma vue, l'enfant redoubla de cris. Je compris que la pauvre petite s'était égarée et qu'elle ne pouvait retrouver son chemin. Sa voix avait des plaintes comme celle des jeunes chiens qui crient au perdu, dans les plaines, la nuit... Je me fis très doux, l'amadouai avec des promesses de joujoux et de gâteaux. En continuant de pleurer, elle me dit que sa bonne l'avait abandonnée, qu'elle s'appelait Lizy et qu'elle demeurait près de Beresford-Place, dans Lower-Abbey-Street. Je la pris par la main et, déjà causant comme de bons amis, nous voilà partis.

« La jolie enfant, docteur ! Toute rose, avec de grands yeux candides et des cheveux blonds qui, coupés court sur le front, s'éparpillaient de dessous son large chapeau, en longues boucles dorées, sur les épaules ; elle trottinait gentiment, se collant à moi, sa petite main douce serrant ma grosse patte rugueuse. Quelle pitié !... Lizy, chemin faisant, me raconta beaucoup d'histoires naïves, où il était question d'un grand cheval, d'un petit couteau, d'une poupée, d'une pelle de bois et d'une quantité de gens que je ne connaissais pas. Puis tout à coup, sa jolie figure devint grave : elle me dit qu'en rentrant elle serait grondée par sa mère et mise au cachot noir. Je la rassurai de mon mieux et, pour la calmer tout à fait, je lui achetai une belle poupée, avec laquelle l'enfant, aussitôt, entama une conversation : « Oui, madame... N'est-ce pas, madame ?... Certainement, madame... » Mon Dieu, est-ce possible ?

« Lizy ne fut pas grondée, et moi, je fus accueilli, Dieu sait avec quels transports, par la mère qui déjà pleurait la perte de son enfant. On me fêta, on m'embrassa. Jamais, je crois, la reconnaissance ne s'exprima avec plus d'enthousiasme. Qui j'étais, où je demeurais, ce que je faisais, on voulut tout savoir, et c'étaient, à chacune de mes réponses, des exclamations de joie attendrie.

« – Oui, monsieur Fearnell, me dit la mère, vous êtes le sauveur de ma fille ! Comment pourrai-je vous exprimer jamais ma gratitude ! Nous ne sommes pas riches, et, d'ailleurs, ce n'est pas avec l'argent qu'on peut payer un tel service. Non, non... Disposez de nous, mon mari et moi nous sommes à vous à la vie à la mort.

« J'avoue que ces protestations me gênaient un peu, car mon action était, en somme, toute naturelle, et j'avais conscience de n'avoir accompli là rien d'héroïque. Mais le bonheur d'avoir retrouvé une enfant qu'on a cru perdue excuse, chez une mère, ces exagérations de sentiment ; d'ailleurs l'intérieur de cette maison était si décent, si calme, il dénotait une vie si honnête, si unie, il avait un si pénétrant parfum de bon ménage que, moi-même très ému, je me laissais aller à la douceur de me sentir pour quelque chose dans les joies de ces braves gens. La mère reprit :

« – Comme mon mari sera heureux de vous répéter tout ce que je vous dis, monsieur, et mieux que je ne vous le dis, assurément !... Il est encore à son bureau... Mon Dieu ! s'il avait su ! lui qui aime tant notre Lizy !... Je ne l'avais pas averti, ah ! non... Il en serait devenu malade !...

« Puis elle ajouta timidement :

« – Voyons, monsieur, après nous avoir procuré une si grande joie, voudriez-vous nous accorder un grand bonheur ?... Mais je n'ose, en vérité. Ce serait, oui, ce serait.. d'accepter, demain... notre modeste dîner... Ah ! je vous en prie... Ne nous refusez pas... Demain, il nous arrive un savant comme vous, avec qui vous aurez plaisir à causer, j'en suis certaine... Et puis mon mari sera si heureux... si heureux... si fier !...

« Décidé à compléter ma bonne action, je n'osai refuser et je pris congé.

« Je revins le lendemain, à l'heure fixée. Vous pensez bien qu'après les protestations de la mère je dus subir les protestations du père, lesquelles furent aussi chaleureuses. La petite Lizy me sauta au cou et me prodigua toutes ses câlineries, toutes ses tendresses d'enfant rieuse ; j'étais vraiment de la famille. Le dîner fut gai, le savant annoncé me parut intéressant ; bref, je passai une excellente soirée.

IV

« L'atmosphère avait été lourde pendant toute la journée, et le soir un orage terrible se déclara. Les coups de tonnerre se succédaient sans interruption ; la pluie tombait, torrentielle. Était-ce aussi l'effet de l'orage, de la chaleur suffocante ou des vins que nous avions bus, je me sentais à la tête une violente douleur ; je respirais difficilement. Je voulus partir quand même, car il se faisait tard et je demeurais loin, mais on insista pour me garder. C'était de la folie que de m'exposer, souffrant, à une tempête pareille. La mère pria, supplia avec tant de bonne grâce que force me fut de passer la nuit dans cette maison hospitalière. On me conduisit en grande pompe à ma chambre, et l'on me souhaita bonne nuit... Je me souviens même que, Lizy s'étant endormie dans les bras de son père, j'embrassai sa petite joue pâlie par le sommeil, et son bras potelé qui pendait.

« Resté seul, je commençais de me déshabiller, lentement, en flânant, comme il arrive toujours dans les endroits où l'on se trouve pour la première fois. J'étouffais dans cette chambre. Avant de me mettre au lit, je voulus respirer un peu d'air du dehors, et, malgré l'orage qui grondait, j'essayai d'ouvrir la fenêtre. C'était une fausse fenêtre.

« Tiens, me dis-je un peu étonné.

« L'idée me vint de soulever la trappe de la cheminée : fausse cheminée. Je courus à la porte : la porte était verrouillée. La peur me prit et, retenant mon souffle, j'écoutai. La maison était tranquille, semblait dormir. Alors j'inspectai la chambre, minu-tieusement, dressant l'oreille au moindre bruit suspect. Près du lit, sur le plancher, je remarquai des taches ; c'était du sang, du sang séché et noirâtre. Je frissonnai, une sueur glacée me monta au visage. Du sang ! Pourquoi du sang ? Et je compris qu'une mare de sang avait dû s'étaler là, car le parquet, à cette place, sur une grande largeur, avait été fraîchement lavé et gratté. Tout à coup, je poussai un cri. Sous le lit j'avais aperçu un homme, allongé, immobile, raide ainsi qu'une statue renversée. Crier, appeler, je ne le pouvais pas. De mes mains tremblantes, je touchai l'homme : l'homme ne bougea pas. De mes mains tremblantes, je secouai l'homme : l'homme ne bougea pas. De mes mains tremblantes, je saisis l'homme par les pieds et l'attirai : l'homme était mort. La gorge avait été coupée nettement d'un seul coup, par un rasoir, et la tête ne tenait plus au tronc que par un mince ligament.

« Je crus que j'allais devenir fou... Mais il fallait prendre un parti... D'une minute à l'autre l'assassin pouvait venir. Je soulevai le cadavre pour le placer sur le lit. Dans un faux mouvement que je fis, la tête livide se renversa, oscilla pendant quelque temps, hideux pendule, et, détachée du tronc, roula sur le plancher, avec un bruit sourd... À grand-peine, je pus introduire le tronc décapité entre les draps, je ramassai la tête que je disposai sur l'oreiller, comme celle d'un homme endormi, et, ayant soufflé la bougie, je me glissai sous le lit. Mais tout cela machinalement, sans obéir à une idée de défense ou de salut. C'était l'instinct qui agissait en moi, et non l'intelligence, et non la réflexion.

« Mes dents claquaient. J'avais aux mains une humidité grasse ; je sentais quelque chose de glissant et de mou se coller à ma chemise, sur ma poitrine ; toute la décomposition de ce mort m'enveloppait de sa puanteur ; un liquide gluant mouillait ma barbe et s'y coagulait... J'eus l'impression d'être couché vivant dans un charnier.

« Je demeurai ainsi, en cette épouvante, combien de minutes, combien d'heures, de mois, d'années, de siècles ? Je n'en sais rien. J'avais perdu la notion du temps, du milieu... Tout était silencieux... Du dehors, le bruit de l'orage et les sifflements du vent m'arrivaient assourdis et douloureux, pareils à des râles. Chose extraordinaire, ma pensée ne me représentait pas du tout l'assassin qui allait venir... qui était là peut-être... En cette horreur où j'étais, je ne revoyais que la petite Lizy, rose, blonde, et candide, avec sa poupée et son grand chapeau ; je la revoyais, dormant sur les bras de son père ; de temps en temps, elle soulevait légèrement sa paupière et découvrait son œil, qui m'apparaissait alors, effronté, implacable, cruel, assassin.

« On ouvrit la porte, mais si doucement qu'on eût dit un grattement de souris. – Je dus me mordre les lèvres jusqu'au sang pour ne pas crier. Maintenant, un homme marchait à pas glissés, avec d'infinies précautions, pour ne point heurter violemment les meubles. Il me semblait que je voyais des mains tâtonnantes se poser partout, chercher mes vêtements, les fouiller... Et les pas se rapprochaient de moi, m'effleuraient... Je sentis que l'homme s'était penché sur le lit et qu'il frappait à grands coups. Puis je n'entendis plus rien.

« Quand je repris connaissance, la chambre était redevenue silencieuse... Mais l'effroi me retenait cloué à cette place... Pourtant je me décidai à sortir, avec quelle prudence, vous ne pouvez pas vous l'imaginer. À tâtons, je gagnai la porte, qui n'avait pas été refermée... Pas un souffle, pas un bruit. Frôlant les murs, je m'engageai dans le corridor : je m'attendais à voir, soudain, une tête surgir, menaçante, dans l'obscurité, un couteau briller dans la nuit. Mais rien... La bête, gavée de meurtre, dormait dans son repaire... Je descendis l'escalier, tirai le verrou de la porte, et, défaillant, les veines glacées, je m'abattis dans le ruisseau de la rue déserte...

Le docteur Bertram avait très attentivement écouté mon récit.

– Et c'est là qu'on vous a retrouvé, mon bon monsieur Fearnell, et dans quel état, mon Dieu ! Pourriez-vous reconnaître la maison ?

– Oui, lui répondis-je, mais à quoi bon ?

– Eh bien, guérissez-vous, et nous irons ensemble chez vos assassins.

Huit jours après, le docteur et moi, nous nous engagions dans Lower-Abbey-Street. Je reconnus la terrible maison. Tous les volets étaient mis aux fenêtres ; au-dessus de la porte, un écriteau se balançait : À louer.

Je m'informai auprès d'une voisine.

– Ils sont partis il y a quinze jours, me dit-elle. C'est grand dommage pour le quartier, car c'étaient de bien braves gens.

Nouvelle extraite de *Un gentilhomme.*

LADY GREGORY

Le rêve d'Angus Og

Angus, fils du roi Dagda, dormait dans son lit une nuit, et il vit ce qu'il pensa être une jeune fille debout près de lui à la tête du lit, et la plus belle qu'il eût jamais vue en Irlande. Il étendit la main pour prendre la sienne, mais elle disparut sur-le-champ, et le matin, quand il s'éveilla, il ne vit point trace d'elle.

Il ne trouva pas de repos ce jour-là à force de penser à elle et de se désoler qu'elle fût partie avant qu'il eût pu lui parler. Et la nuit suivante il la revit, et cette fois elle tenait à la main une petite harpe, la plus mélodieuse qu'il eût jamais entendue, et elle lui joua une chanson qui fit qu'il s'endormit, et il dormit jusqu'au matin. Et la même chose arriva chaque nuit une année durant. Elle venait à son chevet et elle lui jouait de la harpe, mais elle s'en allait avant qu'il pût lui parler. Et quand l'année fut écoulée, elle ne vint plus, et Angus commença à dépérir pour l'amour d'elle et à se languir d'elle ; et il ne prenait pas de nourriture, mais gisait sur son lit, et personne ne savait de quoi il souffrait. Et tous les médecins d'Irlande s'assemblaient autour de lui, mais ils ne pouvaient donner un nom à sa maladie ni trouver de cure pour lui.

À la fin pourtant, Fergne, le médecin du prince Conn, lui fut amené et, dès qu'il l'eut regardé, il sut que ce n'était pas dans son corps que le mal était logé, mais dans son esprit. Et il fit sortir tout le monde de la chambre et il dit :

– Sans doute est-ce pour l'amour de quelque femme que vous vous consumez ainsi.

– C'est vrai, dit Angus. Ma maladie m'a trahi.

Et alors il lui conta comment la femme la plus belle qui fut jamais en Irlande avait eu coutume de venir lui jouer de la harpe pendant la nuit, et comment elle avait disparu.

Là-dessus, Fergne alla parler à Boann, la mère d'Angus, et il lui rapporta ce qui s'était passé, et il lui conseilla d'envoyer des messagers dans toute l'Irlande pour voir si elle pourrait trouver une jeune fille qui eût la même silhouette et la même apparence que celle qu'Angus avait vue dans son sommeil.

Après quoi, il laissa Angus aux soins de sa mère, et elle fit fouiller toute l'Irlande pendant un an, mais on ne put trouver aucune jeune fille qui eût cette silhouette et cette apparence.

À la fin de l'année, Boann envoya chercher Fergne à nouveau et elle lui dit :

– Jusqu'ici nos recherches ne nous ont été d'aucun secours.

Et Fergne répondit :

– Envoyez chercher le roi Dagda afin qu'il vienne parler à votre fils.

Or donc ils envoyèrent chercher le roi Dagda, et quand il fut venu, il demanda :

– Pourquoi m'a-t-on appelé ?

– Pour que vous donniez un conseil à votre fils, dit Fergne, et lui veniez en aide, car il se consume à cause d'une jeune fille qui lui est apparue dans son sommeil et qui reste introuvable ; et ce serait grand-pitié qu'il mourût.

– À quoi cela servira-t-il que je lui parle ? dit le roi Dagda. Mon savoir n'est pas plus grand que le vôtre.

– Par ma foi, dit Fergne, vous êtes le roi de tous les Sidhes de l'Irlande, et ce qu'il vous faut faire, c'est d'aller trouver Bodb, le roi des Sidhes de la province de Munster, car il est renommé dans toute l'Irlande pour son savoir.

Or donc on envoya des messagers à Bodb en sa résidence de Sidhe Femain, et il leur souhaita la bienvenue :

– Soyez les bienvenus, messagers de Dagda, dit-il. Quel message apportez-vous ?

– Voici le message, dirent-ils : Angus Og, fils de Dagda, se consume depuis deux ans pour l'amour d'une femme qu'il a vue dans ses rêves, et nous n'avons pas été capables de la trouver où que ce soit. Et Dagda vous mande de chercher dans toute l'Irlande pour trouver une jeune fille qui ait même silhouette et même apparence que celle qu'il a vue.

– La recherche sera faite, dit Bodb, quand elle devrait me prendre un an.

Et au bout d'un an il envoya des messagers au roi Dagda.

– Est-ce un bon message que vous apportez ? demanda Dagda.

– Certes oui, dirent-ils, et voici le message que Bodh nous a confié pour vous : « J'ai fouillé toute l'Irlande jusqu'à ce que j'aie trouvé la jeune fille qui a la silhouette et l'apparence que vous avez dites, au loch Beul Draguin, à La Harpe de Cliach. » Et maintenant, concluent les messagers, Bodb invite Angus à venir avec nous pour voir si c'est la même femme que celle qui lui est apparue en rêve.

Ainsi donc Angus partit dans son char pour se rendre à Sidhe Femain, et Bodh lui souhaita la bienvenue et fit pour lui un grand festin qui dura trois jours et trois nuits.

Et au bout de ce temps il lui dit :

– Viens-t'en maintenant avec moi pour voir si c'est la même fille que celle qui venait à toi.

Ils partirent donc et ils chevauchèrent jusqu'à ce qu'ils eussent atteint la mer, et là ils virent une triple cinquantaine de jeunes filles et celle qu'ils cherchaient parmi elles, et elle les surpassait toutes de loin. Elles étaient liées deux à deux par une chaînette d'argent, mais, autour de son cou à elle, était un collier d'or brillant.

Et Bodb dit :

– Vois-tu là cette femme que tu cherches ?

– Oui certes, je la vois, répondit Angus. Mais dis-moi qui elle est et quel est son nom.

– Son nom est Caer Ormaith, fille d'Ethal Anbual de Sidhe Huaman, dans la province de Connaught. Mais tu ne pourras pas l'emmener avec toi cette fois-ci, dit Bodb.

Alors Angus alla rendre visite à son père le roi Dagda et à sa mère Boann à Brugh na Boinne ; et Bodb l'accompagna et ils rapportèrent comment ils avaient vu la jeune fille et entendu son nom et le nom de son père.

– Qu'avons-nous de mieux à faire à présent ? demanda Dagda.

– Le mieux que vous puissiez faire, dit Bodb, est d'aller trouver le roi Ailell et la reine Maeve, car elle habite leur district, et vous feriez bien de demander leur aide.

Or donc Dagda s'en fut dans la province de Connaught et soixante chars avec lui ; et Ailell et Maeve firent un grand festin pour lui. Et après qu'ils eurent festoyé et bu une semaine durant, Ailell leur demanda quel était le motif de leur voyage, et Dagda répondit :

– Le motif en est une jeune fille de votre district, car mon fils se consume à cause d'elle, et je suis venu vous demander de la lui donner.

– Qui est-elle ? dit Ailell.

– C'est Caer Ormaith, fille d'Ethal Anbual.

– Nous n'avons pas tel pouvoir sur elle que nous puissions la lui donner, dirent Ailell et Maeve.

– Le mieux que vous puissiez faire, dit Dagda, serait de faire appeler son père.

Sur quoi Ailell envoya son intendant à Ethal Anbual et il lui fit dire :

– Je suis venu vous prier de venir parler à Ailell et à Maeve.

– Je n'irai pas, répondit-il. Je ne donnerai pas ma fille au fils de Dagda.

L'intendant s'en retourna dire cela à Ailell.

– Il ne viendra pas, dit-il, et il sait pourquoi vous voulez le voir.

Alors la colère s'empara d'Ailell et de Dagda, et ils sortirent avec leurs hommes d'armes, et ils détruisirent la place d'Ethal Anbual, et Ethal Anbual fut amené devant eux. Et Ailell lui dit :

– Donne à présent ta fille au fils de Dagda.

– C'est ce que je ne puis faire, dit-il. Car il y a sur elle un pouvoir qui est plus grand que le mien.

– Quel est ce pouvoir ? demanda Ailell.

– C'est un enchantement qui est sur elle, dit-il. Elle doit prendre la forme d'un oiseau pendant un an, et sa propre forme l'an d'après.

– De quelle forme est-elle revêtue maintenant ? demanda Ailell.

– Je n'aimerais pas à le dire, répondit le père.

– Ta tête tombe si tu ne le dis pas, dit Ailell.

– Eh bien, dit-il, je vous dirai du moins ceci : elle sera le mois prochain sous la forme d'un cygne au loch Beul Draguin, et trois cinquantaines de superbes oiseaux seront là avec elle, et si vous y allez, vous la verrez.

Là-dessus, Ethal fut libéré, et il se réconcilia avec Ailell et Maeve ; et Dagda rentra chez lui et conta à Angus tout ce qui s'était passé, et il conclut :

– Allez l'été prochain au loch Beul Draguin, et là, appelez-la à vous.

Ainsi donc, quand le temps vint, Angus Og alla au loch, et là il vit la triple cinquantaine d'oiseaux blancs avec leurs chaînettes d'argent au col. Et Angus se tint sous forme humaine au bord du loch et il appela la jeune fille :

– Viens ! Viens me parler, ô Caer !

– Qui m'appelle ? dit Caer.

– C'est Angus qui t'appelle, dit-il. Et si tu viens, je jure par mon épée que je ne t'empêcherai pas de regagner le loch.

– Je viens, dit-elle.

Elle alla donc à lui, et il posa ses deux mains sur elle, et puis, pour tenir sa parole, il prit lui-même la forme d'un cygne, et ils s'en furent ensemble sur le loch, et ils en firent trois fois le tour.

Et puis ils déployèrent leurs ailes et s'élevèrent au-dessus du loch et s'en furent sous cette forme jusqu'à ce qu'ils fussent à Brugh na Boinne. Et, en s'en allant, ils faisaient une musique si douce que tous ceux qui l'entendaient s'endormaient pour trois jours et trois nuits.

Et Caer resta là avec lui pour toujours, et il y eut désormais amitié entre Angus Og et Ailell et Maeve. Et ce fut à cause de cette amitié qu'Angus leur donna son aide au temps de la guerre pour le Taureau brun de Cuailgne.

Extrait de *Contes irlandais.*

Texte traduit de l'anglais par Pierre Leyris.

GEORGE MOORE

Un théâtre dans la lande

Seule bouche cousue tient secrète une bonne histoire, dit-on, et très vite on apprit que le père MacTurnan avait écrit à Rome expliquant qu'il voulait bien prendre femme pour des raisons patriotiques, si le pape acceptait de le relever de ses vœux de célibat. Et quantité de phrases et des mots de sa missive (traduite par qui – par l'évêque ou le père Meehan ? personne ne le sut jamais) furent répétés devant les feux de cheminée de Dublin, jusqu'à ce qu'enfin, de toute cette conversation, se forme l'image d'un homme grand et maigre, dans une vieille redingote verdie par le temps et l'usage, les queues de l'habit battant lorsqu'il se promenait à bicyclette à travers le large marécage s'étendant entre Belmullet et Crossmolina. Son nom ! Nous l'aimions bien. Il frappait nos imaginations. MacTurnan ! Il évoquait quelque chose de lointain, comme Hamlet, ou Don Quichotte. Il semblait aussi proche et aussi éloigné de nous que ces deux-là, jusqu'à ce que Pat Comer, l'un des organisateurs de l'IAOS, entre et dise, après avoir prêté l'oreille aux propos qui circulaient :

– Est-ce du prêtre qui roule dans la grande fondrière de Mayo que vous parlez ? Si c'est le cas, vous avez mal compris l'histoire. Telle il nous la conta, telle elle est reproduite dans ce livre. Et nous restions assis grandement émerveillés, parce qu'il nous semblait voir une âme cheminer jusqu'aux cieux. Mais autour d'une cheminée il y a toujours quelqu'un qui ne peut laisser de côté la question de la femme et du blasphème – et c'est d'ordinaire un papiste ; et ce soir-là c'était Quinn qui continua à nous narguer avec ses plaisanteries, à savoir si ce serait une grosse fille ou une mince que le prêtre choisirait si le pape lui permettait de se marier, jusqu'au moment où, perdant toute patience avec lui, je lui imposai silence et demandai à Pat Comer si le prêtre réfléchissait à un nouveau plan pour le salut de l'Irlande.

– Parce qu'un esprit comme le sien, ai-je dit, ne demeurerait pas en place lorsque les problèmes tels que les nôtres sont en attente d'être résolus.

– Là vous vous trompez ! Il ne songe plus à l'Irlande, et ne lit, ni ne bâtit de projets, mais tricote des bas depuis que le vent a emporté son théâtre.

– A emporté son théâtre ! dirent plusieurs voix.

– Et pourquoi aurait-il entrepris de construire un théâtre, demanda quelqu'un, quand il vit dans la lande ?

– Une idée bizarre, assurément, dit un autre. Un théâtre dans la lande !

– Oui, une idée bizarre, dit Pat, mais une vraie idée tout de même, parce que je l'ai vu de mes propres yeux, ou bien ses ruines, et pas plus tard qu'il y a trois semaines quand je suis descendu chez le prêtre en personne. Vous connaissez la route, vous tous – comment elle bifurque de Foxford à travers la fondrière le long de trous assez profonds pour noyer quelqu'un, et dans lesquels le cocher et moi-même allions avec la plus grande vraisemblance nous enfoncer parce que la voiture versait dans de larges ornières et le cheval faisait des écarts d'un côté à l'autre de la route, et sans cause, autant que nous pouvions voir.

– Il n'y a rien pour vous faire craindre, votr' honneur ; seulement une fois il a presque quitté le chemin, le jour d'avant Noël, et moi qui conduisais le docteur. C'était ici qu'il l'a vue – une chose blanche qui glissait, et la roue de la voiture a dû quasi rater le trou de quelques pouces.

– Et le médecin. Est-ce qu'il l'a vue ? dis-je.

– Il l'a vue aussi, et il était tellement effrayé que ses cheveux se sont dressés et ont percé son chapeau.

– Est-ce que le cocher a ri quand il a dit ça ? avons-nous demandé à Pat Comer.

Et Pat a répondu :

– Pas lui ! Ces gars ne font que dire les mots qui leur viennent sans réfléchir. Laissez-moi poursuivre avec mon histoire. Nous avons continué environ un mile, et c'était pour l'empêcher de claquer de la langue son cheval que je lui ai demandé si la fondrière était dans la paroisse du père MacTurnan.

– Chacun de ses miles, monsieur, dit-il, chacun de ses miles et souvent on le voit aller tout boutonné jusqu'en haut dans sa vieille redingote le long des chemins sur sa bicyclette, faisant des visites aux malades.

– Et c'est souvent que vous prenez cette route ? dis-je.

– Pas très souvent, monsieur. Personne ne vit ici sauf les pauvres et le prêtre et le médecin. Ma foi ! Il n'y a pas une paroisse plus pauvre en Irlande, et chacun de ces gens serait mort depuis longtemps si l'on n'avait pas eu le père James.

– Et comment est-ce qu'il les aide ?

– Est-ce que ce n'est pas lui qui est toujours en train d'écrire des lettres à l'administration pour réclamer des travaux d'assistance ? Est-ce que vous voyez ces morceaux de route, là-bas ?

– Où est-ce que ces routes conduisent ?

– Nulle part. Ces routes-là, elles s'arrêtent au milieu de la fondrière quand il n'y a plus d'argent.

– Mais, dis-je, sûrement ce serait plus utile si l'argent était dépensé pour des améliorations permanentes – l'assèchement, par exemple.

Le cocher ne répondit pas ; il excita son cheval, et étant incapable de supporter le claquement de sa langue, je revins à l'assèchement.

– Il n'y a pas de pente pour le drainage, monsieur.

– Et la fondrière est trop grande, ajoutai-je, dans l'espoir d'encourager la conversation.

– Ma foi, elle l'est bien, monsieur.

– Mais nous ne sommes pas très loin de la mer, n'est-ce pas ?

– Plus ou moins deux miles.

– Eh bien, dis-je, on ne pourrait pas faire un port ?

– Ils pensaient à ça, mais il n'y a pas de profondeur d'eau, et en ce moment tout le monde est contre l'émigration.

– Ah ! le port encouragerait l'émigration.

– C'est bien ça, votr' honneur.

– Mais est-ce qu'on ne songe pas à des métiers exercés à la maison, tissage, dentelles ?

– Je ne dirais pas ça.

– Mais est-ce qu'on l'a essayé ?

– La bougie, elle brûle dans la fenêtre du prêtre jusqu'à une heure du matin, et lui qui reste debout à penser aux projets de garder les gens chez eux. Ainsi, vous voyez cette maison, monsieur, le long de mon fouet en haut de la colline ? Eh bien, ça c'est le théâtre qu'il a construit.

– Un théâtre ?

– Oui, votr' honneur. Le père James espérait que les gens pourraient peut-être venir de Dublin pour le voir, parce qu'une pièce comme celle-là n'avait jamais été jouée en Irlande avant, monsieur.

– Et est-ce que la pièce a été présentée ?

– Non, votr' honneur. Le prêtre a passé tout l'été à la leur faire apprendre, mais l'automne était déjà là et ils ne l'avaient pas encore en tête, et un vent est venu et a abattu l'un des murs.

– Et est-ce que le père MacTurnan n'a pas pu avoir de l'argent pour le rebâtir ?

– Bien sûr, il aurait pu avoir de l'argent, mais pourquoi le faire quand il n'y avait pas de chance dans la chose ?

– Et qui devait jouer dans la pièce ?

– Les filles et les garçons de la paroisse, et la plus jolie fille de toute la paroisse devait jouer Les Bonnes Œuvres.

– Donc c'était un mystère ? dis-je.

– Vous voyez cet homme ? C'est le prêtre qui sort de la cabane de Tom Burke, et je garantis qu'il est en train de lui apporter le sacrement, et qu'il a les saintes huiles avec lui, parce que Tom ne passera pas la journée ; nous avons eu les pires nouvelles à son sujet cette nuit.

– Et je peux vous dire, dit Pat Comer, abandonnant son récit un instant et regardant autour du cercle, c'était une triste histoire que le cocher a racontée. Il l'a bien fait, parce que je pouvais voir la bicoque avec son unique pièce pleine de fumée de tourbe, le pot de fer noir avec des traces de bouillie jaune dedans au-dessus de l'âtre, et l'homme malade sur le grabat, et le prêtre près de lui murmurant des prières avec lui. Ma foi ! ces cochers savent raconter une histoire – mieux que personne.

– Aussi bien que vous-même, Pat, dit l'un d'entre nous.

Et Pat a commencé à parler des miles de fondrière de chaque côté de la route en zigzags, de la colline sur la gauche, avec le théâtre se profilant contre les nuages sombres et changeants ; d'une femme dans un jupon rouge, un foulard noué autour de sa tête, qui avait jeté à terre sa pelle quand elle avait aperçu la voiture de l'homme qui était apparue sur la crête de la colline et qu'il avait soufflé dans une corne. « Parce qu'elle nous avait pris pour des huissiers », dit Pat, et deux petits moutons à peine plus grands que des oies avaient été chassés.

– Un théâtre dans les fondrières pour ces gens, me disais-je à moi-même pendant ce temps, jusqu'à ce que mes méditations fussent interrompues par le cocher me racontant que la rivière pleine de galets que nous traversions s'appelait le Greyhound – un nom pas tellement inapproprié, parce qu'elle courait rapidement. Plus loin sur la longue route un cottage blanc apparaissait, et le cocher me dit : « C'est la maison du prêtre. » Elle se dressait sur le flanc d'une colline à quelque distance de la route, et pendant tout le chemin jusqu'à la porte je me demandais comment ses jours se passaient dans la grande solitude de la fondrière.

– Sa révérence n'est pas à la maison, votr' honneur – étant allée auprès d'un malade.

– Oui, je sais – Tom Burke.

– Est-ce que Tom va mieux, Mike ?

– Toute raison de croire qu'il sera de ce côté du Jourdain, a répondu le cocher, et la gouvernante m'introduisit dans le salon du prêtre. Celui-ci était tapissé de livres, et j'anticipais une agréable conversation lorsque nous aurions terminé notre affaire. En ce temps-là je faisais partie d'un comité d'assistance, et le peuple mourait de faim dans les parties déshéritées du pays.

– Je pense qu'il sera de retour dans une heure, votr' honneur.

Mais le prêtre semblait être retenu plus longtemps que sa gouvernante ne l'avait prévu, et le miaulement du vent autour du cottage me rappelait la petite chose blanche que le cheval et le médecin avaient vue se glissant le long de la route. « Le prêtre connaît l'histoire – il me la racontera », me suis-je dit ; et j'ai empilé davantage de tourbe sur le feu – de bonnes briques de tourbe noire et dures c'étaient, et je me vois bien en train de les regarder s'effondrer. Mais soudainement mes yeux se sont fermés. Je n'avais pas dû m'endormir plus de quelques minutes quand il m'a semblé qu'une grande foule d'hommes et de femmes s'était assemblée autour de la maison, et un moment après on a ouvert la porte à la volée et un homme grand et maigre me faisait face.

– Je viens d'arriver, dit-il, d'un lit de mourant, et ceux qui m'ont suivi ne sont pas loin de la mort s'ils ne parviennent pas à avoir de l'assistance.

Je ne sais pas de quelle façon vous décrire la foule que j'ai vue autour de la maison ce jour-là. Nous avons coutume de voir des gens pauvres dans les villes accroupis sous les arches, mais c'est bien plus terrible de voir des gens qui meurent dans les champs à flanc de montagne. Je ne sais pas pourquoi la chose doit se passer comme ça, mais c'est ainsi. Mais je me rappelle deux hommes dans des pantalons déguenillés et en chemises tout aussi déguenillées, avec des barbes sombres sur des visages cireux de famine : et comment oublier les paroles de l'un d'entre eux : « Le soleil blanc des cieux ne brille pas sur deux hommes plus pauvres que cet homme et moi-même. » Je peux vous dire que je n'enviais pas la tâche du prêtre, vivant toute sa vie sur la lande, écoutant les récits de morts de faim, regardant ces deux faces faméliques. Il y avait quelques femmes parmi eux, contenues derrière par les hommes qui voulaient placer leurs mots en premier. Ils semblaient aimer parler de leur misère, et je dis :

– Ils en ont assez de se dévisager l'un l'autre. Je suis un spectacle, une attraction, une distraction pour eux. Je ne sais pas si vous pouvez saisir ce que je veux dire ?

– Il me semble que oui, répondit le père James.

Et je lui demandai d'aller faire une promenade sur la colline et de me montrer le théâtre. De nouveau il a hésité, et je lui ai dit :

– Vous devez venir, père MacTurnan, pour une promenade. Vous devez oublier les malheurs de ces gens pour un moment.

Il a cédé, et nous avons parlé de l'excellent état de la route sous nos pieds, et il m'a dit que quand il avait conçu l'idée d'un théâtre il avait déjà réussi à persuader l'inspecteur de consentir que la route que l'on construisait devrait monter jusqu'en haut de la colline.

– La politique de l'administration, a-t-il dit, dès le début a été que les travaux d'assistance ne devraient profiter à personne sauf aux ouvriers, et il est quelquefois très difficile de concevoir un projet de travaux qui sera parfaitement inutile. Des arcs ont été construits sur des collines, et des routes qui ne vont nulle part. Cela doit être une étrange vision pour un étranger, qu'une route qui s'arrête tout d'un coup au milieu d'une fondrière. On se demande au début comment une administration pourrait être si bête, mais, quand on y pense, il est facile de comprendre que l'administration ne veut pas dépenser de l'argent pour des travaux qui ne vont profiter qu'à une classe. Mais une route qui ne mène nulle part est difficile à faire, même si les hommes qui meurent de faim sont engagés là-dedans ; pour un homme, travailler bien doit être une fin, et je puis vous dire qu'il est difficile d'amener même des hommes mourant de faim à s'occuper d'une route qui ne conduit nulle part. Si j'avais raconté à l'inspecteur tout ce que je suis en train de vous dire, il n'aurait pas été d'accord pour permettre que la route monte jusqu'en haut de la colline ; mais je lui ai dit : « La route ne mène nulle part, aussi bien la laisser se terminer en haut de la colline qu'en bas dans la vallée. » J'ai donc eu de l'argent pour ma route et un peu d'argent pour mon théâtre, parce que, bien sûr, le théâtre était aussi inutile que la route ; un théâtre dans la lande ne peut ni intéresser quelqu'un ni profiter à personne ! Mais je nourrissais en même temps l'arrière-pensée que, lorsque la route et le théâtre seraient terminés, je pourrais être en mesure d'amener l'administration à construire un port.

– Mais le port aurait été utile.

– Très peu, a-t-il répondu. Pour que le port soit utile, il aurait fallu entreprendre un vaste dragage.

– Et l'administration n'aurait pas eu besoin d'entreprendre le dragage. Comme c'est ingénieux ! Je suppose que vous venez ici souvent pour lire votre bréviaire ?

– Pendant la construction du théâtre je montais ici souvent, et pendant les répétitions j'étais ici tous les jours.

– S'il y avait une répétition, me suis-je dit, il aurait dû y avoir une pièce.

Et j'ai fait semblant de m'intéresser à la mer grise et peu profonde et à l'érosion des terrains en bas, un marais salant rempli d'étangs.

– Je pensais, à une époque, dit le prêtre, que, si la pièce était un grand succès, une liaison de vapeurs à fond plat pourrait être ouverte.

– Assis ici les soirées calmes, me suis-je dit, lisant son bréviaire, songeant à une ligne de vapeurs grouillante de visiteurs ! Il a dû lire quelque chose concernant les représentations de Oberam-mergau[1]. Ainsi c'était ça son affaire – la route, le théâtre, le port – et je pensais comme lui que personne n'aurait osé prédire que des visiteurs viendraient de tous les coins d'Europe voir quelques paysans jouer un mystère donné au Tyrol.

---

1. Le narrateur fait allusion au succès rencontré par un théâtre situé près de la petite ville d'Oberammergau, dans les Alpes bavaroises, dans lequel une pièce représentant la Passion est jouée tous les dix ans, le vendredi saint, depuis le dix-septième siècle. (*N. du T.*)

– Venez, ai-je dit, dans le théâtre, et faites-moi voir comment il est construit.

La moitié d'un mur et une partie de la toiture étaient tombées et les gravats n'avaient pas été enlevés, et j'ai dit :

– Cela coûtera beaucoup d'argent pour réparer les dégâts, mais, ayant avancé si loin, vous devriez laisser sa chance à la pièce.

– Je ne pense pas que cela serait à faire, a-t-il murmuré, partie pour lui-même, partie pour moi.

Comme vous pouvez bien le supposer, j'étais fort désireux de savoir s'il avait découvert quelques talents d'acteurs parmi les filles et les garçons qui vivaient dans les cabanes.

– Je pense, m'a-t-il répondu, que la pièce aurait été assez bien jouée ; je pense que, avec quelques répétitions, nous aurions pu faire aussi bien qu'à Oberammergau.

Un homme étrange, plus disposé à parler de la pièce qu'il avait choisie que des talents de ceux qui allaient la jouer, et il m'a dit qu'elle avait été écrite au quatorzième siècle en latin, et qu'il l'avait traduite en irlandais.

Je lui ai demandé si cela aurait été possible d'organiser une excursion à partir de Dublin – « Oberammergau dans l'Ouest ».

– Je le pensais jadis. Mais il y a huit miles jusqu'à Rathowen, et la route est mauvaise, et quand les gens seraient arrivés ici, il n'y aurait pas eu d'endroit pour les coucher ; ils auraient été obligés de revenir à leur point de départ, et cela aurait fait seize miles.

– Mais vous avez bien fait, père James, de bâtir le théâtre, parce que les gens pouvaient mieux travailler quand ils pensaient qu'ils étaient en train d'accomplir quelque chose. Laissez-moi lancer pour vous une souscription à Dublin.

– Je ne pense pas que ce serait possible...

– Pas pour moi d'obtenir cinquante livres ?

– Vous pourriez obtenir l'argent, mais je ne crois pas que nous pourrions jamais avoir une représentation de la pièce.

– Et pourquoi pas ? ai-je dit.

– Vous voyez, le vent est venu et a abattu le mur. Les gens sont très pieux ; je pense qu'ils sentaient que le temps qu'ils avaient passé à répéter aurait pu être mieux employé. Le théâtre les dérangeait dans leurs idées. Ils écoutent la messe le dimanche, et il y a des sacrements, et ils se souviennent qu'ils doivent mourir. Par le passé il me semblait bien triste de voir tous les gens partir pour l'Amérique : le pauvre Celte qui disparaissait en Amérique, quittant son propre pays, abandonnant sa langue, et très souvent sa religion.

— Et est-ce qu'il ne vous semble pas plus affligeant qu'une telle chose puisse arriver ?

— Non, pas si c'est la volonté de Dieu. Dieu a expressément choisi la race irlandaise pour convertir le monde. Aucune race n'a fourni autant de missionnaires, aucune race n'a prêché la bonne nouvelle plus souvent aux païens. Et une fois que nous prenons conscience que nous devons mourir, et très bientôt, et que l'Église catholique est la seule véritable Église, nos idées sur les races et nationalités s'effacent en nous. Nous sommes ici-bas non pas pour vivre le succès ou les triomphes, mais pour atteindre le ciel. Telle est la vérité ; et c'est à l'honneur de l'Irlandais qu'il ait été choisi par Dieu pour prêcher la vérité, même s'il perd sa nationalité en la prêchant. Je ne m'attends pas que vous fassiez vôtres ces opinions, je sais que vous pensez très différemment, mais vivant ici j'ai appris à acquiescer à la volonté de Dieu.

Il s'est subitement arrêté de parler, comme un homme honteux de s'être exprimé si ouvertement, et bientôt nous avons été rejoints par de nombreux paysans, et l'attention du prêtre a été sollicitée ; l'inspecteur des travaux d'assistance devait lui parler : et je ne l'ai pas revu jusqu'à l'heure du dîner.

— Vous leur avez donné de l'espoir, a-t-il dit.

C'était réconfortant à entendre, et le prêtre est resté assis à m'écouter comme je lui parlais des métiers à tisser déjà installés dans différentes régions du pays. Nous avons causé près d'une demi-heure, et puis comme une personne qui tout à coup se rappelle une chose, le prêtre s'est levé et a apporté son tricot.

— Vous tricotez tous les soirs ?

— J'ai pris l'habitude de tricoter ces derniers temps – ça fait passer le temps.

– Mais vous ne lisez jamais ? ai-je demandé, et mes yeux se sont dirigés vers les rayonnages de livres.

– Par le passé je lisais pas mal. Mais il n'y avait pas une femme dans la paroisse qui savait tricoter un bas, et j'ai dû apprendre à tricoter.

– Est-ce que vous aimez le tricot plus que la lecture ? ai-je demandé, me sentant honteux de ma curiosité.

– Je dois constamment m'occuper des visites aux malades, et si l'on est absorbé par un livre, on n'aime pas le mettre de côté.

– Je vois que vous avez deux volumes de mystères.

– Oui, et c'est encore un danger. Un livre engendre dans l'esprit toutes sortes d'idées et de projets. L'idée du théâtre est sortie d'un de ces livres.

– Mais, ai-je dit, vous ne pensez pas que Dieu a envoyé la tempête parce qu'Il ne voulait pas que la pièce soit jouée ?

– On ne peut pas juger les desseins de Dieu. Si Dieu a envoyé la tempête ou si elle était un accident, cela doit rester du domaine de la conjecture ; mais ce n'est pas du domaine de la conjecture que de faire du bien en se consacrant à sa tâche journalière, amenant l'administration à entreprendre de nouveaux travaux d'assistance, établissant des écoles pour le tissage. Les gens sont complètement dépendants de moi, et quand je m'occupe de leurs besoins je sais que je fais ce qu'il faut.

Le théâtre m'intéressait plus que les idées du prêtre sur le bien et le mal, et j'ai tenté de le replacer sur ce terrain ; mais le sujet lui semblait pénible et je me suis dit : « Le cocher me racontera tout cela demain. Je peux me fier à lui pour tout savoir du théâtre par la gouvernante dans la cuisine. » Et en effet, nous n'étions pas arrivés à la rivière Greyhound qu'il se pencha jusqu'au milieu de la voiture pour me parler et me demander si le prêtre songeait à relever le mur du théâtre.

– Le mur du théâtre ? ai-je dit.

– Oui, votr' honneur. Est-ce que je ne vous ai pas vus tous les deux monter la colline en fin de journée ?

— Je ne pense pas que nous verrons jamais une pièce dans le théâtre.

— Pourquoi la voir, puisque c'était Dieu qui avait envoyé le vent qui l'a mis à bas ?

— Comment savez-vous que c'était Dieu qui a envoyé le vent ? Cela aurait pu être le diable lui-même, ou une malédiction de quelqu'un.

— Sûr que c'est à Mme Sheridan que vous songez, votr' honneur, et à sa fille – elle qui devait jouer Les Bonnes Œuvres dans la pièce, votr' honneur ; et est-ce qu'elle n'était pas faible, rentrant chez elle de l'apprentissage de la pièce ? Et quand les signes de sa faiblesse ont commencé à se montrer, la veuve Sheridan a pris un licou à la vache et a attaché Margaret au mur, et elle est restée dans l'étable jusqu'à la naissance de l'enfant. Et puis, est-ce que sa mère n'a pas pris un peu de ficelle et l'a nouée autour de la gorge de l'enfant, et l'a enterrée près du théâtre ? et c'étaient trois nuits après ça que la tempête s'est levée et que l'enfant a arraché le chaume de la toiture.

— Mais est-ce qu'elle a tué l'enfant?

— Sûr que c'était elle. Elle a fait venir le prêtre quand elle était mourante et lui a dit ce qu'elle avait fait.

— Mais le prêtre n'aurait pas raconté ce qu'il avait entendu dans le confessionnal, ai-je dit.

— Madame Sheridan n'est pas morte cette nuit-là ; ni pas avant la fin de la semaine, et les voisins l'ont entendue parler de l'enfant qu'elle avait enterrée, et puis ils savaient tous ce que c'était la chose blanche qu'ils avaient vue le long de la route. La nuit où le prêtre l'a laissée, il a vu la chose blanche debout devant lui, et s'il n'avait pas été un prêtre il serait tombé mort ; alors il a pris de l'eau d'un trou de fondrière, et l'a jetée sur la chose, disant : « Je te baptise au nom du Père, du Fils et du Saint-Esprit ! »

Le cocher avait raconté l'histoire comme quelqu'un qui dit ses prières, et il semblait avoir oublié qu'il avait un auditeur.

— Cela a dû être un grand choc pour le prêtre.

– Sûr que ça l'a été, monsieur, de rencontrer un enfant non baptisé à côté de la route, et cet enfant, le seul bâtard jamais né dans la paroisse – d'après Tom Mulhare, et lui c'est l'homme le plus ancien du comté.

– C'était une idée tout à fait bizarre – ce théâtre.

– En effet, monsieur, une idée bizarre, mais vous voyez, c'est un homme bizarre. Depuis toujours il pense à faire du bien, et on dit qu'il pense trop. Le père James est un homme très bizarre, votr' honneur.

Texte extrait de *Les Fantômes des Victoriens.*

Traduit de l'anglais par Jean-Pierre Krémer.

WILLIAM BUTLER YEATS

Hanrahan le Rouge

Hanrahan, l'instituteur des petits, grand et robuste jeune homme avec des cheveux rouges, entra dans la grange où un certain nombre des hommes du village étaient assis pour la veille de Samhain[1]. C'était autrefois une maison d'habitation, et quand son propriétaire eut construit une autre plus confortable, il réunit les deux pièces en une seule, et fit de la place pour y entreposer des choses et d'autres. Du feu brûlait dans le vieil âtre, et il y avait des bougies de cire enfoncées dans des bouteilles, et il y avait une bouteille noire sur des planches qui avaient été posées en guise de table sur deux tonneaux. La plupart des hommes étaient assis près du feu, et l'un d'entre eux fredonnait une longue chanson d'errance, se rapportant à un homme de Munster et à un homme de Connaught en train de se disputer leurs deux provinces.

---

1. Samhain est la plus importante des quatre grandes fêtes celtiques. Elle correspond au nouvel an druidique, et est célébrée le 1er novembre. Les Gaulois se maquillaient à outrance pour effrayer les esprits et liaient par les cornes deux taureaux blancs qui étaient sacrifiés après la cueillette du gui. La veille était appelée All Hallows Eve, Halloween, la fête de tous les saints. Les mondes naturel et surnaturel, les vivants et les morts, communiquaient pour se combattre. Cette fête a été importée par les Irlandais émigrés aux États-Unis à partir du XIXe siècle. (*N. du T.*)

Hanrahan alla à l'homme de la maison et dit :

– J'ai eu votre message.

Mais après avoir dit cela il s'arrêta, parce qu'un vieil homme de la montagne qui portait une chemise et un pantalon de flanelle, et qui était assis à l'écart près de la porte, était à le regarder, et déplaçait dans ses mains un vieux jeu de cartes et murmurait.

– Ne fais pas attention à lui, dit l'homme de la maison, ce n'est qu'un étranger qui est arrivé ici il n'y a pas longtemps, et nous lui avons offert l'hospitalité, comme c'est la nuit de Samhain, mais il ne me semble pas avoir tous ses esprits. Maintenant prête-lui l'oreille et tu seras à même de comprendre ce qu'il raconte.

Ils écoutèrent alors, et ils purent entendre le vieil homme se murmurer à lui-même tout en retournant les cartes :

– Piques et Carreaux, Courage et Pouvoir ; Trèfles et Cœurs, Savoir et Plaisir.

– Depuis une heure il tient des propos de ce genre, dit l'homme de la maison, et Hanrahan détourna son regard du vieil homme comme s'il répugnait à le regarder.

– J'ai eu votre message, dit alors Hanrahan ; « Il est dans la grange en compagnie de ses trois cousins-germains de Kilchreist, c'est ce qu'a dit le messager, et il y a quelques-uns des voisins avec eux ».

– Là est mon cousin qui veut vous voir, dit l'homme de la maison, et il fit venir un jeune homme en manteau à fraise, qui avait écouté la chanson, et dit : « Voilà Hanrahan le Rouge pour qui tu as le message. »

– C'est pour sûr un aimable message, dit le jeune homme, parce qu'il vient de votre bien-aimée Mary Lavelle.

– Comment est-ce que vous auriez eu un message d'elle, et qu'est-ce que vous savez d'elle ?

– Je ne la connais pas, en effet, mais j'étais hier à Loughrea, et l'un de ses voisins avec qui j'étais en relation d'affaires m'a dit qu'elle lui avait demandé de vous faire dire, s'il rencontrait quelqu'un de ce côté du marché, que sa mère s'en était allée en mourant, et que si vous avez toujours l'intention de vous unir à elle, elle consent à respecter la parole qu'elle vous a donnée.

— Pour sûr je vais aller la rejoindre, dit Hanrahan.

— Et elle t'invite à venir sans tarder, parce que si un homme n'habite pas dans la maison avant que s'achève le mois, il est presque certain que le petit lopin de terre sera donné à un autre.

Entendant ces paroles, Hanrahan se leva du banc où il était assis.

— Pour sûr j'irai sans retard, dit-il. C'est la pleine lune, et si je puis arriver dans la soirée à Kilchreist, je serai demain auprès d'elle avant le coucher du soleil.

Ayant entendu cela, les autres se mirent à se moquer de lui d'avoir si grande hâte d'aller chez sa bien-aimée, et l'un d'entre eux lui demanda s'il allait abandonner son école dans le vieux four à chaux, où il donnait aux enfants un si bon enseignement. Mais il dit que les enfants au matin seraient assez contents de trouver la place vide, et personne pour les forcer à travailler ; et quant à son école il pourrait l'établir de nouveau n'importe où, puisqu'il avait son petit encrier qui pendait par une chaîne à son cou, et son grand Virgile et son abécédaire dans les pans de son manteau.

Quelques-uns d'entre eux lui proposèrent de boire quelque chose avant qu'il parte, et un jeune homme l'attrapa par son manteau, et dit qu'il ne fallait pas qu'il les quitte sans chanter la chanson qu'il avait écrite en l'honneur de Vénus et de Mary Lavelle. Hanrahan but un verre de whiskey, mais dit qu'il ne resterait pas mais s'élancerait dans son voyage.

— Tu as tout ton temps, Hanrahan le Rouge, dit l'homme de la maison. Il sera bien assez tôt pour toi de renoncer aux divertissements une fois que tu seras marié, et pas mal de temps pourrait s'écouler avant qu'on se revoie.

— Je ne veux pas rester, dit Hanrahan, mes pensées seraient continuellement sur les routes, en train de me porter vers la femme qui m'a demandé de venir, et elle solitaire et épiant mon arrivée.

Quelques-uns parmi les autres vinrent l'entourer, lui faisant valoir qu'il avait été un si aimable camarade, ayant un si grand nombre de chansons et toutes sortes de tours et de drôleries, et qu'il ne devait pas les quitter avant la fin de la nuit, mais à tous il opposa un refus, et s'en dégagea, et alla à la porte. Mais comme il franchissait le seuil, l'étrange vieillard se leva et posa sa main maigre et flêtrie, pareille à une griffe d'oiseau, sur celle de Hanrahan, et dit :

– Un homme comme Hanrahan, un homme instruit et grand faiseur de chansons, ne peut quitter une assemblée comme la nôtre, la nuit de Samhain. Et reste ici, dit-il, et faisons ensemble une partie ; et voici un vieux jeu de cartes qui maintes nuits avant celle-ci a fait son travail, et bien qu'il soit ancien, on a vu bien des richesses du monde perdues et gagnées par lui.

Un des jeunes hommes dit :

– Ce ne sont pas de considérables richesses du monde, vieillard, qui vous sont restées, et il regarda les pieds nus du vieillard, et ils rirent tous.

Mais Hanrahan ne rit point, mais il s'assit très calmement, sans un mot. Alors l'un d'eux dit :

– Alors tu resteras avec nous, Hanrahan.

Et le vieillard dit :

– Pour sûr il restera, vous ne m'avez pas entendu lui en faire la demande ?

Tous à ce moment regardèrent le vieillard comme s'ils se demandaient d'où il venait.

– C'est de loin que je viens, dit-il. À travers la France je suis venu, et à travers l'Espagne, et en passant par Lough Greine de la bouche cachée, et personne ne m'a refusé quoi que ce soit.

Et alors il se fit silencieux, et personne ne chercha à lui poser de question, et ils commencèrent à jouer. Il y avait six hommes autour des planches en train de jouer, et les autres derrière, qui regardaient. Ils firent pour rien deux ou trois parties, et puis le vieil homme sortit de sa poche une petite pièce, usée, très plate et lisse, et il invita les autres à poser une mise sur le jeu. Alors ils déposèrent tous une mise sur les planches, et bien qu'elle fût modeste, elle paraissait importante à cause de la façon dont elle allait de l'un à l'autre, d'abord un homme qui la gagnait et puis son voisin. Et quelquefois l'un des hommes voyait la chance tourner et il ne lui restait plus rien, et puis l'un ou l'autre lui prêtait un peu d'argent, et il le remboursait avec ce qu'il avait gagné, parce que ni la bonne ni la mauvaise chance ne s'arrêtait longtemps sur la même personne.

Et à un moment Hanrahan dit, tel un homme qui rêve :

– Il est temps pour moi de prendre la route.

Mais juste à ce moment une bonne carte lui vint, et il la joua, et tout l'argent commença à venir à lui. Une fois il pensa à Mary Lavelle, et il soupira ; et cette fois la chance le quitta, et il l'oublia a nouveau.

Mais pour finir la chance tourna du côté du vieil homme et elle ne le quitta plus, et tout ce qu'ils lui avaient gagné alla à lui, et il se mit à rire de petits rires étouffés, et à chanter pour lui-même une fois après l'autre « Piques et Carreaux, Courage et Pouvoir », et reprenant sans cesse, comme si c'était un verset d'une chanson.

Après un temps quiconque regardait les hommes et voyait la façon dont leurs corps se balançaient, et la manière dont ils fixaient du regard les mains du vieillard, était à même de penser qu'ils étaient pris de boisson, ou encore que tous les biens qu'au monde ils possédaient étaient placés sur les cartes ; mais ce n'était pas le cas, parce que la bouteille n'avait pas été touchée depuis le début de la partie, et était encore presque pleine, et tout ce qui avait été placé dans le jeu se réduisait à quelques pièces de six sous et des shillings, et peut-être une poignée de pièces de cuivre.

– Vous êtes des hommes braves quand vous gagnez et des hommes braves quand vous perdez, dit le vieillard. Le jeu est dans votre cœur.

Il commença alors à battre les cartes et à les mélanger, avec agilité et rapidité, si bien qu'à la longue ils ne pouvaient plus du tout voir que c'étaient des cartes, mais on aurait dit qu'il dessinait des cercles de feu en l'air, comme quand les gamins font tournoyer un bâton enflammé ; et après cela il leur parut à tous que la pièce tout entière était plongée dans le noir, et ils ne pouvaient rien voir d'autre que ses mains et les cartes.

Et tout d'un coup un lièvre fit un saut d'entre ses mains, et si c'était l'une des cartes qui prenait cette forme ou bien s'il était fait de rien à partir des paumes de ses mains, personne ne pouvait dire, mais le voilà qui courait sur le sol de la grange, aussi rapide que n'importe quel lièvre vivant.

Quelques-uns regardèrent le lièvre, mais la plupart tenaient leurs yeux fixés sur le vieillard, et comme ils le regardaient un lévrier fit un saut d'entre ses mains, de la même façon que le lièvre, et ensuite un autre lévrier et puis un autre, jusqu'à ce qu'ils finissent par devenir une meute entière qui poursuivait le lièvre en faisant des ronds dans la grange.

Les joueurs maintenant se tenaient debout, adossés aux planches, reculant devant les lévriers, et presque assourdis par le bruit de leurs jappements, mais, aussi rapides que ceux-ci pouvaient être, ils n'arrivaient pas à rattraper le lièvre qui poursuivit ses ronds jusqu'à qu'il y eût ce qui sembla être une rafale de vent qui enfonça la porte de la grange, et le lièvre biaisa et fit un saut au-dessus des planches où les hommes avaient joué, et s'engouffra par la porte et sortit dans la nuit, et les lévriers au-dessus des planches et franchissant la porte derrière lui.

Alors le vieillard cria :

– Suivez les lévriers, suivez les lévriers, et c'est une grande chasse que vous serez à même de voir cette nuit.

Et il sortit à leur suite. Mais autant les hommes étaient habitués à chasser les lièvres, et étaient disponibles pour n'importe quel jeu, autant ils étaient emplis de crainte à l'idée de sortir dans la nuit, et il n'y eut que Hanrahan qui se leva, et qui dit :

– Je suivrai, je les suivrai.

– Mieux vaut rester ici, Hanrahan, dit le jeune homme qui était son plus proche voisin, parce que tu pourrais aller au-devant de quelque grand danger.

Mais Hanrahan dit :

– Je veux jouer franc-jeu, je veux jouer franc-jeu, et il franchit la porte en vacillant comme un homme plongé dans un rêve, et la porte se referma sur lui une fois qu'il fut sorti.

Il crut voir le vieil homme en train de le précéder, mais ce n'était que sa propre ombre projetée par la pleine lune sur la route devant lui ; cependant il pouvait entendre les jappements des lévriers poursuivant le lièvre à travers les vastes champs verdoyants de Granagh, et il les suivit sans peine, parce qu'il n'y avait rien pour l'arrêter ; et après un laps de temps il arriva à des champs plus petits qui étaient entourés de murets de pierres empilées, et il mit à bas les pierres en les franchissant, et il ne s'arrêta pas pour les remettre ; et il passa près du lieu où le fleuve entre sous terre à Ballylee, et il put entendre les lévriers courant devant lui plus loin en direction de la source de la rivière. Bientôt il lui fut plus difficile de courir parce que c'était vers le sommet qu'il grimpait, et des nuages obscurcissaient la lune, et il n'arrivait pas à voir distinctement son chemin, et une fois il abandonna le sentier pour prendre un raccourci, mais son pied glissa dans un trou de marais et il dut revenir au sentier. Et depuis quand il allait ainsi il ne savait pas, ou dans quel sens il allait, mais finalement il atteignit le sommet de la montagne dénudée, avec seulement de la bruyère sauvage autour de lui, et il ne put entendre ni les lévriers ni quoi que ce soit d'autre. Mais de nouveau leurs jappements se mirent à lui parvenir d'abord de loin, et puis de très près, et quand ils furent tout proches, ils s'élevèrent brusquement dans l'air, et il y eut le son de la chasse au-dessus de sa tête ; puis le son se dirigea vers le nord, jusqu'à ce qu'il n'entende plus rien. « Ce n'est pas franc, dit-il, ce n'est pas franc. » Et il ne pouvait plus marcher, mais s'assit dans la bruyère là où il était, au cœur de Slieve Echtge, parce que toutes ses forces l'avaient abandonné, à cause de l'effort du long voyage qu'il avait fait.

Et après un certain temps il remarqua qu'il y avait une porte tout près de lui, et une lumière qui en sortait, et il s'étonna qu'en en étant si près il ne l'ait pas aperçue plus tôt. Et il se releva, et même fatigué comme il était il en franchit le seuil, et bien qu'il fît nuit noire à l'extérieur, il trouva la lumière du jour à l'intérieur. Et bientôt il fut en face d'un vieil homme qui venait de ramasser du thym d'été et des glaïeuls jaunes des marais, et, eût-on dit, toutes les douces odeurs de l'été s'y trouvaient dedans. Et le vieil homme dit :

– Ça fait longtemps que vous êtes en chemin jusqu'à nous, Hanrahan l'homme instruit et le grand faiseur de chansons.

Et ayant dit cela il le fit entrer dans une très grande maison étincelante, et toute chose magnifique dont Hanrahan eût jamais entendu parler, et toute couleur qu'il eût jamais vue se trouvaient dedans. Il y avait une estrade à l'autre bout de la demeure, et sur elle se tenait assise une femme dans un haut fauteuil, la plus belle que le monde eût jamais vue, avec un long visage pâle, et des fleurs tout autour, mais elle avait l'air fatigué de quelqu'un qui attend depuis longtemps. Et il y avait assis sur la marche en-dessous de son fauteuil quatre vieilles femmes grises, et l'une d'entre elles tenait dans son giron un grand chaudron ; et une autre sur ses genoux une grosse pierre, et bien qu'elle fût lourde elle paraissait légère à la femme ; et une autre d'entre elles, une très longue lance qui était faite de bois effilé ; et la dernière d'entre elles avait une épée sans son fourreau.

Hanrahan resta là à les regarder un long moment, mais aucune parmi elles ne disait mot ni aucunement ne le regardait. Et il avait à l'esprit de demander qui était la femme sur le fauteuil, qui était pareille à une reine, et ce qu'elle attendait ; mais bien qu'habile de sa langue et ne craignant personne, il était en ce moment rempli d'effroi à l'idée de parler à une femme si belle, et dans un lieu si magnifique. Et alors il voulut demander ce qu'étaient les quatre objets que les quatre vieilles femmes tenaient jalousement, mais il n'arrivait pas à trouver les mots justes pour s'exprimer.

Alors la première des vieilles femmes se leva, tenant le chaudron entre ses deux mains, et elle dit : « Plaisir », et Hanrahan ne dit pas un mot. Puis la deuxième vieille femme se leva avec la pierre entre les mains, et elle dit : « Pouvoir » ; et la troisième vieille femme se leva avec la lance dans sa main, et elle dit : « Courage » ; et la dernière des vieilles femmes se leva, tenant l'épée dans ses mains, et elle dit : « Savoir ». Et chacune d'entre elles, après avoir parlé, attendit comme si Hanrahan allait la questionner, mais il ne dit rien du tout[1]. Et puis les quatre vieilles femmes franchirent la porte, emportant leurs quatre trésors avec elles, et comme elles sortaient l'une d'entre elles dit :

– Il n'a aucun vœu à nous formuler.

Et une autre dit :

– Il est faible, il est faible.

Et une autre dit :

– Il a peur.

Et la dernière dit :

– Son esprit l'a abandonné.

Et puis elles dirent toutes :

– Echtge, fille de la Main d'Argent, doit rester dans son sommeil. C'est grand dommage, c'est très grand dommage.

Et puis la femme qui ressemblait à une reine poussa un soupir très triste, il sembla à Hanrahan que le soupir avait en lui le bruit de rivières cachées ; et même si le lieu où il était avait été dix fois plus grand et plus resplendissant qu'il ne l'était, il n'aurait pas pu empêcher le sommeil de tomber sur lui ; et il vacilla comme un homme ivre et aussitôt s'étendit à terre.

Quand Hanrahan se réveilla, le soleil éclairait son visage, mais il y avait de la gelée blanche sur l'herbe autour de lui, et il y avait du givre sur le bord de la rivière où il était couché, et qui continue sa route à travers Doire-caol et Drima-na-rod. Il savait, aux contours des collines et à l'éclat au loin de Lough Greine, qu'il était sur l'une des collines de Slieve Echtge, mais il n'était pas certain de savoir comment il y était parvenu parce que tout ce qui était arrivé dans la grange était sorti de lui, de même que tout de son voyage excepté les douleurs de ses pieds et la raideur de ses os.

---

1. Yeats s'inspire ici du Graal qui échoue à poser les bonnes questions dans sa « quête » allégorique. (*N. du T.*)

Une année avait passé, il y avait des hommes du village de Cappaghtagle assis près du feu dans une maison sur le bord de la route, et Hanrahan le Rouge, qui était maintenant très maigre et épuisé et avait les cheveux très longs et embroussaillés, vint jusqu'à la porte à clairevoie et demanda la permission d'entrer et de se reposer ; et ils lui offrirent l'hospitalité parce que c'était la nuit de Samhain. Il s'assit avec eux et ils lui versèrent d'une bouteille d'un litre un verre de whisky ; et ils virent le petit encrier suspendu à son cou, et surent qu'il était un lettré, et lui demandèrent des histoires sur les Grecs.

Il sortit le Virgile de la grande poche de son manteau, mais la couverture était très noircie et gonflée d'humidité, et la page, lorsqu'il l'ouvrit, était très jaune, mais cela n'avait pas grande importance, parce qu'il la regardait comme fait un homme qui n'a jamais appris à lire. Un des jeunes hommes présents se mit alors à se moquer de lui, et à demander pourquoi il transportait avec lui un livre si lourd quand il n'était pas capable de le lire.

Cela vexa Hanrahan d'entendre pareille chose, et il remit le Virgile dans sa poche et demanda s'ils possédaient un jeu de cartes, parce que les cartes étaient mieux que les livres. Quand ils sortirent les cartes il s'en saisit et commença à les battre, et tandis qu'il les battait quelque chose parut lui venir à l'esprit, et il posa une main sur son visage comme quelqu'un qui essaie de se souvenir, et il dit :

– Est-ce que j'ai jamais été ici autrefois, ou bien alors où pouvais-je être une nuit semblable à celle-ci ?

Et puis brusquement il se leva et laissa choir les cartes à terre, et il dit :

– Qui est-ce qui m'a apporté un message de Mary Lavelle ?

– Nous ne vous avons jamais vu auparavant, et nous n'avons jamais entendu parler de Mary Lavelle, dit l'homme de la maison. Et qui est-elle ? dit-il, de quoi donc est-ce que vous parlez ?

– C'était cette nuit il y a un an, j'étais dans une grange, et il y avait des hommes qui jouaient aux cartes, et il y avait de l'argent sur la table, ils le poussaient de l'un à l'autre ici et là – et j'ai eu un message, et je franchissais le seuil pour retrouver ma bien-aimée qui avait besoin de moi, Mary Lavelle.

Et puis Hanrahan cria très fort :

– Où est-ce que j'ai été depuis lors ? Où étais-je pendant toute cette année ?

– Il est difficile de dire où vous auriez pu être pendant ce temps, dit l'homme le plus âgé, ou dans quelle partie du monde vous auriez pu voyager ; et il est assez probable que la poussière de maintes routes s'est déposée sur vos souliers ; parce qu'il y en a beaucoup qui s'en vont errant et oubliant comme vous, dit-il, une fois qu'ils ont été touchés.

– C'est la vérité, dit un autre des hommes. J'ai connu une femme qui s'est mise à errer de cette façon pendant la durée de sept ans ; elle est revenue après, et elle dit à ses amis que souvent elle fut assez heureuse de pouvoir manger la nourriture qui se trouvait dans l'auge des cochons. Et le mieux pour vous c'est d'aller tout de suite chez le prêtre, dit-il, et de le laisser ôter de vous quoi que ce soit qui ait pu y être posé.

– C'est vers ma bien-aimée que j'irai, vers Mary Lavelle, dit Hanrahan ; cela fait trop longtemps que j'ai tardé, comment savoir ce qui aurait pu lui arriver pendant la durée d'un an ?

Comme il se mettait à franchir la porte, tout le monde lui dit qu'il était préférable pour lui de rester la nuit, et de recouvrer ses forces pour le voyage ; et en fait c'est ce qu'il souhaitait, parce qu'il était très faible, et lorsqu'ils lui donnèrent de la nourriture il la mangea comme un homme qui n'en avait jamais vu jusqu'alors, et l'un d'entre eux dit :

– Il mange comme s'il avait foulé l'herbe qui donne faim.

Ce fut dans la blanche lumière du matin qu'il se mit en route, et le temps lui parut long pour atteindre la maison de Mary Lavelle. Mais quand il y fut, il trouva la porte brisée, et le chaume qui tombait de la toiture, et pas la moindre âme qui vive en vue. Et quand il demanda aux voisins ce qui lui était arrivé, tout ce qu'ils purent dire c'est qu'elle avait été expulsée de la maison, et s'était mariée avec un ouvrier, et qu'ils étaient partis pour chercher du travail à Londres ou à Liverpool ou dans une autre ville de même importance. Et si elle trouva un endroit pire ou meilleur il ne sut jamais, mais de toute façon il ne l'a jamais rencontrée ou eu de nouvelles d'elle de nouveau.

Extrait de *Stories of Red Hanrahan*.

Traduction inédite de Jean-Pierre Krémer.

L'IRLANDE POLITIQUE

LIAM O'FLAHERTY

Le début de l'insurrection

Il était midi en ce lundi de Pâques 1916 dans la ville de Dublin. Tout un peuple en fête inondait O'Connell Street. Les gens montaient et descendaient le long des trottoirs, depuis le monument Parnell au nord jusqu'au pont qui enjambe la Liffey au sud. Lentement, en grondant, de grands tramways se croisaient dans le centre, se balançant sur leurs rails comme des chevaux à bascule, leurs antennes grésillant contre les câbles électriques aériens. Ils amenaient en provenance des faubourgs un flot humain toujours grandissant qu'ils déversaient devant la colonne Nelson, l'orgueilleuse tour qui se dresse au point central de la chaussée et domine la ville tout entière comme un symbole de conquête.

À chaque arrivage, un tumulte strident s'élevait autour du socle carré de la colonne en pierre. Des femmes attifées de longues blouses blanches et de châles noirs offraient aux nouveaux débarqués des fruits et des fleurs qu'elles tiraient de leurs brouettes en bois. Des gamins nu-pieds trottaient de-ci de-là, chiens de berger affairés au milieu des moutons, en braillant le nom des journaux qu'ils avaient dans les bras. De vieux mendiants infirmes, à croupetons contre les grilles des maisons, marmottaient des choses incompréhensibles et tendaient leurs mains difformes dans un geste suppliant. Puis des policiers de haute taille, aux casques à pointe, surgirent pour disperser la foule. Parmi les nouveaux débarqués, certains se regroupaient avant de se joindre à la procession. D'autres s'égaiaient individuellement d'un côté ou de l'autre de l'avenue, se postaient sur le trottoir, s'appuyaient aux murs des boutiques et regardaient le spectacle de cet air ahuri qu'ont les paysans à la foire.

Il n'y avait pour ainsi dire pas d'autre circulation. Les stations de fiacres étaient presque vides. Seules s'y attardaient encore quelques misérables vieilles carnes, attelées à des voitures délabrées qui n'auraient sûrement pas fait le voyage jusqu'à Fairyhouse, pour le Grand Prix national de steeple-chase. Une heure plus tôt environ, la dernière carriole irlandaise avait filé dans cette direction au triple galop, le cocher fouettant de toutes ses forces la maigre croupe de sa jument tandis que les passagers, déjà bien éméchés, secoués par le violent roulis du véhicule, chantaient à plein gosier d'une voix rauque.

C'était le 25 avril, l'air embaumait le printemps. Le soleil brillait, les petits nuages gris d'acier semblaient danser de joie tandis qu'ils déambulaient tout là-haut dans le ciel bleu foncé. Des mouettes jaillissaient et plongeaient au-dessus des toits, leurs cris perçants évoquaient de lointaines falaises, des flots rugissants. Des bruits d'accordéon et de chants s'échappaient des ruelles.

Bartly Madden ne partageait pas cette allégresse pascale, debout, là, au milieu d'un attroupement d'hommes sous le portique de la grande poste, à quelques mètres au sud de la colonne Nelson, sur le côté ouest de la rue. Il était d'une humeur noire. Il avait débarqué de Liverpool samedi dernier, avec cent cinquante livres cousues dans une ceinture qu'il portait à même la peau. Une somme gagnée en dix-huit mois de dur labeur dans une usine de guerre anglaise. Il la rapportait chez lui, dans le Connemara, avec l'intention d'épouser la fille du propriétaire d'une petite ferme. Mais ensuite, en attendant l'heure du train, il s'était soûlé dans une taverne des bas quartiers. Quand il était revenu à lui, au matin, dans une chambre misérable non loin de la gare d'Amiens Street, sa ceinture avait disparu. Il ne lui restait plus un seul penny en poche. On lui avait volé jusqu'au rosaire et au scapulaire qu'il avait toujours autour du cou.

À présent il se retrouvait sans ressources. S'il rentrait chez lui les mains vides, les siens allaient le maudire et la paroisse tout entière se moquer de lui. S'il retournait à l'usine, de façon à regagner un peu d'argent, il allait tomber sous le coup de la conscription. Et c'était justement pour échapper à ce sort qu'il avait quitté brusquement l'Angleterre. Ici, en Irlande, la conscription n'existait pas, en revanche il était pratiquement impossible de trouver du travail. Les patrons mettaient de propos délibéré leurs ouvriers à la porte, pour que la faim pousse les pauvres hères à s'enrôler, l'armée ayant un besoin pressant de recrues fraîches en perspective de la prochaine offensive en France. En un mot, Madden était dans une situation désespérée.

À première vue, pourtant, le jeune homme semblait de ceux que la nature a bâtis pour faire des soldats. Vingt-quatre ans, plus d'un mètre quatre-vingts, mince, tout en muscles, la mâchoire carrée et des yeux bleus très clairs assez écartés dans un visage osseux et bronzé. Alors qu'il errait au hasard dans les rues de la ville, le matin même, des sergents recruteurs, reconnaissables aux rubans qui ornaient leur casquette, avaient été frappés par son physique superbe, ses vêtements chiffonnés et son expression tragique. Avec un flair de vieux limiers, ils avaient aussitôt deviné le sort qui l'accablait. Ils savaient qu'un homme à ce point aux abois n'aurait pas la force de résister à leur proposition. Ils l'abordèrent donc avec des paroles mielleuses. Il se contenta de les injurier tout bas en passant son chemin d'un air ombrageux. En dépit de sa profonde détresse, la guerre et l'uniforme de soldat n'inspiraient que de la répulsion à son âme de paysan, qui ne rêvait que de quelques arpents de terre pour pouvoir se marier et perpétuer sa race en paix.

Madden fixait le sol d'un regard vide, les mains enfoncées dans les poches de son costume de serge bleue chiffonné, quand, tout d'un coup, il entendit un flot d'invectives sortir de la bouche d'un homme pauvrement vêtu qui se tenait à ses côtés sous le portique.

– Chiens de rebelles, on devrait tous les fusiller, dit l'homme avec l'accent rugueux et nasillard des bas quartiers, les *slums* de Dublin. Ça me rend malade de voir ces culs-terreux défiler à un moment pareil et faire tout ce foin alors que des Irlandais, des patriotes, se font tuer au front. Ils sont payés par les Allemands.

Il cracha sur le pavé, s'essuya la bouche sur les lambeaux qui lui tenaient lieu de manche et ajouta d'une voix chargée d'amertume :

– La lie de cette putain de terre !

Madden regarda dans la direction indiquée par son voisin et aperçut des hommes qui remontaient en masse vers l'avenue le long de Lower Abbey Street, à quelques centaines de mètres plus bas vers le sud-est. Ils étaient environ deux cents. Plusieurs charrettes pleines à craquer et une automobile les escortaient. Une nuée de gens, pour l'essentiel des enfants, tourbillonnait de part et d'autre de la colonne en marche.

– C'est une insulte pour un homme comme moi, continua le voisin de Madden. Voir une engeance pareille parader en armes et en uniforme, avec la police qui ne lève même pas le petit doigt ! J'ai deux fils au front, moi, dans les fusiliers de Dublin. Moi-même je suis un vieux soldat. Vise un peu ces décorations, mon p'tit gars.

Il ouvrit prestement sa veste et soupesa de sa main droite trois rangées de rubans de couleur vive épinglés à la poitrine sur le côté gauche de son gilet bleu. En même temps, il fit claquer les talons de ses souliers éculés et contraignit tant bien que mal sa maigre carcasse à se mettre au garde-à-vous.

– Trois pour bravoure, s'écria-t-il. J'ai fait cinq campagnes. J'étais au siège de Ladysmith. Je me suis battu au Soudan et aux Indes. Ils m'ont mis à la retraite avec des galons de sergent. Et jamais un seul blâme !

Madden jeta un coup d'œil indifférent aux décorations. Puis il se retourna une fois encore vers la colonne des hommes en marche, laquelle avait à présent traversé l'avenue et bifurqué vers le nord, le long du trottoir ouest, après avoir contourné une statue de taille modeste.

– Où vont-ils ? demanda-t-il à son voisin.

– C'est du bidon, répondit celui-ci. Ils ont été payés pour jouer les provocateurs. On devrait les abattre sans autre forme de procès.

Une automobile s'immobilisa devant l'hôtel *Metropole*, à mi-chemin entre la tête du cortège et le portique. À son bord étaient entassés des officiers de l'armée impériale, rentrés chez eux en permission du front. Une ribambelle de gamins aux pieds nus et de femmes en châle entourèrent les jeunes combattants. Les gamins mendiaient de la menue monnaie. Les femmes cherchaient à écouler le programme de la course et des bouquets de fleurs. Un vieil aveugle longea la voiture à une allure de tortue en fredonnant d'une voix funèbre. Une fillette en blouse blanche marchait à ses côtés. Elle agrippait le pan de son veston de la main droite, tendant l'autre aux officiers dans un geste de muette supplication.

La tête de la colonne arrivait à la hauteur de l'automobile, quand un autre officier sortit en courant de l'hôtel. Il tenait à la main une bouteille de whisky. Une balafre entaillait sa joue gauche. Il était coiffé du béret à carreaux d'un régiment écossais. Les minces rubans noirs à l'arrière de son béret flottèrent un instant au-dessus du col de sa tunique kaki. À un mètre ou deux de la voiture, dont une portière s'était amicalement ouverte pour l'inviter à grimper à bord auprès de ses camarades, il s'arrêta. Et considéra les manifestants d'un regard furieux. Puis il brandit sa bouteille de whisky.

– Sales lâches ! hurla-t-il. Si vous voulez jouer aux soldats, pourquoi vous n'allez pas là-bas vous battre avec les Boches ?

– Bien dit, caporal ! En plein dans le mille, approuva une des femmes en châle d'une voix flagorneuse.

– Viens, Mac, dit l'officier au volant. J'ai un bon tuyau sur un cheval dans la première course. On n'arrivera jamais à temps à ce train-là !

L'officier au béret écossais monta dans la voiture et s'assit. Mais ce fut pour mieux bondir aussitôt sur ses pieds.

– Traîtres ! vociféra-t-il à l'adresse des manifestants. Sales lâches !

Le démarrage brutal de la voiture le fit retomber lourdement sur son séant. Les badauds éclatèrent de rire. Certains sifflèrent le jeune officier qui continuait à vitupérer et à brandir sa bouteille de whiskey tandis que le véhicule gagnait de la vitesse.

– Salauds de rebelles ! beugla un jeune homme depuis le pas d'une porte.

Les manifestants n'accordèrent pas la moindre attention aux injures proférées par l'officier. Ils regardaient droit devant eux d'un air grave et triste, comme des fidèles marchant en procession derrière une image sainte. Ils étaient âgés de quinze à soixante ans. La majorité d'entre eux portaient un uniforme d'une espèce ou d'une autre. Hormis les quatre meneurs qui ouvraient le cortège, ils transportaient tous un lourd chargement militaire. Les plus âgés chancelaient sous le poids de leur barda. Ils défilaient avec une lenteur digne d'un service funèbre, et sans la cadence qui fait la beauté des marches militaires.

Mary Anne Colgan trottinait au bord du trottoir, s'escrimant à attirer l'attention de son fils qui marchait au centre de la colonne. Une femme d'âge mûr, petite et très frêle. Elle portait une robe blanche en fil, resserrée sous les genoux. Celle-ci emprisonnait si bien ses chevilles qu'elle était obligée d'avancer à tout petits pas, comme une poule aux pattes entravées. Ses épaules étaient négligemment drapées d'un châle noir. De celui-ci dépassait discrètement un baluchon en chiffon blanc. Une plume blanche était espièglement piquée à l'arrière de son noir petit chapeau rond.

Sans descendre du trottoir, elle se pencha vers son fils pour lui murmurer furtivement :

– Hep ! Tommy, prends donc ce baluchon. Tu en auras besoin, mon chéri. Sois un bon garçon, prends-le.

Son fils demeura impassible. Il regardait droit devant lui, ses prunelles bleues à l'expression intense ne reflétant plus que le ravissement du fanatisme. Il avait tout juste seize ans mais mesurait déjà près d'un mètre quatre-vingts. Son corps juvénile était d'une minceur extrême, comme celui de sa mère. Il flottait dans son uniforme vert foncé. Son chapeau à larges bords, épinglé sur le côté à la mode boer, lui descendait jusqu'aux oreilles. Il portait deux fusils sur son épaule gauche et un marteau de forgeron sur la droite. Quatre cartouchières bourrées de munitions pendaient sur ses côtés. Une pioche, une pelle et deux grands sacs marron étaient attachés à sa nuque, par-dessus un sac à dos militaire plein à craquer. Il ployait sous le poids de cet énorme fardeau, comme un jeune arbre dans la tempête. La sueur ruisselait sur ses joues blêmes tandis que, péniblement, il mettait un pied devant l'autre.

Soudain, sa mère s'élança sur la chaussée, lui empoigna le bras et lui tendit de nouveau le baluchon.

– Prends-le, pour l'amour de Dieu, supplia-t-elle. Puisque je te dis que tu en auras besoin.

Il devint cramoisi et la repoussa sans lui accorder un regard.

– Laisse-moi tranquille, marmonna-t-il.

Elle fit un petit saut pour remonter sur le trottoir et reprit son trottinement, s'arrêtant de temps en temps pour lui chuchoter des choses d'une voix suppliante, puis avançant de nouveau par bonds successifs. Au moment cependant où la tête de la colonne parvint à l'extrémité sud de la grande poste, ses tentatives désespérées cessèrent. Son visage fatigué se figea comme devant une vision d'horreur et elle se mit à prier.

– Sainte Mère de Dieu ! murmura-t-elle. Prends pitié de mon enfant. Je n'ai que lui au monde.

L'homme en guenilles, le voisin de Madden, ne cessa de fulminer qu'au moment où le cortège arriva à sa hauteur. Alors il se tut et se contenta de fusiller du regard ceux qui passaient quatre à quatre devant lui.

– Sales petits culs-terreux ! brailla-t-il tout d'un coup sans desserrer les dents. Je vous tordrais volontiers le cou à tous tant que vous êtes !

Madden dévisageait avec un intérêt passionné le visage des hommes qui défilaient. Sans savoir ce qu'ils voulaient, il éprouvait à leur égard de la sympathie, pressentant obscurément que leur noire exaltation avait été engendrée par une tragédie semblable à la sienne. De sorte qu'il finit par se tourner vers son voisin et l'empoigna rageusement par le bras droit.

– Fermez-la ! lui enjoignit-il.

L'homme en guenilles laissa échapper un juron dès que son bras fut relâché. Il considéra Madden avec des yeux remplis d'une haine terrible tout en reculant pour se fondre dans la foule qui se tassait le long du mur du bâtiment.

– Encore un chien de traître ! grommela-t-il.

À l'instant même, un des meneurs se détacha de la colonne, bondit sur le trottoir et sortit son revolver.

– Halte ! s'écria-t-il.

Ce cri avait été si puissant et si soudain que Madden fit presque un bond en l'air. Puis il contempla d'un air ébahi la procession qui s'arrêtait sans ordre ni précision, les hommes se rentrant les uns dans les autres comme des collégiens épuisés après une longue randonnée.

– Un quart de tour, gauche ! continua leur chef.

Empêtrés dans leurs lourds fardeaux et la confusion qui avait suivi l'ordre de s'arrêter, les hommes obéirent à ce second commandement de façon encore plus maladroite qu'au premier, se bousculant pour former deux rangées face au bâtiment. Malgré cela, Madden se mit à les trouver inquiétants. Leurs expressions tragiques, qui tout à l'heure, par la grâce de la compassion, avaient suscité chez lui un sentiment de fraternité, s'étaient effacées. Ils avaient l'air féroce.

C'est alors qu'il remarqua Mrs Colgan, laquelle s'était immobilisée pile devant lui. La terreur qui se lisait sur ses traits ne fit qu'accentuer son propre malaise.

– Jésus, Marie, Joseph ! l'entendit-il marmonner d'une voix étranglée.

Puis le meneur braqua son revolver sur le bâtiment et s'écria :

– À nous la grande poste ! À l'assaut !

Mrs Colgan poussa un petit cri de souris au moment où la colonne s'ébranla pour se précipiter vers l'endroit où elle se trouvait. Elle se cramponna à la taille de Madden pour éviter d'être renversée et piétinée à terre.

– Jésus, Marie, Joseph ! gémit-elle.

Madden tituba, souleva du sol la minuscule créature et fit volte-face de façon à la plaquer contre une colonne du portique, présentant à la charge le rempart de son dos. Il endura ainsi une dizaine de secondes, sans broncher, les coups des crosses de fusil, des barres de fer, des marteaux et des pioches qu'agitaient n'importe comment les attaquants qui montaient à l'assaut dans le plus formidable désordre. Puis il souleva de nouveau sa protégée dans ses bras et courut au milieu de l'avenue. Elle était légère comme une plume, tremblante comme un oisillon. Il la déposa devant un tramway à l'arrêt, au sud de la colonne Nelson.

– Ça va, madame ? dit-il.

Elle s'appuya contre lui, à bout de souffle. Puis elle se raidit et regarda dans la direction de la grande poste.

– Mon Tommy est entré là-dedans, gémit-elle.

– Que se passe-t-il ? questionna Madden.

– C'est un soulèvement, répondit-elle. Les volontaires irlandais et l'armée des citoyens se sont soulevés, avec Patrick Pearse et James Connolly à leur tête.

Les autres hommes qui s'étaient attardés sous le portique accouraient pêle-mêle au milieu de la chaussée. Les insurgés avaient tous pénétré dans le bâtiment. Les charrettes et l'automobile avaient disparu dans Prince's Street, une courte ruelle qui longeait la grande poste côté sud. Les gens se criaient les uns aux autres le long de O'Connell Street, jusqu'en bas vers le pont et au nord vers le monument Parnell, répandant la nouvelle de l'insurrection.

– Vont-ils s'en prendre au gouvernement ? interrogea nerveusement Madden.

Elle renversa la tête en arrière et se mit débiter à une vitesse époustouflante :

– Mon Tommy a refusé de m'écouter, pourtant j'ai fait de mon mieux pour l'en empêcher. Je me suis mise à genoux, je l'ai supplié de rester en dehors de tout ça. Mais il n'y a rien eu à faire.

Il tient de son père, allez, il a ça dans le sang. Que Dieu ait pitié de son âme, mon mari avait lui aussi la tête dure. Aussi bagarreur qu'un chien terrier. Quand la guerre des Boers a commencé, il s'est engagé pour aller faire la peau à Paul Kruger, un type qu'il ne connaissait même pas et qui ne lui avait rien fait. Il s'est fait tuer là-bas, en Afrique du Sud, trois mois après la naissance de mon Tommy. Ah ! Sainte Mère de Dieu ! Quand mon petit s'est mis à travailler pour Joe Scanlon, l'entrepreneur, je me suis dit que c'était fini, que je n'aurais plus à me battre pour le nourrir, que la famille n'aurait plus de souci à se faire, que c'était le début de la bonne vie. Je ne pouvais pas plus me tromper. C'est à ce moment-là que sont venus les vrais ennuis. Il s'est inscrit au syndicat des Transports et, après ça, impossible de le sortir de Liberty Hall. Il y était fourré tous les soirs, pauvre innocent, à écouter James Connolly et la comtesse Markievicz parler des droits de la classe ouvrière et du monde nouveau qui nous adviendrait une fois qu'aurait pris fin l'exploitation de l'homme par l'homme. Il connaissait leurs discours par cœur, pour sûr, un vrai perroquet. Qu'ils soient maudits, eux et leur satané bagou ! En deux temps trois mouvements le voilà qui s'engage dans l'armée des citoyens. Voilà mon petit en train d'apprendre le maniement des armes, en train de tirer à la carabine avec des vieux fous qui n'ont rien de mieux à faire qu'à pousser au crime le fils unique d'une pauvre veuve. Mais qu'est-ce que je vous conte là ? Je suis une bonne Irlandaise malgré mon malheur. Je l'avais vu venir, mais je n'aurais jamais soufflé mot à ceux qui auraient pu l'empêcher. Ça, non, ils n'auraient pas pu me tirer un mot, malheureuse mère que je suis, même sous les pires tortures de l'enfer. Que Dieu me pardonne la seule pensée de trahir la terre chérie qui m'a donné le jour.

Madden se sentit pris pour elle d'une immense pitié.

– Vous devriez vous en aller, lui dit-il doucement en passant le bras autour de ses frêles épaules. Si c'est bien un soulèvement, il ne va pas tarder à y avoir du grabuge. Rentrez chez vous avant que ça se gâte. C'est pas un endroit pour une dame comme vous.

Levant les yeux vers lui, elle déclara :

– Je ne peux pas abandonner Tommy. J'ai un paquet pour lui. Il est parti hier matin en oubliant de mettre sa flanelle. Il s'enrhume facilement et le docteur lui a recommandé de ne pas la quitter avant juin. Je l'ai ici avec moi, pour lui. Les nuits sont encore froides à cette saison, même s'il fait chaud pendant la journée.

Des gens accouraient maintenant de tous les points cardinaux. Le milieu de l'avenue devenait d'instant en instant plus encombré. Les tramways s'étaient tous immobilisés là où ils se trouvaient. On n'entendait plus que le bruit du pavé qui sonnait sous les semelles de ceux qui couraient et le brouhaha des voix vibrantes d'excitation.

– Comme il vous plaira, ma bonne dame, dit Madden. Moi je m'en vais, de toute façon. J'ai assez d'ennuis comme ça. Je n'ai pas envie de me faire prendre dans une bagarre qui ne me concerne pas.

Elle empoigna les pans de sa veste et le regarda droit dans les yeux, intensément, le suppliant de toutes ses forces.

– Vous avez l'accent de mon pays, énonça-t-elle en baissant le ton pour adopter un chuchotement confidentiel. Vous seriez pas de l'Ouest ?

Elle avait un visage d'oiseau. On eût dit que sa peau n'avait pas l'étendue suffisante pour recouvrir ses pommettes et ses lèvres charnues. Ses yeux d'un bleu délavé nichaient profondément enfoncés sous l'avancée d'un front sillonné de rides. Elle dardait sans cesse ses regards de tous côtés. Sa maigre chevelure brune était sévèrement tirée en arrière, ramenée sur la nuque en un chignon bas.

Madden ne fut pas dupe de ce ton enjôleur.

– Je viens du Connemara, répondit-il sèchement.

– Je le savais ! s'exclama-t-elle avec ardeur. Ça s'entend à ta façon de parler. Comment je le sais ? C'est que je suis moi-même du Connemara, mon chéri. Je suis née à Maam Valley. Mon nom de jeune fille est Joyce. Je suis venue à Dublin et j'ai épousé un homme appelé Colgan. Mary Anne Colgan que j'm'appelle. Ah !

Que Dieu te bénisse, mon garçon, avec une figure si honnête, tu pouvais venir de nulle part ailleurs que du Connemara.

À cet instant, on entendit tirer plusieurs coups de feu à l'intérieur du bâtiment occupé. La petite femme trembla et fit le signe de croix.

– Sainte Mère de Dieu ! pria-t-elle. Aie pitié de moi !

En quelques minutes, la foule était devenue immense. L'avenue était noire de monde, hormis quelques mètres carrés devant la grande poste. Une place vide en demi-cercle fermée par une muraille humaine disposée face aux colonnes grecques du portique. Des gens jaillissaient des portes par lesquelles étaient entrés les insurgés. Parmi ces fuyards, quelques femmes poussaient des hurlements hystériques. Tous traversaient comme des flèches l'espace vide pour se perdre dans la foule d'où montait à présent un murmure semblable à un lointain grondement de tonnerre.

L'incessant tintamarre des avertisseurs des tramways ajoutait sa stridence au bruit des voix, tandis que les wattmen s'employaient à dégager les véhicules échoués au milieu de la multitude. Craignant pour leur vie, les policiers en service désertaient leur poste pour se réfugier sur la plate-forme des trams auprès du wattman. Ils prenaient soin d'enlever et de cacher leur casque à pointe, de peur que ce symbole du pouvoir étranger ne provoquât des gestes de vengeance de la part des gens du peuple. Puis ils se faisaient le plus petits possible en attendant que les fiers mastodontes se frayent centimètre par centimètre un passage à travers la foule compacte.

Un de ces policiers avait pris place dans le tramway qui se trouvait juste derrière Madden. C'était un homme mince, de très haute taille. Assis sur ses talons aux côtés du wattman, il tenait son casque serré contre sa poitrine entre ses bras croisées, comme s'il serrait là un trésor sans prix qu'il avait le devoir de protéger. Il avait un crâne long et étroit. Ses cheveux clairsemés étaient peignés en travers du sommet de sa tête qui luisait de sueur, présentant une ligne brisée au-dessus de son front pâle et dégarni. Il scrutait la plate-forme de ses petits yeux gris. Une grimace de peur découvrait largement ses grandes dents de devant. Vu sa position près de la colonne Nelson, le tramway dans lequel il avait trouvé refuge fut le dernier à s'ébranler. Quand enfin le véhicule se mit en marche, il serra les lèvres, détacha son bras gauche du casque, le leva, se hissa sur un genou, serra le poing et, par-dessus son épaule droite, regarda Madden dans le blanc des yeux. À la panique qu'on lisait dans son regard se mêlait à présent la volonté farouche de s'en sortir.

Madden se sentit gagné par la peur panique du policier. Il en voulut tout à coup à la petite femme de chercher à l'apitoyer.

– Lâchez-moi, lui dit-il d'une voix brutale en lui prenant les mains pour l'obliger à lâcher sa veste. Je ne reste pas ici, ma bonne dame.

À cet instant, la foule, comme mue par une seule et même volonté, se projeta en avant.

– Jésus, Marie, Joseph ! s'écria Mrs Colgan.

Elle sauta dans les bras de Madden, nouant les siens autour de son cou sans pour autant lâcher son baluchon. Deux petits genoux pointus s'enfoncèrent au creux de son estomac.

– Lâchez-moi ! hurla-t-il en la repoussant brutalement.

Incapable de déloger l'hystérique créature, il la souleva dans ses bras et se laissa emporter par la vague humaine. Son châle noir glissa de ses frêles épaules. Il en retint une extrémité en l'appuyant sur sa colonne vertébrale. L'autre bout traîna à terre. Elle ressemblait à une grande enfant maigre dans sa robe blanche, ainsi serrée contre lui, son chapeau noir pressé contre sa joue, la plume friponne de son chapeau à la même hauteur que le sommet de sa propre casquette en tweed grise.

Comme une longue houle venue mourir au pied du bâtiment administratif, la foule s'arrêta pile devant le portique. Madden déposa son léger fardeau non loin de l'endroit où il s'était arrêté précédemment. Puis il prit la petite femme par les épaules et la secoua sans ménagement.

– Pourquoi ne rentrez-vous pas chez vous ? lui cria-t-il.

– Je ne peux pas, mon garçon, gémit-elle.

Un individu au crâne chauve sortit de la grande poste au pas de course. Son gilet était déboutonné. Il tenait sa veste de la main gauche, battant contre sa jambe. Des bandes élastiques noires serraient sa chemise blanche au-dessus du coude. Son visage était rouge brique. Il avait des moustaches grises soigneusement taillées. Ses yeux étaient à demi fermés et la peau tout autour contractée, comme ceux d'un homme ébloui par le passage rapide de l'obscurité d'une pièce sombre à la lumière du jour. Sa bedaine se soulevait péniblement au rythme de sa respiration oppressée.

– C'est une honte ! s'écria-t-il en s'arrêtant au bord de la foule, à côté de Madden et de Mrs Colgan. Je suis fonctionnaire depuis vingt-cinq ans. Et me voilà jeté dehors par une bande de vauriens.

– Pour l'amour de Dieu, monsieur, lui souffla Mrs Colgan d'une voix mourante, dites-moi, y a-t-il des blessés ?

Le chauve la considéra d'un air hautain en se redressant de toute sa hauteur. Puis il s'empressa d'enfiler sa veste, plongea la main dans sa poche de poitrine et sourit.

– J'avais complètement oublié que j'en ai toujours une seconde paire sur moi, dit-il en sortant un étui à lunettes de sa poche.

Il posa les lunettes sur son nez, s'éclaircit la gorge et regarda par-dessus la multitude de têtes. Là, il se gonfla de nouveau d'orgueil.

– Cette brute m'a giflé ! s'exclama-t-il en boutonnant prestement son gilet, lorsque je lui ai dit le fond de ma pensée. Il a jeté mes lunettes par terre et m'a brutalisé lorsque j'ai voulu les récupérer. Ils se sont emparés du gardien de la paix. Et aussi d'un officier de l'armée qui se trouvait là pour affaires. Les soldats de garde en haut n'ont pas pu intervenir. Vous le croirez ou non, on ne leur a pas donné de cartouches pour leurs fusils.

– Il y a des blessés, monsieur ? insista Mrs Colgan.

Cette fois le chauve ne daigna même pas la regarder.

– Croyez-moi, continua-t-il, le gouvernement va être obligé de prendre des mesures draconiennes. On s'est montré beaucoup trop indulgent avec ces vauriens en les laissant se promener dans les rues armés jusqu'aux dents, se livrer à des exercices et troubler

l'ordre public. Maintenant il y a eu injure à agent de l'administration et profanation d'un bâtiment public...

Il fit brusquement volte-face en entendant un bruit assour-
dissant de verre brisé. Sa bouche s'ouvrit toute grande quand il vit
un insurgé donner un coup de marteau dans les carreaux d'une
des grandes fenêtres voûtées du portique.

– Merde ! grommela-t-il d'une voix craintive en se frayant
prudemment un chemin dans la foule. Ils ont l'air d'être sérieux,
après tout !

La masse se recula de quelques pas et regarda dans un silence
ébahi les insurgés qui s'appliquaient à briser les vitres des quinze
fenêtres du rez-de-chaussée du bâtiment où ils étaient retranchés.
Dans un bruit cristallin, des fragments de verre giclaient sur toute
la largeur du trottoir, puis glissaient sur la chaussée. Les trois étages
se trouvaient désormais occupés. D'autres insurgés surgirent sur le
toit entre les douze statues qui s'alignaient derrière une balustrade.

Puis le silence terrorisé de la multitude fut soudain rompu par
un groupe de femmes qui se mirent à insulter les insurgés.
C'étaient les épouses de soldats en service actif. Elles s'étaient fait
éjecter du bâtiment alors qu'elles patientaient au guichet des
pensions de guerre.

Une de ces femmes monta sur le trottoir et mit au défi les
insurgés de sortir se battre avec elle. C'était une grande femme
osseuse d'une quarantaine d'années, au long visage pâle et aux
yeux gris à l'expression féroce. Ses longs cheveux blonds étaient
nattés à la hâte en une tresse qui pendait sur un vieux manteau
gris qui lui arrivait aux chevilles.

– Je m'appelle Kate Mulcahy ! s'écria-t-elle en allant et venant
entre deux colonnes du portique d'un air important, tout en
donnant de violents coups de pied dans les bris de verre et en
battant sa poitrine plate de ses poings serrés. Je mets au défi le
plus fort d'entre vous de descendre se battre ! Je suis la mère de
six beaux enfants et je pourrais en faire six autres en dépit de mon
âge, et sans avoir à allumer des cierges à l'église comme certaines
que je ne nommerai pas. Mon ventre contient tout le courage de

l'Irlande. Je suis sans doute la femme la plus forte qui ait jamais foulé ce pavé. Pas un seul homme dans tout Dublin ne peut me battre, sauf mon mari, le sergent Jack Mulcahy des fusiliers de Munster. Allez, sortez de là, que je leur montre à tous ce que je vaux ! Allez, sortez de là, espèces de lavettes.

Les insurgés commencèrent la fortification du bâtiment alors que se terminait ce discours. Tommy Colgan apparut à la fenêtre située exactement en face de la grande blonde. Il avait les bras chargés de gros livres de comptes.

– Voilà mon Tommy ! s'exclama joyeusement Mrs Colgan en s'élançant vers la fenêtre.

Le jeune homme était en train de poser les livres en pile sur le sol lorsqu'il la vit approcher. Son visage s'empourpra.

– Où vas-tu ? murmura-t-il d'une voix courroucée.

Elle se pencha à la fenêtre pour lui présenter le petit baluchon.

– Prends ça, mon chéri, lui dit-elle.

– Va-t'en, on va me prendre pour quoi ? souffla Tommy en repoussant le paquet d'effets de la pointe du coude. Rentre à la maison, ne te mêle pas de ça.

– Prends-le, mon chéri, insista-t-elle. Tu vas attraper la mort, sans ta flanelle.

Il repoussa de nouveau ce qu'elle lui tendait en disant :

– Laisse-moi tranquille.

Un second insurgé arriva sur ces entrefaites. Il laissa tomber par terre quelques grands livres, prit le baluchon des mains de Mrs Colgan et le fourra dans les bras du jeune homme.

– C'est pas comme ça qu'on traite sa mère, grogna-t-il.

Le garçon prit le baluchon et se détourna. Puis il jeta un coup d'œil par-dessus son épaule en direction de sa mère.

L'espace d'un instant, l'amour filial supplanta l'état de sombre exaltation qui lui avait fait prendre les armes. Ses prunelles grises s'adoucirent sous l'effet de l'attendrissement.

– Merci, maman, chuchota-t-il.

Puis il redressa les épaules et s'enfonça dans la salle vers l'intérieur du bâtiment, faisant sonner le parquet sous ses bottes cloutées.

– Du calme, madame, dit le second insurgé à Mrs Colgan.

Elle fit le signe de croix et, baissant le front, retraversa lentement le trottoir jusqu'à Kate Mulcahy, qui, plantée sur des jambes largement écartées, l'air menaçant, lui barra le passage.

– Alors c'est comme ça qu'on élève son mioche, glapit l'énorme blonde en serrant ses poings sur ses hanches. Sale petit vaurien ! Si je lui mettais la main dessus, je lui donnerais une leçon qui n'a que trop tardé. Je lui réglerais son compte, va !

Mrs Colgan lui tint tête courageusement :

– Il n'a pas besoin de leçons de quelqu'un de votre espèce ! se récria-t-elle. Je n'ai aucune raison d'avoir honte de l'éducation que je lui ai donnée. Je l'ai élevé seule, en plus, sans personne pour m'aider, même si le Bon Dieu ne m'a pas faite bien forte. Je n'ai jamais été redevable à personne pour ce qu'il y avait dans son assiette, ni pour ce qu'il avait sur le dos. Non, à personne d'autre qu'à Notre Seigneur et à sa Sainte Mère. Je ne suis qu'une pauvre femme de ménage, mais je peux tenir ma tête aussi haute qu'une autre. Je n'ai jamais mendié un sou, ni emprunté, ni volé. J'ai jamais avalé une bouchée que je n'aie gagnée à la sueur de mon front. Quant à mon fils, le prêtre de notre paroisse vous dira quel genre de garçon c'est. Sûr qu'il vous le dira. Le père John Fallon vous le dira, comme il l'a dit à Joe Scanlon quand mon Tommy a été embauché, qu'il n'y a pas garçon plus pieux que mon garçon dans toute la paroisse. Il boit pas, il fume pas et jamais un gros mot n'est sorti de sa bouche. Et je n'ai pas honte non plus de ce qu'il fait en ce moment, même si ça me brise le cœur. La volonté de Dieu sera faite. C'est à Lui de décider ce qui sera. Il m'a donné un fils et Il a le droit de reprendre ce qu'Il donne. Je m'incline devant Sa volonté. Je vous le dis, même si je suis sa mère et si je n'ai que lui au monde et si la peur de le perdre est pour moi une torture.

Elle marqua une pause théâtrale, se recula légèrement, puis, fermant les poings, ajouta d'une voix forte :

– Je suis fière de voir mon Tommy épauler son fusil pour la vieille Irlande.

Kate Mulcahy se ramassa sur elle-même et retroussa les manches de son manteau râpé, découvrant des poignets robustes.

– Espèce de sale petite crevette ! grogna-t-elle. Je vais te faire ravaler ces paroles, on ne parle pas sur ce ton à l'épouse d'un sergent des fusiliers du Munster.

Madden s'avança d'un pas et prit Mrs Colgan par le bras.

– C'est assez maintenant, dit-il. Venez.

– Elle ne me fait pas peur ! s'écria l'intrépide Mrs Colgan en dégageant son bras. Je ne suis pas bien haute, mais je me défends aussi bien qu'une autre.

Kate Mulcahy poussa un juron et saisit Mrs Colgan à la gorge.

– Je vais te faire passer le goût de respirer, moi ! hurla-t-elle.

Mrs Colgan agita ses petits mains en l'air, puis se mit à labourer de ses ongles le visage de la grande blonde. Elle avait l'air aussi vulnérable qu'un lapin pris au piège et qui se débat contre un puissant ennemi en lançant des coups de pieds dans le vide.

– Assez ! dit Madden à Kate Mulcahy.

Il empoigna ses deux bras, l'obligea à lâcher prise et la repoussa. Ensuite il entraîna Mrs Colgan sur la chaussée.

– Alors, comme ça, t'es son joli cœur ? poursuivit dans son dos Kate Mulcahy en essuyant du plat de la main son visage griffé. Eh bien, prends ça pour la peine, mon cochon !

Elle se rua en avant et lui envoya un crochet du droit sur le côté de la tête. Il esquiva le coup avec un haussement d'épaules. Puis elle lui sauta sur le dos et essaya de l'étrangler en serrant son cou des deux bras comme dans un étau. Il effaça les épaules et lui enfonça ses coudes dans les flancs. Projetée en arrière, elle trébucha et tomba sur les fesses en criant des obscénités à tue-tête.

Les autres femmes de soldats l'aidèrent à se relever, puis avec des cris aigus appelèrent la foule à fondre sur Madden.

– Dites ! Vous avez vu ce cul-terreux frapper cette malheureuse ! hurla une femme édentée qui portait une cruche vide enveloppée dans son châle. Ce lâche, il l'a jetée à terre sans qu'il se trouve personne pour l'arrêter. Y aurait-il parmi vous un honnête homme capable de le lui faire payer ?

Un jeune homme de haute taille joua des coudes jusqu'au milieu de la chaussée en réponse à cet appel. Il avait les cheveux frisés et les dents en avant. Le dos de ses mains était tatoué. Il portait un tricot bleu, un pantalon gris et une casquette noire dont il avait mis la visière à l'envers, sur la nuque. Un foulard crasseux de soutier était noué autour de son cou. Il avait le tour des yeux noir de suie. Il se planta devant Madden et cracha dans la paume de ses mains.

– Viens un peu te battre avec un homme, pour une fois, braillat-il.

Madden n'avait pas plus tôt repoussé Mrs Colgan à l'écart que le jeune homme aux dents en avant se jeta sur lui en balançant ses deux poings de façon experte. Ces derniers atterrirent presque simultanément de part et d'autre du menton de Madden.

– Ça t'apprendra les bonnes manières ! beugla le jeune homme aux dents en avant.

Madden s'écroula sous la pluie des coups. Au moment où il tombait, une femme lui envoya la pointe de sa chaussure dans les côtes. Il se mit immédiatement à quatre pattes, se secoua, puis chargea son assaillant comme un taureau. L'homme aux dents en avant poussa un grognement tandis que la tête de Madden s'enfonçait au creux de son estomac. Il tituba en arrière, s'arrêta et tenta de retrouver son souffle. Madden se redressa, avança d'un pas et, rassemblant toutes ses forces, lui envoya un direct du droit. Son poing s'écrasa sur la bouche de son adversaire, qui fut presque soulevé de terre. Il trébucha en arrière de quelques pas dans la foule qui s'était ouverte pour laisser place aux combattants. Puis il s'affala sur lui-même. Alors que Madden fou furieux s'élançait pour l'achever, cinq hommes s'approchèrent de lui. De malingres et agiles petits voyous des *slums*. Deux d'entre eux lui bloquèrent les bras pour permettre aux trois autres de lui porter des coups à la tête, à la façon des chiens terriers, par assauts brefs et successifs. De nouveau il effaça les épaules et réussit à se libérer. En un éclair, il mit trois de ses assaillants à terre, seulement pour en voir quatre autres jaillir de la foule.

– Y a-t-il quelqu'un de l'Ouest parmi vous ? lança Mrs Colgan à tue-tête. Quelqu'un qui pourrait équilibrer les chances d'un gars du Connemara ?

Son appel fut entendu par un conducteur de bestiaux aux cheveux roux, un gaillard qui dépassait de la tête et des épaules le niveau de la foule, une dizaine de mètres plus loin. Un lourd manteau de ratine au bas tout crotté flottait autour de son grand corps dégingandé. Des chaussettes en laine grise bordées de blanc remontaient sur les jambes de son pantalon presque jusqu'aux genoux. Ses joues roses étaient marbrées par l'alcool. Le haut de ses oreilles décollait de son crâne presque à angle droit.

– Y'a quelqu'un, c'est sûr ! cria-t-il. Y'a un homme de l'Ouest ici, et un bon !

Il enfonça son chapeau sur sa tête, empoigna des deux mains sa trique en bois de frêne et joua des coudes jusqu'à l'endroit où Madden était maintenant assailli par plus d'une douzaine d'hommes et de femmes, qui se servaient pour le terrasser, indifféremment, de leurs poings et de leurs pieds, de bâtons et de bouteilles.

– Castlebar me voilà ! hurla le bouvier en brandissant sa trique au nom du chef-lieu du comté de Mayo où fut écrasée la révolte de 1798.

Le frêne était si souple qu'il plia en deux au contact brutal du crâne d'un des mauvais garçons. Celui-ci s'écroula sous le coup.

– Castlebar me voilà ! hurla de nouveau le bouvier en recommençant son manège.

Trois coups plus tard, il avait dégagé les arrières de l'homme du Connemara. Puis il se tint dos à dos avec ce dernier.

– Tu n'as plus rien à craindre, s'exclama-t-il d'une voix joviale. T'as du renfort du Mayo. Castlebar me voilà !

– Voyons, les p'tits gars, s'époumona la femme édentée en agitant sa cruche vide. Vous n'allez pas laisser deux culs-terreux de l'Ouest faire la nique à nos p'tits gars de Dublin.

En dépit de leurs vaillants efforts, Madden et le bouvier étaient sur le point d'être écrasés par le nombre, lorsqu'une seconde masse de gens vint brusquement percuter la première de part et d'autre de la colonne Nelson, les poussant vers le sud. La foule agglutinée devant la grande poste fut entraînée par la puissance formidable du choc sur une cinquantaine de mètres. La mêlée se trouva ainsi éparpillée, tous les protagonistes transportés aux quatre points cardinaux par la vague houleuse des corps. Comme s'ils étaient porteurs du virus de la rixe, une nouvelle bagarre naissait autour de chaque individu. Ainsi, lorsque la mer humaine redevint étale, sa tranquillité apparente s'avéra troublée par des centaines de poings et de bâtons qui surgissaient çà et là tandis que des jeunes gens en venaient aux mains sans raison apparente. Le murmure de la vaste multitude s'était enflé pour ressembler à un rugissement furieux.

Madden s'arrêta au milieu de l'avenue. Pendant quelques minutes, il resta immobile, les bras ballants, sidéré par le terrible châtiment qu'il venait de subir. Son nez pissait le sang. Une douleur aiguë lui transperçait les côtes à l'endroit où il avait reçu le coup de pied de cette femme. Puis il se souvint de Mrs Colgan et regarda autour de lui, s'efforçant de la repérer dans la foule. Comme il ne voyait rien, il s'enfonça vers le nord, dans l'espoir de retrouver l'endroit où il l'avait vue pour la dernière fois. Il avait à peine fait quelques pas, quand il se heurta de plein fouet à un homme robuste vêtu d'un manteau bleu foncé et d'un chapeau melon. Sans hésiter, l'inconnu lui envoya son poing sur l'oreille droite et le mit à terre. Curieusement, au lieu de l'assommer, ce dernier coup le ramena complètement à lui. Il se leva d'un bond, prêt à se battre avec ce nouvel assaillant. Mais l'homme au chapeau melon avait déjà disparu.

Un crépitement de coups de fusils s'échappa de l'intérieur de la grande poste. Levant les yeux, Madden constata que deux grands drapeaux avaient été hissés sur des hampes, chacun à un coin de l'immeuble. Les insurgés debout là-haut entre les statues poussaient des hourras en agitant leur fusil au-dessus de leur tête. Quelques personnes isolées dans la foule joignirent leurs cris aux leurs.

Puis il entendit la femme qui se trouvait juste devant lui se mettre à parler d'une voix empreinte d'une douce exaltation. Elle était d'une forte corpulence et si petite que le haut de son chapeau lui arrivait à peine à la gorge. Malgré son âge, la cinquantaine passée, son visage avait l'expression innocente d'une fillette. Des taches de rousseur piquaient ses joues roses. Ses yeux bleus brillaient d'extase. Elle était habillée tout en noir, hormis le mince liséré de dentelle blanche sur le col de son corsage. Elle souriait en parlant, découvrant de minuscules dents d'une blancheur immaculée. Celles-ci étincelaient autant que ses yeux. Sa figure respirait la tendresse et la compassion. De ses mains gantées, elle tenait serré contre sa poitrine un livre de prières.

– Ça, c'est le drapeau de la république d'Irlande, à droite, dit-elle les dents presque jointes. Le drapeau tricolore vert, blanc et orange. Que le Ciel soit loué de m'avoir laissé voir le jour où on l'a hissé. Celui de gauche, le vert frappé de la harpe d'or, c'est celui que James Connolly a planté sur Liberty Hall il y a une semaine...

Elle poussa un gémissement et recula d'un pas : un coude masculin venait de s'enfoncer dans son estomac. La tête de Madden fut projetée en avant lorsque les épaules de la femme heurtèrent sa poitrine. Quelques gouttes de sang tombèrent de son nez sur le chapeau de cette dernière. Son visage prit un instant un air chagrin. Puis son corps tremblant se raidit et un sourire de douce exaltation flotta de nouveau sur ses lèvres.

– Dieu merci, j'ai vécu assez longtemps pour voir ça ! chuchota-t-elle, transportée de joie. Quelle que soit l'issue du soulèvement, le peuple d'Irlande ne se soumettra plus jamais à l'esclavage. Le courage d'une poignée d'entre nous nous a tous rachetés. Dorénavant ils ne désarmeront pas jusqu'au jour où fleurira l'arbre de la liberté.

À la vue du sang sur le chapeau de la femme, Madden porta sa main à son nez. Il s'apercevait seulement maintenant qu'il saignait. Il inspecta ses vêtements. Sa veste et son gilet en étaient maculés. Son cœur se serra encore plus douloureusement que lorsqu'il s'était aperçu du vol de l'argent. C'en était trop ! Renversant la tête en arrière pour tenter d'arrêter l'hémorragie, il fut pris d'un terrible accès de remords. Il se rappelait ses tergiversations, cela avait bien duré deux semaines : devait-il acheter ce costume neuf ou rentrer chez lui dans ses vieux habits ? Et voilà qu'à cause de son imbécillité le précieux costume de serge qui lui avait coûté plusieurs livres, de ces livres qu'il avait eu tant de mal à gagner, était fichu. De rage, il maudit Mrs Colgan de l'avoir poussé dans cette stupide bagarre.

Pendant qu'il se torturait ainsi, un groupe d'hommes armés de fusils sortit de la grande poste et se déploya sur une seule rangée devant les colonnes du portique. Ils furent suivis par cinq de leurs camarades qui prirent position entre les deux colonnes du milieu, derrière la première ligne. L'un de ces derniers portait un sabre à la ceinture de son uniforme et tenait une grande feuille de papier à la main droite.

– C'est Patrick Pearse, murmura la femme au sourire d'une voix empreinte d'un profond respect. Il va nous lire la Proclamation de la république d'Irlande. Ah ! le merveilleux poète ! À sa droite, c'est James Connolly. Un grand écrivain, lui aussi, et un noble ami des pauvres. À sa gauche, vous voyez Tom Clarke, le célèbre vieux Fenian. Regardez ce pauvre Joseph Mary Plunkett, un autre grand poète ! Oh ! Il a la gorge bandée. Ah ! Que Dieu lui vienne en aide, pauvre homme. N'est-il pas courageux de venir alors qu'il s'en va de la poitrine ? Et voilà Sean McDiarmada qui est avec eux, lui aussi. N'a-t-il pas une tête magnifique ? On irait pieds nus dans la neige pour voir une tête pareille !

Un homme de haute taille s'approcha alors d'elle et lui dit :
– Tais-toi ! Ou c'est mon poing qui va se charger de te rabattre le caquet ! Laisse-nous écouter ce que cet homme a à dire !

Texte extrait de *Insurrection*.

Traduit de l'anglais par Isabelle Chapman.

FRANK O'CONNOR

Les hôtes de la nation

I

Quand la nuit était tombée, Belcher, le grand Anglais, retirait ses longues jambes de l'âtre et disait :

– Bien, les mecs, qu'est-ce que vous en dites ?

Noble, ou bien moi, nous répondions :

– OK, mec (parce que nous avions fait nôtres certaines de leurs drôles d'expressions), et Hawkins, le petit Anglais, allumait la lampe et sortait les cartes à jouer. Parfois Jeremiah Donovan s'approchait pour observer le jeu et s'excitait sur les cartes de Hawkins, que celui-ci jouait toujours mal et lui lançait comme s'il eût été l'un des nôtres :

– Mais à toi, malheureux ! Pourquoi est-ce que t'as pas mis le trois ?

Mais d'ordinaire Jeremiah était un pauvre diable plein de réserve, et content pour un rien, tout comme Belcher, le grand Anglais, et on ne le respectait que parce qu'il s'en sortait plutôt bien avec les paperasses, bien que même dans ce domaine il était assez lent. Il portait un petit chapeau de toile et de hautes guêtres sur son long pantalon, et il était rare de le voir les mains hors des poches. Il rougissait quand on lui adressait la parole, se mettait à se balancer d'avant en arrière, ne cessant de regarder ses grands pieds de fermier. Noble et moi avions pris l'habitude de nous moquer de son accent, parce que nous étions de la ville.

À ce moment-là je n'arrivais pas à comprendre pourquoi Noble et moi devions absolument empêcher Belcher et Hawkins de s'échapper, parce que j'étais d'avis que ces deux-là se seraient sentis bien n'importe où entre ici et Claregalway et y auraient pris racine comme une mauvaise herbe du pays. Au cours de ma courte expérience, je n'avais jamais encore eu l'occasion de voir deux types prendre souche comme ces deux-là.

Ils avaient été transférés chez nous par le Deuxième bataillon[1] au moment où ils étaient sur le point d'être retrouvés, et Noble et moi, à cause de notre jeune âge, avions accepté cette mission avec un sentiment naturel de responsabilité, mais Hawkins nous rendait honteux quand il montrait qu'il connaissait le pays bien mieux que nous.

– Toi, t'es le mec surnommé Bonaparte, me dit-il. Mary Brigid O'Connell m'a dit de te demander ce que tu as fait de la paire de chaussettes de son frère que tu lui as empruntée.

Parce qu'il apparaissait, d'après ce qu'ils nous avaient expliqué, que le Deuxième organisait des petites sauteries, et un certain nombre des filles de l'endroit y participaient, et nos hommes, s'étant rendu compte qu'ils se montraient corrects, n'avaient pas voulu en exclure les deux Anglais. Hawkins a appris à danser « Les murs de Limerick, « Le siège d'Ennis » et « Les vagues de Tory » aussi bien que les autres, même si, comme c'était normal, il n'avait pu leur rendre la pareille, parce que nos gars à ce moment-là avaient adopté comme principe de ne pas danser de danse étrangère.

Si bien que tout naturellement Belcher et Hawkins profitaient en notre compagnie de l'ensemble des privilèges dont ils avaient bénéficié au Deuxième, et après un jour ou deux nous avions

1. L'histoire se passe pendant la guerre d'indépendance qui endeuilla l'Irlande entre 1919 et 1921 (N. du T.).

cessé tout effort de faire semblant de les tenir à l'œil. Non qu'ils auraient pu aller bien loin, ils avaient des accents à couper au couteau et ils portaient des tuniques et des pardessus kaki avec des pantalons et des bottes de civils. Mais j'étais convaincu qu'ils n'auraient jamais eu l'idée de s'échapper et étaient tout à fait contents d'être là où ils étaient.

C'était un vrai plaisir de voir Belcher s'entendre si bien avec la vieille femme de la maison où nous logions. Elle adorait nous crier dessus, et à l'occasion se montrait difficile, mais, avant même d'avoir eu le temps de donner à nos hôtes, comme je pourrais les appeler, un aperçu de son langage, Belcher s'était fait d'elle une amie pour la vie. Elle était en train de fendre du petit bois, et Belcher, qui n'était pas dans la maison depuis plus de dix minutes, avait sauté de sa chaise pour aller la rejoindre.

– Permettez, madame, a-t-il dit, souriant de son bizarre petit sourire, permettez-moi ; et il avait saisi la foutue hachette. Elle avait été trop interloquée pour pouvoir répondre, et depuis ce moment-là Belcher était continuellement pendu à ses basques, portant un baquet, une panière ou une brassée de tourbe, selon le cas. Comme le disait Noble, il en était arrivé à la deviner avant même un mouvement de sa part ; de l'eau chaude ou telle petite chose dont elle avait besoin, Belcher l'avait déjà préparée pour elle. Pour un homme si colossal (et moi-même, qui mesure 1,77 mètre, je devais lever la tête) il parlait peu, ou même, je peux dire, d'une façon absente. Il nous a fallu un bout de temps pour s'habituer à lui, allant et venant, tel un fantôme, sans dire un mot. Surtout parce que Hawkins parlait assez pour un régiment, c'était étrange d'entendre le grand Belcher, la pointe de ses chaussures dans les cendres, lâcher un simple « Pardonne-moi, mec », ou « C'est ça, mec ». Sa seule et unique passion était les cartes, et je dois dire à son honneur qu'il jouait très bien. Il aurait pu nous plumer, moi et Noble, mais tout ce que nous perdions avec lui, Hawkins le perdait avec nous, et Hawkins jouait des sommes que Belcher lui passait.

Hawkins perdait avec nous parce qu'il était trop bavard et nous perdions avec Belcher probablement pour la même raison. Hawkins et Noble s'accrochaient jusqu'aux petites heures du matin au sujet de la religion, et Hawkins énervait Noble, dont le frère était prêtre, par une série de questions qui auraient laissé muet un cardinal. Et le plus grave, c'est que, même quand Hawkins abordait le terrain religieux, son langage était des plus déplorables. De toute ma carrière je n'ai jamais rencontré un homme capable de mêler dans une discussion un pareil éventail de jurons à un aussi détestable langage. C'était un type impossible, argumentant sans cesse. Il ne faisait jamais un geste pour se rendre utile, et lorsqu'il n'avait personne d'autre à qui parler, il se rabattait sur la vieille femme.

Il avait trouvé en elle un interlocuteur de taille, parce qu'un jour, alors qu'il voulait l'amener à se plaindre d'une façon impie de la sécheresse, elle lui avait cloué le bec en prétendant en attribuer la seule responsabilité à Jupiter Pluvius (un dieu dont ni Hawkins ni moi n'avions jamais entendu parler, même si Noble dit que parmi les païens la croyance voulait qu'il ait quelque chose à voir avec la pluie). Un autre jour, alors qu'il maudissait les capitalistes pour avoir provoqué la guerre avec l'Allemagne, la vieille femme avait posé son fer à repasser, pincé sa bouche de crabe, et dit :

– Monsieur Hawkins, sur la guerre vous pouvez dire tout ce qui vous passe par la tête, et penser pouvoir me raconter des bobards parce que je ne suis qu'une pauvre et simple femme de la campagne, mais je sais qui a fait démarrer la guerre. C'est le comte italien qui a volé la divinité païenne dans le temple au Japon. Croyez-moi, monsieur Hawkins, seules la détresse et la disette accompagnent les gens qui perturbent les puissances cachées.

Une drôle de bonne femme, vraiment.

II

Un soir que nous sirotions notre thé, Hawkins a allumé la lampe et nous avons commencé aux cartes. Jeremiah Donovan est entré aussi, et s'est assis et nous a regardés pendant un bout de temps, et tout à coup l'idée m'est venue à l'esprit qu'il n'aimait pas beaucoup les deux Anglais. C'était pour moi étonnant, parce que jusqu'alors je ne m'en étais pas fait la remarque.

Tard dans la soirée, un différend épouvantable a opposé Hawkins à Noble à propos des capitalistes et des prêtres, et de l'amour pour son pays.

– Les capitalistes, dit Hawkins, s'étranglant de colère, refilent de l'argent aux prêtres pour qu'ils vous débitent des choses concernant l'au-delà, si bien qu'il est impossible de savoir ce que ces saligauds manigancent dans ce monde-ci.

– Sottises, mon bonhomme ! dit Noble, perdant son calme. Bien avant qu'un capitaliste existe, les gens croyaient en l'au-delà.

Hawkins s'est levé comme pour prêcher un sermon :

– Oh, ils croyaient, tu dis ? dit-il avec un ricanement. Ils croyaient tout ce en quoi tu crois, c'est ce que tu veux dire ? Et tu crois que Dieu a créé Adam, et Adam a créé Sem, et Sem a créé Josaphat. Tu crois à ce ridicule conte de fées sur Ève et l'Eden et la pomme. Eh bien ! écoute-moi, mec. Si t'as le droit de souscrire à une absurdité pareille, j'ai le droit d'avoir ma propre ridicule croyance – c'est que la première chose que ton Dieu a créée a été un fichu capitaliste, avec moralité et Rolls-Royce à la clef. J'ai pas raison, mec ? dit-il à Belcher.

– T'as raison, mec, fit Belcher avec son sourire amusé, et il quitta la table pour étirer dans l'âtre ses longues jambes et lisser sa moustache. Alors, voyant que Jeremiah Donovan allait partir, et qu'il était absolument impossible de savoir quand la querelle sur la religion prendrait fin, je suis sorti avec lui. On s'est promenés jusqu'au village, et puis il s'est arrêté et il s'est mis à rougir et à marmonner en disant que j'aurais dû être là-bas derrière à garder les prisonniers. Je n'ai pas apprécié le ton qu'il a pris avec moi, et comme de toute façon la vie dans le cottage m'ennuyait, je lui ai répondu en l'interrogeant sur ce que diable nous pouvions bien faire en les gardant. Je lui ai dit que j'en avais parlé à Noble, et que tous les deux nous aurions préféré être là-bas avec les troupes qui combattaient.

– En quoi ces gens nous sont utiles ? ai-je dit.

Il m'a regardé avec étonnement et a laissé tomber :

– Je pensais que tu savais qu'on les gardait en otages.

– Otages ? ai-je dit.

– L'ennemi retient des prisonniers qui sont des nôtres, dit-il, et maintenant ils parlent de les fusiller. S'ils fusillent nos prisonniers, nous allons fusiller les leurs.

– Les fusiller ? ai-je dit.

– Pour quelle autre raison crois-tu qu'on les garde ? a-t-il dit.

– Est-ce que ce n'est pas une erreur de calcul de ta part de ne pas nous avoir mis au courant, Noble et moi, dès le début ? ai-je dit.

– Comment ça ? dit-il. Vous auriez dû le savoir.

– On ne pouvait pas le savoir, Jeremiah Donovan, dis-je. Comment aurait-on pu alors qu'ils sont entre nos mains depuis si longtemps ?

– L'ennemi retient nos prisonniers depuis aussi longtemps et même plus, a-t-il dit.

– Ce n'est pas du tout la même chose, ai-je dit.

– Où est la différence ? a-t-il dit.

Je ne pouvais pas lui répondre, parce que je savais qu'il ne comprendrait pas. Quand on emmène un vieux chien chez le vétérinaire, on évite de montrer trop d'affection, mais Jeremiah Donovan n'était pas le genre d'homme à courir pareil danger.

– Et quand est-ce que la chose va se décider ? ai-je dit.

– On pourrait le savoir ce soir, a-t-il dit. Ou demain ou après-demain au plus tard. Alors si c'est juste de devoir rester ici qui te pèse, tu seras assez vite libéré.

Ce n'était pas le fait d'être bloqué sur place qui me pesait en rien en ce moment. C'étaient des choses bien pires. Quand je suis arrivé de nouveau au cottage, la discussion se poursuivait toujours. Hawkins était en train de déclamer dans son meilleur style, soutenant qu'il n'y avait pas d'au-delà, et Noble qui maintenait qu'il y en avait un ; mais je pouvais voir que Hawkins avait pris l'avantage.

— Mec, je vais te dire, disait-il avec un sourire malicieux. J'ai idée que t'es un aussi grand foutu non-croyant que moi. Tu dis que tu crois dans l'au-delà, et que tu en sais autant que moi sur l'au-delà, ce qui signifie tout compte fait rien du tout. Qu'est-ce que c'est le paradis ? Tu sais pas. Où se trouve le paradis ? Tu sais pas. Ce que tu sais, c'est un total rien du tout ! Je te le demande une fois encore, est-ce qu'ils portent des ailes ?

— Très bien, d'accord, dit Noble ; ils en portent. Est-ce que ça te suffit ? Ils portent des ailes.

— Et où est-ce qu'ils les dénichent, alors ? Qui les fabrique ? Est-ce qu'ils ont une usine à ailes ? Est-ce qu'ils ont une sorte d'entrepôt où tu te pointes avec ton bon et tu reçois tes foutues ailes ?

— Tu es un mec impossible à discuter avec, dit Noble. Attends, écoute-moi.

Et ils se lancèrent de nouveau.

C'était bien après minuit quand nous avions tout bouclé et que nous nous apprêtions à nous coucher. Au moment d'éteindre la bougie, je me suis mis à raconter à Noble ce que Jeremiah Donovan m'avait dit. Il l'a pris avec beaucoup de calme. Une heure à peu près devait s'être écoulée depuis que nous étions au lit lorsqu'il m'a demandé si j'étais d'avis que nous devrions le dire aux deux Anglais. Je lui ai répondu que non, parce qu'il était probable que les Anglais n'allaient pas fusiller nos hommes, et même s'ils le faisaient, les officiers de brigade, qui étaient souvent avec le Deuxième bataillon et connaissaient bien les Anglais, n'aimeraient sûrement pas qu'on leur tire dessus.

— C'est ce que je me dis, dit Noble. Ce serait vraiment trop dégueulasse de les mettre au courant en ce moment.

– En tout cas, ce n'était pas une chose à attendre de la part de Jeremiah Donovan, dis-je.

Ce fut le matin du jour suivant qu'il nous fallut faire face à Belcher et à Hawkins avec pas mal d'efforts. La journée entière nous avions tourné en rond dans la maison sans presque échanger un mot. Belcher ne semblait pas y prêter attention ; il avait comme à l'accoutumée les pieds dans les cendres, et son air habituel d'attendre paisiblement que quelque chose d'inattendu arrive, mais Hawkins remarqua notre silence et l'attribua au fait que la veille Noble avait dû céder dans l'argument.

– Pourquoi que t'es pas capable de discuter correctement ? dit-il sévèrement. Toi et tes Adam et Ève ! Moi, je suis communiste, voilà ce que je suis. Communiste ou anarchiste, c'est à peu près pareil.

Et pendant de longues heures il fit les cent pas dans la maison, marmonnant quand ça lui reprenait : « Adam et Ève ! Adam et Ève ! Ce qu'ils ont trouvé de mieux à faire pour passer le temps, c'est de ramasser leurs foutues pommes ! »

III

Je me demande comment nous nous y sommes pris pour faire passer la journée, mais j'étais vraiment heureux de la voir terminée, le service à thé enlevé, et Belcher lancer avec son habituelle bonhomie :

– Bien, les mecs, qu'est-ce que vous en dites ?

Nous nous sommes assis autour de la table, Hawkins a sorti les cartes, et juste à ce moment j'ai entendu sur le sentier les pas de Jeremiah Donovan, et un sombre pressentiment m'a envahi. Je me suis levé de la table et je suis allé à sa rencontre avant qu'il arrive à la porte.

– Qu'est-ce que tu veux ? ai-je demandé.

– Je veux tes deux amis soldats, a-t-il dit, se mettant à rougir.

– Tu en es sûr, Jeremiah Donovan ? ai-je questionné.

– J'en suis sûr. Ce matin quatre de nos garçons ont été fusillés, l'un d'eux avait seize ans.

– C'est pas bien, ai-je dit.

À ce moment Noble m'a rejoint et tous les trois nous sommes partis sur le chemin en parlant à voix basse. Feeney, l'officier de renseignements du secteur, était debout près du portail.

– Qu'est-ce que vous allez faire ? ai-je demandé à Jeremiah Donovan.

– Je veux que toi et Noble vous les fassiez sortir ; dites-leur qu'on va de nouveau les déplacer ; c'est ce qui est le mieux.

– Laisse-moi en dehors de tout ça, dit Noble dans un souffle.

Jeremiah Donovan le regarde alors durement :

– Très bien, dit-il. Toi et Feeney, prenez deux ou trois outils dans le cabanon et creusez un trou à l'autre extrémité du marais. Bonaparte et moi on se pointera ensuite. Évitez qu'on vous voie avec les outils. J'aimerais que ça reste entre nous.

Nous avons vu Feeney et Noble se diriger vers le cabanon tandis que nous regagnions la maison. J'ai laissé à Jeremiah Donovan le soin de donner les explications. Il leur a dit qu'il avait reçu l'ordre de les réexpédier au Deuxième bataillon. Hawkins a proféré une série d'injures, et j'ai pu voir que, même si Belcher ne disait rien, il était lui aussi un peu troublé. La vieille femme voulait qu'ils restent malgré nous, et elle n'a cessé de leur prodiguer des conseils jusqu'à ce que Jeremiah Donovan perde son calme et se plante devant elle. Il avait un fichu caractère, j'ai remarqué. À ce moment-là, le noir régnait dans le cottage, mais aucun d'entre nous n'a songé à allumer la lampe, et dans l'obscurité les deux Anglais sont allés chercher leurs manteaux et ont dit adieu à la vieille femme.

– Juste au moment où dans un foutu endroit un homme se sent chez lui, une quelconque canaille au quartier général pense que t'es trop bien et vous expédie ! dit Hawkins, lui serrant la main.

– Mille mercis, madame, dit Belcher. Mille mercis pour tout – comme s'il avait inventé l'expression.

Nous sommes passés par l'arrière de la maison et avons pris la direction du marais. Ce n'est qu'à ce moment-là que Jeremiah Donovan le leur a dit. Il tremblait d'excitation.

– Il y a eu ce matin à Cork quatre de nos hommes qui ont été fusillés, et maintenant vous allez être fusillés à votre tour comme représailles.

– Qu'est-ce que tu racontes ? proteste Hawkins. C'est déjà bien assez d'être transbahutés comme on l'est sans qu'on supporte tes fichues plaisanteries.

– Ce n'est pas une plaisanterie, dit Donovan. Je regrette, Hawkins, mais c'est vrai, et alors il se lance à dire ce qu'on dit dans ces cas-là sur le devoir et à quel point c'est pénible.

Je n'ai jamais remarqué que les gens qui, sans la moindre retenue, parlent du devoir éprouvent tant de gêne que ça.

– Oh ! ferme-la ! s'exclame Hawkins.

– Demande à Bonaparte, rétorque Donovan, voyant que Hawkins ne le prenait pas au sérieux. C'est pas vrai, Bonaparte ?

– C'est vrai, dis-je, et Hawkins se tait.

– Ah, pour l'amour de Dieu, mec !

– Mec, je parle sérieusement, je dis.

– Tu n'en as pas l'air.

– S'il ne parle pas sérieusement, moi je le fais, dit Donovan, se crispant.

– Qu'est-ce que tu as contre moi, Jeremiah Donovan ?

– Jamais je n'ai dit que j'ai quelque chose contre toi. Mais pourquoi est-ce que tes gens ont pris quatre de nos prisonniers et les ont fusillés de sang-froid ?

Il a pris Hawkins par le bras et l'a entraîné avec lui, mais il n'y avait pas moyen de lui faire comprendre que nous parlions sérieusement. J'avais dans ma poche le Smith et Wesson et je ne cessais pas poser mes doigts dessus, m'interrogeant sur ce que je ferais s'ils se mettaient à se défendre ou à courir, et priant Dieu qu'ils feraient l'un ou l'autre. Je savais que, s'ils essayaient de s'échapper, je ne tirerais pas sur eux. Hawkins a voulu savoir si Noble était au courant et, quand nous leur avons dit que oui, il

nous a demandé pourquoi celui-ci voulait le descendre ? Pourquoi qu'aucun de nous voulait le descendre ? Qu'est-ce qu'il
nous avait fait ? Est-ce qu'on n'était pas tous des copains ? Est-ce
qu'on ne le comprenait pas, et est-ce que lui il ne nous comprenait pas ? Est-ce que, une seconde, on pouvait imaginer que lui il
nous tirerait dessus pour le compte de tous les fichus officiers de
la fichue Armée britannique ?

À ce moment-là nous étions arrivés au marais, et je me sentais
tellement mal que je n'ai pas pu lui répondre. Dans l'obscurité
nous avons longé le bord, et de temps à autre Hawkins a demandé
à s'arrêter et puis il s'est remis à discourir, comme une horloge
remontée, sur le fait que nous étions des potes, et je savais que
seule la vue de la fosse le convaincrait de ce que nous devions
faire. Pendant tout ce temps j'étais en train d'espérer que quelque chose se produirait ; qu'ils chercheraient à s'échapper, ou
bien que Noble me déchargerait de la responsabilité. J'avais
l'impression que c'était pire encore pour lui que pour moi.

IV

Nous avons fini par apercevoir la lanterne au loin et nous nous
sommes dirigés vers elle. Noble la tenait d'une main, et Feeney se
trouvait quelque part dans le noir derrière lui ; et le tableau qu'ils
formaient, tous deux si immobiles et si silencieux dans cette
région de marais, m'a fait prendre conscience de la gravité de la
situation, et a balayé la dernière lueur d'espoir chez moi.

Belcher, quand il a reconnu Noble, a dit « Hello ! mec », de sa
manière calme, mais tout de suite Hawkins l'a agressé et la discussion est repartie à zéro, sauf que cette fois Noble n'avait rien à dire
qui le concernait, et baissait la tête, gardant la lanterne entre ses
jambes.

C'est de Jeremiah Donovan qu'est venue la réponse. Pour la
vingtième fois, comme si cela le tarabustait, Hawkins a demandé
si quelqu'un croyait que lui pourrait tirer sur Noble.

– Oui, tu le ferais, dit Jeremiah Donovan.

– Non, je ne le ferais pas, nom de dieu !

– Tu le ferais, parce que tu sais que tu serais fusillé si tu ne le faisais pas.

– Je ne le ferais pas, même si l'on me fusillait vingt fois de suite. Je ne tirerais pas sur un copain. Pas plus que Belcher, c'est pas vrai, Belcher ?

– C'est vrai, mec, dit Belcher, mais plutôt pour répondre à la question que pour se mêler à la discussion. Sa manière de répondre laissait entendre qu'une chose imprévue qu'il avait toujours attendue était enfin arrivée.

– De toute façon, qui dit qu'on fusillerait Noble si je n'étais pas fusillé ? Que crois-tu que je ferais si j'étais à sa place, là au milieu d'un fichu marais ?

– Que ferais-tu ? demande Donovan.

– J'irais avec lui là où il se rendait, bien sûr. Dépenser mon dernier sou avec lui, et rester à ses côtés en dépit de tout. Personne peut dire de moi que j'ai abandonné un copain.

– Ça suffit comme ça, dit Jeremiah Donovan, armant son révolver. Tu as un message que tu veux qu'on fasse passer ?

– Non, j'en ai pas.

– Tu veux dire ta prière ?

Hawkins a sorti une remarque d'un si grand sang-froid qu'elle m'a même choqué et de nouveau il s'est tourné vers Noble :

– Écoute-moi, Noble, il s'exclame. Toi et moi nous sommes des potes. Ça t'est pas possible de passer dans mon camp, aussi je passerai dans le tien. Est-ce que ça t'éclaire sur ce que je veux dire ? Donne-moi un fusil et je t'accompagnerai, toi et les autres gars.

Personne ne lui a répondu. On savait qu'il n'y avait aucune issue.

– T'as entendu ce que je viens de dire ? répète Hawkins. C'est terminé pour moi. Je suis un déserteur, ou tout ce que tu voudras. Je n'épouse pas ta façon de voir, mais elle n'est pas pire que la mienne. Te voilà satisfait ?

Noble a relevé la tête, mais Donovan a commencé à parler et Noble de nouveau l'a baissée, sans répondre :

– Pour la dernière fois, est-ce que tu as des messages que tu veux qu'on passe ? dit Donovan d'une voix plutôt froide et excitée.

– Ferme-la, Donovan ! Tu ne me comprends pas, mais ces gars comprennent, eux. Ils ne sont pas du genre à se faire un copain et puis le tuer. Ils ne sont pas les instruments d'un quelconque capitaliste.

Moi seul du groupe ai vu Donovan lever son Webley derrière la nuque de Hawkins, et au moment où il le fit j'ai fermé les yeux et ai tenté de prier. Hawkins allait rajouter quelque chose quand Donovan a tiré, et quand au coup j'ai ouvert les yeux j'ai vu Hawkins plier ses genoux et s'affaler aux pieds de Noble, lentement et aussi calmement qu'un enfant sombrant dans le sommeil, avec la lumière de la lanterne sur ses jambes maigres et sur ses bottes luisantes de fermier. Nous sommes tous restés sans bouger, le regardant s'immobiliser dans ses derniers moments.

Alors Belcher a sorti un mouchoir et a commencé à le nouer autour de ses propres yeux (dans notre énervement nous avions oublié de le faire pour Hawkins), et voyant qu'il n'était pas assez large, il s'est retourné et m'a demandé d'emprunter le mien. Je le lui ai donné et il a noué les deux mouchoirs ensemble bout à bout et du pied a désigné Hawkins :

– Il n'est pas tout à fait mort, il s'exclame. Autant lui en donner un autre.

En effet, le genou gauche de Hawkins se mettait à se relever. Je me penche et fixe mon fusil contre sa tête ; puis, me ressaisissant, je me redresse. Belcher comprend ce qui se passe en moi.

– Commence d'abord par lui, il dit. Ça ne me fait rien. Pauvre vieux, nous ne savons pas ce qui est en train de lui arriver en ce moment.

Je me suis agenouillé et j'ai tiré. En cette minute j'ai eu le sentiment de ne plus savoir ce que j'étais en train de faire. Belcher, qui n'arrivait pas à se débrouiller avec les mouchoirs, quand il a entendu le coup s'est mis à rire. C'était la première fois que j'entendais son rire, et il me fit froid dans le dos ; il paraissait si peu naturel.

– Pauvre bougre ! il dit doucement. Et hier soir il était si curieux de tout ça. C'est très bizarre, mecs, je ne cesse d'y penser. Maintenant il en sait autant sur la question que ce qui lui aura jamais été à même de savoir, et hier soir il était complètement dans le noir.

Donovan l'a aidé à nouer les mouchoirs autour de ses yeux.

– Merci, mec, il dit.

Donovan lui a demandé s'il y avait des messages qu'il voulait faire passer.

– Non, mec, il dit, pas pour moi. Si quelqu'un parmi vous voulait écrire à la mère de Hawkins, vous trouverez une lettre d'elle dans sa poche. Lui et sa mère étaient de vrais potes. Mais ma moitié m'a plaqué il y a huit ans de ça. Partie avec un autre mec et pris le garçon avec elle. J'aime bien la douceur d'un foyer, comme peut-être vous avez remarqué, mais je pourrais pas recommencer à nouveau après ça.

C'était une chose extraordinaire, mais pendant ces quelques minutes Belcher avait plus parlé que pendant toutes les semaines précédentes. On aurait dit que la détonation du révolver avait déclenché en lui un flot de paroles et qu'il aurait pu continuer toute la nuit comme ça, tout heureux, parlant de lui-même. Nous nous tenions autour de lui comme des imbéciles maintenant qu'il ne pouvait plus nous voir. Donovan a jeté un regard à Noble, et Noble a fait non de la tête. Alors Donovan a levé son Webley, et à cet instant Belcher a de nouveau eu son drôle de rire. Il pensait peut-être qu'on parlait de lui, ou peut-être il a remarqué la même chose que moi et ne pouvait la comprendre.

– Excusez-moi, mecs, il dit. J'ai l'impression d'avoir déversé un foutu flot de paroles, et si connes, sur ma personne si utile dans une maison, et des choses comme ça. Mais c'est arrivé brusquement. Vous me pardonnerez, j'en suis sûr.

– Tu ne veux pas dire une prière ? demande Donovan.

– Non, mec, il dit. Je ne pense pas que cela aiderait. Je suis prêt, et vous les gars, vous voulez en finir.

– Tu comprends qu'on ne fait que notre devoir ? dit Donovan.

La tête de Belcher était levée comme celle d'un aveugle, si bien qu'on ne pouvait voir que son menton et le bout de son nez dans la lumière de la lanterne.

– J'ai jamais pu deviner pour mon compte ce que c'était que le devoir, il dit. Je crois que vous êtes tous de bons garçons, si c'est ce que vous voulez dire. Je ne me plains pas.

Noble, comme s'il ne pouvait plus supporter ce qui se passait, a levé le poing en direction de Donovan, et d'un coup celui-ci a relevé son révolver et a tiré. Le grand corps s'est effondré comme un sac de farine, et cette fois un second coup n'a pas été nécessaire.

Je ne me souviens pas exactement de l'enterrement, si ce n'est qu'il a été pire que tout le reste parce qu'il a fallu les porter jusqu'à la fosse. Tout cela dans une affreuse solitude avec rien qu'un pan de lumière de la lanterne entre nous et le noir, et des oiseaux partout alentour huhulant et poussant des cris perçants, dérangés par les coups. Noble a fouillé dans les affaires de Hawkins pour trouver la lettre de sa mère, et ensuite a joint ensemble les deux mains. Il a fait la même chose avec Belcher. Puis, quand la fosse a été comblée, nous avons laissé Jeremiah Donovan et Feeney, et nous avons rapporté nos outils au cabanon. Pendant tout le trajet nous n'avons pas échangé une seule parole. La cuisine était sombre et froide, tout comme nous l'avions laissée, et la vieille femme était assise près de l'âtre, récitant son rosaire. En entrant nous sommes passés devant elle, et Noble a frotté une allumette pour allumer la lampe. Elle s'est levée doucement et est allée jusqu'au seuil, toute son humeur batailleuse évanouie.

– Qu'est-ce que vous avez fait d'eux ? a-t-elle demandé dans un souffle, et Noble a fait un tel saut que l'allumette s'est éteinte dans ses doigts.

– Qu'est-ce que c'est ? a-t-il demandé sans se retourner.

– Je vous ai entendus, a-t-elle dit.

– Qu'est-ce que vous avez entendu ? a demandé Noble.

– Je vous ai entendus. Vous croyez que je ne vous ai pas entendus, en train de ranger la pelle dans le cabanon ?

Noble a frotté une autre allumette et cette fois la lampe s'est allumée pour lui.

– C'est ça ce que vous leur avez fait ? a-t-elle demandé.

Alors, par Dieu, elle s'est agenouillée à même le seuil de la porte et a commencé à prier, et après l'avoir regardée une minute ou deux, Noble a fait de même près de la cheminée. Je suis sorti en la frôlant et les ai laissés ainsi. Je suis resté à la porte, contemplant les étoiles et écoutant les cris déchirants des oiseaux en train de faiblir sur les marais. Ce qu'on ressent en de pareils moments est si étrange qu'on ne peut le décrire. Noble dit qu'il a vu tout dix fois plus grand comme s'il n'y avait plus eu rien d'autre dans le monde entier que ce petit bout de marais avec ces deux Anglais en train de roidir dedans ; mais pour moi c'était comme si l'endroit du marais où se trouvaient les Anglais était situé à un million de miles, et comme si même Noble et la vieille femme qui marmonnait derrière moi, et les oiseaux et les foutues étoiles étaient tous très loin, et comme si j'étais, en quelque sorte, tout petit et perdu et seul, comme un enfant égaré dans la neige. Et tout ce qui m'est arrivé par la suite, je ne l'ai jamais ressenti comme avant.

Nouvelle extraite de *Guests of the Nation*.

Traduction inédite de Jean-Pierre Krémer.

Le fusilier dublinois

Marty traversa la ville au pas cadencé. Sous les hauts réverbères et les horloges aux larges cadrans blancs, devant des cinémas et d'odorants entresols de restaurants, au pied de la colonne où la silhouette mutilée de Nelson se dessinait fièrement sur le ciel, passa l'épave de Marty. La Grande Poste bombait son torse massif et Marty faisait de même. Dans l'obscurité, de blancs visages le croisaient ; des parfums forts assaillaient ses narines ; des épaules le frôlaient. Un jeune vendeur de journaux lui hurla à l'oreille : « Le *Herald* ou le *Mail*, Monsieur ? » Mais Marty poursuivit imperturbablement son chemin de par sa ville natale : le présent, comme un doux brouillard, ne faisait que l'effleurer. Car Marty, tout comme Nelson, était distant : Nelson, sur sa colonne, avait la tête plantée un peu plus haut dans l'obscure arcade de la nuit et ses doigts de pierre étaient irrévocablement refermés sur son épée ; à ses pieds, Matty marchait au pas cadencé, sa sacoche pleine de grenades. Tous deux portaient les armes à tout jamais.

Marty, avec son visage chafouin et blême, son nez de bécasse, sa poitrine en bréchet de pigeon, sa démarche de chien à trois pattes, poursuivait imperturbablement son chemin solitaire et inaccessible. Il avait la goutte au nez et s'essuyait de temps à autre d'un revers de main.

« *Une, deux, une, deux* », voilà Marty, le fusilier dublinois qui arrive. Le cœur bouffi d'orgueil et le ventre gonflé de bière, se disait Marty. « Une, deux, une, deux », Marty traversait la ville dans un bruit de tonnerre.

– Dites-moi, mon cher lord Roberts, dit la reine Victoria, qui sont ceux-ci ?

– Ceux-ci, Majesté, dit lord Roberts, sont les gardes écossais.

– Ah ! fit la reine.

Une, deux, une, deux.

– Et qui donc, dit la reine, sont ceux-là ?

– Ceux-là, Majesté, dit lord Roberts, c'est ceux du deuxième régiment de la garde à pied.

– Aah ! fit la reine.

Une, deux, une, deux.

– Vite, dit la reine, en le tirant par la manche : et ceux-là ?

– Ceux-là, Majesté, dit lord Roberts, c'est les fusiliers dublinois.

– Mazette ! dit la reine, ça, c'est des soldats !

Marty se mit à chanter *It's a Long Way to Tipperary* : « Il y a loin d'ici à Tipperary, il y a loin à aller ! »

– Vous allez loin comme ça ? demanda la voix. Il faisait noir sur le pont et on n'y voyait guère. Marty, de toute la hauteur de ses un mètre soixante-sept, lança un regard bigle sur un bouton d'argent et un grand casque d'agent de police. Il s'arrêta. « Gaaarde-à-vous ! », hurla-t-il. Aussi l'agent de police eut-il un large sourire à la vue du maigre visage malingre sous la casquette à visière et de ce nez pointu avec sa goutte qui pendait.

– Ah ! Je vois ce que c'est, dit-il.

Cela se passait sur le large pont qui enjambe la rivière. Les gens passaient et se retournaient pour mieux voir, mais ne traînaient pas car la bise soufflait de la rivière. Des tramways aux vitres éclairées passaient dans un bruit de ferraille, avec à l'intérieur soit un homme à demi-caché qui fumait ou lisait son journal, soit une jeune fille qui regardait droit devant elle, ou encore se lissait les cheveux d'une main preste.

L'agent de police sourit donc de nouveau et, passant ses doigts dans son ceinturon, tourna les talons et s'en alla.

Marty lança ses grenades. N'était-il pas Marty, irlandais et fusilier dublinois ? Jamais dans sa famille il n'y avait eu de vendu ni de faux-jeton ; tout juste, de temps en temps, un cuistot de la marine et parfois un salopard, mais c'étaient toujours de sacrés gaillards. C'est pas un fainéant d'agent de police qu'allait appréhender Marty, ni un sale boche, ni un d'ces voleurs de Boers, ni un salopard de Black & Tan. Il enverrait tout promener, lui, Marty, à lui tout seul et les doigts dans l'nez. Mais entre-temps, tu pourrais pas caser un verre de bière, Marty ? Hein ? Est-ce qu'un canard a jamais refusé de nager. Le Kaiser est un sale type. T'as raison, mon vieux, et allons-y pour un demi et bien tassé.

Marty poussa une gueulante puis se mit à boire son demi. Un jeune homme était assis au bar, adossé à une cloison, l'imperméable déboutonné, le chapeau rejeté en arrière. Il venait de parler musique avec deux clients.

– Je viens de répéter trois heures durant, disait-il, ce satané *Faust*. J'ai une soif à faire se damner un curé de campagne !

– N'importe comment, dit le carreleur, *Faust*, c'est un bel opéra.

– C'est pas mal, dit le jeune homme, parce que ça vous donne une belle soif après l'avoir répété pendant trois heures d'affilée.

– Mick et moi, dit le carreleur, on jouait dans la fanfare du syndicat. On nous a flanqués à la porte parce qu'on avait mis nos instruments au clou un jour qu'on avait pas de quoi se payer un pot. On jouait des morceaux choisis de *Faust*.

– De répéter *Faust*, dit Mick, ça nous donnait une belle soif à nous aussi.

– Qu'est-ce que c'était, comme fanfare ?

– Dis-lui comment qu'y nous appelaient, Tommy !

– Y nous appelaient les Canards miteux, dit le carreleur, tout attendri par le souvenir.

– C'était très offensant, ajouta Mick tristement.

Marty partit d'une nouvelle gueulante.

– C'est Marty, dit le carreleur, un pauvre bougre sans malice. Il posa le doigt sur sa tempe et le tourna d'un geste édifiant tout en clignant de l'œil gauche.

– Ça a été un sacré bonhomme en son temps, dit Mick, c'était une vraie terreur.

– Pauvre Marty, dit le carreleur.

– Je me souviens de la fanfare pendant la grande grève. On s'en allait en rangs à un meeting sur les quais. Mais, une fois arrivés à Butt Bridge, tous les foutus flics du pays étaient là à nous attendre.

– Y formaient un cordon au travers de la rue, ajouta Mick, y en avait bien dix rangs, matraques à la main et au cœur, l'envie de tuer.

– Le, gars Marty était le chef de fanfare, poursuivit le carreleur, et il nous donna l'ordre de nous arrêter. « Où croyez-vous pouvoir aller comme ça ? » demanda l'inspecteur de police en s'avançant. « À un meeting », dit Marty. « Mes hommes vous coupent la route, et si vous essayez de passer, ils vous laisseront tous pour morts. » « Vous croyez ? » dit Marty, et l'inspecteur s'éloigna. Alors Marty se tourna vers nous : « Attaquez-moi ça, les gars, cria-t-il, et en avant toute ! » Et d'agiter son bâton : « Fermez les yeux, les gars, qu'il dit, et vous ne sentirez pas la douleur ! »

– Y'a pas à dire, ce fut un beau carnage, commenta Mick.

– La police n'aimait pas la musique, dit le jeune homme.

– C'est notre musique qu'elle n'aimait pas, dit Mick tristement : Marty nous faisait jouer *Le flic et la bique*.

– Ça, c'est Marty tout craché, conclut le carreleur en se retournant pour s'intéresser à son demi.

Marty était tapi dans son coin, l'œil fixe, la tête inclinée de côté. Le patron, qui connaissait Marty de longue date, lui fit un signe de tête et cligna de l'œil à l'intention du carreleur.

– Le voilà parti, dit le carreleur. Y touche sa pension le mercredi et hop, ça se détraque là d'dans.

– Il est parti, pour sûr, dit Mick, prochain arrêt, l'asile de fous.

– Qu'est-ce qu'il a qui ne va pas ? demanda le jeune homme, impressionné par le regard fixe, plein de fureur et de haine, que Marty posait sur lui.

– Obusite, dit le carreleur. J'ai été au front avec Marty en France. Puis il ajouta, tout haut : Comment ça boume, Marty, vieux frère ?

Marty continua de regarder fixement.

– Il ne vous voit pas, dit Mick. Il reviendra peut-être à lui tout à l'heure.

Marty habitait le même immeuble que le carreleur, et une de ses sœurs, mariée, qui vivait là, s'occupait de lui. Le carreleur dit que Marty avait été un excellent footballeur dans le temps. Il faisait partie de l'équipe de St Patrick quand elle avait gagné la coupe du Leinster en première division. C'était contre Sligo. Il y avait eu un banquet après le match dans un hôtel, et puis ils étaient allés, dans des voitures de louage, jusqu'à la Guinguette aux fraises et avaient joué de l'accordéon et bu pas mal de bière brune. Mais c'était au bon vieux temps. À cette époque-là, on pouvait se payer un pot pour deux sous et autant d'amuse-gueules qu'on voulait pour des clopes. Il y en avait sur le comptoir. C'est pas aujourd'hui qu'on verrait ça !

– Ces temps-là, c'est fini, déclara Mick ; avant qu'on n'revoie ça, les poules auront des dents.

Le carreleur cracha dans la sciure, puis, de sa grosse bottine, râcla le plancher qui rendit un bruit sourd. Le jeune homme regardait Marty curieusement. Marty, quant à lui, observait le type derrière sa mitrailleuse. En France, Marty s'était avancé, l'œil fixé sur cette mitrailleuse, quand l'explosion l'avait projeté en l'air. Il s'était réveillé aveugle, avec un bourdonnement dans la tête. Sa cécité n'avait été que momentanée, mais le bourdonnement revenait par intermittence. Quand ça devenait trop fort, Marty se tapissait, le regard fixe. Parfois il se jetait à plat ventre d'un mouvement brusque et incohérent en lâchant un gros mot. Si ça lui arrivait là où il y avait du ciment, Mme White, sa sœur mariée, devait sortir sa bassine émaillée et éponger son sang. Bien souvent cela lui arrivait là où il y avait du ciment.

Marty prit une grenade dans sa sacoche, arracha la goupille d'un coup de dents, et lui fit décrire une lente trajectoire en arc de cercle. Quand la flamme et la fumée eurent disparu, il vit devant lui les trois bras brillants de la pompe à bière qui dépassaient comme des canons de fusils des épaules des trois hommes, et, derrière eux, la glace avec la dorure de sa réclame pour le whiskey DWD (produit par alambics chauffés à même la flamme), l'ampoule électrique jaune en forme de poire et son abat-jour blanc, suspendus, immobiles, au bout d'un fil raide, enfin l'ample dos du carreleur. Le bruit confus des conversations lui parvenait ainsi que les coups de klaxons intermittents dans la rue. Il s'aperçut que son demi était presque vide. Tu remets ça, Marty ? Bien sûr, nul oiseau ne saurait voler d'une aile. Il tira une pièce d'argent, un shilling tout brillant de sa poche.

> *Cher Brian, tu as bu, cher Brian-an,*
> *Ça se voit à ton œil qui vacille, cher Brian-an,*
> *J'ai pris le shilling des Angliches et pour ça j'ai été tuer*
> *J'ai accepté d'être recruté pour aller massacrer,*
> *Chère Molly-y.*

De même Marty donna son shilling d'argent tout brillant au patron, et en retour il reçut son demi et de la menue monnaie.

– Quand même, dit le carreleur, *Faust*, c'est un bel opéra.

– Je m'en souviens bien, dit Mick. Y'a l'diable qui joue un rôle là d'dans.

– Et comment ! renchérit le jeune homme.

– Y vend son âme au diable, poursuivit le carreleur d'un air songeur, rien que pour un brin de fille.

– Quel malheur ! dit Mick, un vrai marché de dupes !

– J'en connais plus d'un qui a vendu son âme pour moins que ça : pour un verre de brune ou pour une pièce d'argent.

– Ça, c'est vrai, dit Mick.

— V'zavez vendu vos âmes pour un plat d'lentilles et un bout d'boudin, récita le carreleur.

— Ça, y a pas d'doute, dit Mick.

— Marty a vendu son âme pour un shilling, dit le carreleur. Son ton était sans réplique, et fit branler du chef, en signe solennel d'assentiment, Mick qui ne comprenait plus très bien.

Marty donna son shilling. Dans les beaux jours de sa jeunesse, il se sentait riche avec un shilling en poche, le dimanche matin.

Par un beau dimanche matin, il avait quitté la maison paternelle de Patrick Street, la casquette crânement plantée, la chemise propre, les bottines bien cirées. Marty, jeune et robuste, regarda du coin de l'œil un léger nuage et le soleil haut dans le ciel au-dessus de la flèche de la cathédrale. Les cloches qui carillonnaient ébranlaient la rue : celle de St Audeon, de St Patrick, de l'église de John's Lane et de celle de Christchurch, tonitruant et tintinnabulant et couvrant le fracas des cabriolets sur les pavés d'ardoise. « Venez tous l'adorer, ô disciples du Christ ! » Il s'en allait à la messe, mais il pensait à autre chose. Les cloches qu'il avait connues dès son plus jeune âge l'étourdissaient.

— Viens adorer le Seigneur, mon cher Marty, disaient les cloches de John's Lane, ne traîne pas là à te chauffer le dos au soleil et à faire de l'œil aux jeunes filles qui ont des chapeaux garnis de fleurs et de plumes.

— Surtout qu'elles vont à la sainte messe, elles aussi, disaient les cloches de St Audeon. Ne reste pas là à regarder les jets d'eau artificiels de ces bassins artificiels, ni ces petits bambins tout sales qui font voguer des bateaux de papier dans l'enceinte de la cathédrale St Patrick, ces petits profanateurs du sabbat.

— Il rêve à la médaille qu'il se mettra au cou quand ils auront battu les gars de Sligo à plate couture, disaient les cloches de St Patrick. Il pense qu'il pourra l'offrir à Annie...

— ... Tout en lui faisant faire un tour dans le petit vallon du parc ou encore le long des bords de mer. Dieu lui pardonne, voilà ce qui l'occupe !

Tout en marchant, la main qui tenait le shilling dans sa poche transpirait au point qu'il sentait un cercle moite dans sa paume.

– Entre, Marty, disait l'église de John's Lane, et prie un peu pour le salut de ton âme : elle en a besoin. Et prie pour les âmes de ceux qui ont disparu : un jour d'été, c'est long.

Tout le monde lui rebattait les oreilles.

– Marty Callaghan, lui avait dit sa mère quelque temps auparavant, vas-tu te décider à aller à la messe ?

Il répondit qu'il était fin prêt, qu'il avait tout le temps d'arriver à l'heure.

– C'est à genoux, dans l'église, que tu devrais être en ce moment et non en train de cirer tes bottines. Si c'était un match de football, tu serais bien à l'heure, sois sans crainte ! Marty avait sifflote et cligné de l'œil à l'adresse de sa sœur cadette.

Il quitta le soleil pour entrer sous le porche de l'église de John's Lane et, après avoir enlevé sa casquette et trempé ses doigts bruns, pleins de vie, dans le bénitier, il se signa et aspergea la porte d'eau bénite, pour les pauvres âmes en purgatoire. Une grande église sombre, toute remplie de pauvres gens ; une chaude atmosphère où chatoyaient les longues flammes des bougies et que remplissait l'odeur âcre des dévots à leurs prières. Il arriva à temps pour l'évangile du dimanche et sortit après le dernier évangile, laissant les femmes allumer leurs lampes devant sainte Anne, patronne des mères qui attendent un enfant, et les vieillards aux visages jaunâtres, armés de leur rosaire, guetter le voleur qui vient la nuit. Cet après-midi-là, il traversa avec Annie le fort de Pigeon House où les soldats s'entraînaient au tir, pour se rendre dans les dunes couvertes d'herbes dures où il faisait bon s'étendre. Ils barbotèrent dans l'eau peu profonde et mangèrent des oranges. Annie portait sa robe bleue. Il lui demanda de l'épouser. Pas tout de suite, lui dit-il, mais bientôt. Elle répondit qu'elle ne savait pas vraiment, qu'elle avait toujours pensé épouser un soldat. Dinny Andrews était soldat et elle pensait que c'était rudement chouette d'être soldat. Il répondit qu'il avait toujours pensé qu'elle tenait plus à lui qu'à Dinny Andrews ; et elle, que ça, c'était bien vrai, pour sûr. Elle avait les yeux bleus. Elle se mit à rire quand elle le vit arracher, distraitement, des brins d'herbe, l'air boudeur. Il se fit une coupure au doigt avec un brin d'herbe. Aussitôt elle s'apitoya et l'obligea à le tremper dans l'eau salée, après quoi elle décida qu'il se pourrait bien qu'elle l'épouse. Il alla se baigner à la plage réservée aux hommes, le cœur en fête, son corps souple vibrant d'une émotion toute nouvelle. Quand il fut de retour, ils achetèrent des oranges et des bonbons à des vendeuses ambulantes, et les mangèrent, couchés dans les herbes sur le sol sablonneux, observant les bateaux et les gens qui passaient, riant des pitreries des bambins et se faisant des caresses d'amour.

Le soir il la raccompagna chez elle, et cette nuit-là il resta longtemps à rêver à la fenêtre de la cuisine, jusqu'à minuit sonné, lorsque les cloches de St Patrick se mirent, comme de coutume à cette heure-là, à jouer un petit air qui se faufila gentiment jusqu'à lui par-dessus les rues et les faîtes des toits.

Quelques jours plus tard il apprit la nouvelle à son père. Il ne savait comment aborder la question avec sa mère. Ce fut son père qui la mit au courant.

– Ellen, lui dit-il, Marty s'est engagé.

Il était assis dans un fauteuil à dossier haut, les pieds posés sur le côté de l'âtre.

–J'pars pour la France, m'man, dit Marty, en tortillant sa casquette entre ses mains, j'suis soldat.

Ça se passait dans la cuisine où le portrait de Parnell était accroché, flanqué de deux chevaux de bronze dont les cavaliers faisaient une joute sur la cheminée, et où un cadre exhibait ; sur du parchemin piqué de roux, le discours de Robert Emmet : « Que personne n'écrive mon épitaphe ; en effet, puisque nul homme qui connaît mes motifs n'ose à présent les défendre, mieux vaut que l'ignorance ou les préjugés ne puissent les décrier. » De belles phrases bien tournées, que débitait d'une voix ronflante son grand-père quand il avait pris un pot ou deux.

Un pot pour la route et pour en chanter une, Marty. Pourquoi pas ? C'était long d'attendre la fin de la guerre. Qu'est-ce que je

chante ? Quelque chose d'irlandais, lui répondait-on habituellement.

Marty ferma les yeux et releva son visage blême. Ses lèvres
affaissées s'écartèrent et découvrirent des molaires jaunâtres
comme des cartouches. Il chanta *Danny Boy*. Sa voix était cassée
et tremblotait tout comme son corps brisé. C'était une voix toute
rapetassée, toute rafistolée qui semblait envelopper sa chanson
d'un pansement.

– Ça, c'est ce que j'appelle une chanson, dit Mick.

Marty avait les yeux fixés au plafond, il exhibait un cou décharné où sa pomme d'Adam montait et descendait entre deux
sillons profonds quand il s'arrêtait pour respirer après chaque
vers. Ils se retournèrent tous les trois pour l'observer.

– Il y met du sien, dit le carreleur.

Ils se mirent à rire.

O Danny Boy, les cornemuses t'appellent,
De val en val, tout au long des versants,
L'été a fui et les fleurs disparaissent,
Faut que tu partes et j'dois te dire adieu...

Deux grosses larmes roulèrent des yeux de Marty et perlèrent
le long de ses joues, de chaque côté de son nez, faisant pendant
à la goutte qui restait à présent suspendue en toute quiétude.
Les paupières inférieures de ses yeux, flasques et distendues,
étaient injectées de sang sur le bord.

C'était une chanson triste. Son père l'avait souvent chantée
lors de réunions, chez eux, à Patrick Street, parce que, bien sûr,
c'était la chanson de son père. Elle faisait pleurer sa mère.
C'était toujours triste de penser au brave soldat qui partait pour
la guerre, laissant derrière lui son père et sa pauvre mère et les
braves gens qu'il aimait. Et aussi sa petite amie qui attendrait,
patiemment, son retour :

Sous le soleil ou de sombres nuages,
Moi j'attendrai, jusqu'au bout ton retour.

Il y avait bien des chances qu'il n'était jamais revenu. Une chanson très belle et très triste, comme toutes les vieilles chansons. La chanson de sa mère avait été : *Quand refleuriront les pâquerettes, je reviendrai.* L'expression du visage de Marty poussa le patron à échanger un autre signe d'intelligence, appuyé d'un clin d'œil, avec les trois spectateurs tout réjouis, mais le cœur de Marty était meurtri par le souvenir des pauvres jours perdus et des pauvres gens disparus, et son esprit, sans cesse, remontait le temps ; en une recherche tâtonnante qui lui était un déchirement et une torture, il essayait de retrouver sa mère : que Dieu la bénisse, et son brave homme de père qui, du matin au soir, ne faisait que boire (et que Dieu pourvoie à nos besoins !) : que la tombe lui soit douce ! Il essayait de retrouver Mick, son frère, qui aurait donné la chemise qu'il avait sur le dos, et la Petite, sa sœur, qui lui demandait un sou, Marty chéri, pour acheter des gâteaux à l'anis, et il lui en donnait toujours un, et encore les autres pauvres gens, morts depuis bien longtemps : qu'ils baignent dans la lumière éternelle et qu'ils reposent en paix, amen !

Marty avait les yeux fixés au plafond. Sa bouche restait ouverte. Il se retrouva en train de longer les murs du château de Dublin, alors que l'horloge sonnait minuit. La lune l'observait, du haut d'un ciel où flottaient de légers nuages. Son grand-père sortit de l'ombre :

– Rappelle-toi ton vieux grand-père, dit la voix : j'ai ressemellé des bottines pendant cinquante ans dans l'impasse de Nash Court. Tu riais de moi quand ma bouche était pleine de clous. Tu n'étais alors, Marty, qu'un petit lardon qui venait de naître ! Il rit de nouveau de bon cœur de son grand-père, se rappelant le tablier de feutre vert et la façon dont il penchait son visage d'aigle vers la bottine.

– Un vieux rigolo ! dit Marty.

Il descendit au pas militaire Lord Edward Street, abrupte et pavée.

– Et de moi, te rappelles-tu ? dit un Callaghan vêtu d'une houppelande crasseuse, moi qui ai porté la caisse de dynamite jusqu'à la grille du château, le jour où ils ont tiré Kilwarden de son carrosse. Ils lui ont planté vingt fourches dans le corps pour être bien sûrs qu'il ne reconnaîtrait pas ses agresseurs. De Dieu ! ce qu'Emmet était en rage, je peux te le dire !

– Ce n'était pas bien de faire ça, dit Marty, même s'il ne s'agissait que d'un protestant.

Ses bottines faisaient résonner les pavés. Sous un réverbère qui grésillait, une autre ombre le rejoignit, un homme grand et large d'épaules, mais qui avait un visage d'aigle :

– T'ai-je parlé de 1534, Marty ? Je continuais à avoir l'œil à tout après avoir fait mon beurre, et prenais ce jour-là un verre en compagnie de Thomas Le Soyeux : « Eh bien, Fitzgerald, dis-je, comment vont les choses ? » « Mal, Callaghan, qu'il répond, ils viennent d'assassiner mon père. Tu vois mon épée d'apparat ? » « Oui », que je lui dis. « Eh bien, dès que j'aurai fini ce pot, j'irai tout droit là-bas à l'abbaye, et sais-tu ce que je ferai alors ? » « Non. » « Je la dégainerai et la jetterai à la tête de ce cochon d'archevêque. » « Ce serait bien inconsidéré de ta part », lui dis-je. « Inconsidéré ou pas, c'est ce qui va se passer, et qui plus est j'espère qu'elle fera voler sa sale caboche avec sa mitre et tout ! »

Marty partit d'un grand éclat de rire, rien qu'à y penser. Mais une silhouette indécise le poursuivait tout en gémissant et lui tirait la manche. Son visage ressemblait à une tête de mort, son cou était décharné. « De belles paroles, disait-elle, de grands hommes, mais mes pommes de terre se sont desséchées dans le sol et mon plus jeune est mort avec aux lèvres le jus vert de l'herbe qu'il avait broutée.

– Ils ont fait s'écrouler ma maison sur ma tête, dit une autre ombre, et le régisseur du domaine les regardait faire en riant.

– Quelle importance ? Ne l'avez-vous pas ensuite attaché à une barrière pour le faire rôtir à petit feu ?

– C'est vrai, et quand il est mort par la grâce de Dieu, il a continué à brûler. Je jure sur ma tête que son cadavre est devenu aussi noir que son cœur. »

L'inspecteur de police lui dit :

— Mes hommes vous coupent la route, Marty, et si vous essayez de passer, ils vous laisseront tous pour morts.

Mais c'est pour la pauvre Erin que tu faisais ça, parce que ses yeux pleuraient tout en semblant sourire.

Par une fraîche soirée d'été, il retrouverait Annie à la Guinguette aux fraises. Au loin quelqu'un jouerait de l'accordéon. Ou bien ce serait comme avant, à Phoenix Park, un jour où les prés seraient couverts de blanches pâquerettes et de boutons d'or resplendissants. Il serait de retour et il y aurait, au-dessus de leurs têtes, l'immensité bleue du ciel, et à leurs pieds, en contre-bas, le ruban d'argent du fleuve. Mais que c'était long d'attendre que la guerre soit terminée !

Il lança à toute volée sur le sol le verre qu'il tenait à la main. Mick et le patron sursautèrent.

— Bon Dieu, Marty, dit celui-ci en sortant précipitamment de derrière son comptoir, qu'est-ce qui te prend de faire un truc pareil ?

Marty rejeta violemment les bras en arrière.

— Garde-à-vous ! hurla-t-il.

— Garde à rien du tout, dit le patron, ça coûte cinquante francs, une connerie de verre comme ça.

Le visage de Marty se crispa et il prit un air farouche.

— En avant ! commanda-t-il, puis en hurlant : Au pas de charge !

— Laisse-le tranquille, dit le carreleur, tu pourrais aussi bien parler au mur.

— Il est parti, déclara Mick tristement.

— Casser les verres. Ça c'est encore nouveau. Bon Dieu de bonsoir, qu'est-ce que je vais devenir si tous les gens qui prennent un demi se mettent, nom de Dieu, à les casser en miettes sans même prendre la peine de s'excuser ? Tout ça c'est bien joli, mais...

— C'est pas de sa faute, Joe, dit le carreleur d'un ton lénifiant.

— C'est un cas d'aliénation, expliqua Mick.

Marty, écartant d'un revers de manche tout ce remue-ménage, se redressa de toute sa hauteur et, plein de dignité, réclama un demi.

– Là, vous voyez, se plaignit le patron avec aigreur, il a maintenant le sacré culot de me demander un demi !

– Allons, sers-le, dirent-ils. Il est remis maintenant !

Marty obtint son demi. Il se mit à monologuer. Ils l'entendirent discuter et jurer à part lui, puis il lança ses grenades en bonne place et sortit au pas cadencé.

Une, deux, une, deux, Marty, le fusilier dublinois avançait, le cœur bouffi d'orgueil et le ventre gonflé de bière. L'ombre de la nuit enveloppait mollement la ville, les rues étaient silencieuses, les maisons, sombres, se dressaient comme de hautes sentinelles. Des chauffeurs de taxi, qui attendaient la fermeture des théâtres, fumaient devant le grand portail de Stephen's Green. Une légère odeur de fleurs flottait dans l'air. Marty se tint immobile au coin de la rue, regardant fixement devant lui. Puis il fit un geste du bras. Ensuite il se tint de nouveau immobile. Enfin il proféra un gros mot et se mit à courir au pas de gymnastique. Par moments son bras décrivait un grand arc de cercle. Le fracas de la bataille l'entourait. Une fois de plus, devant lui, se trouvait le type à la mitrailleuse. Ses joues étaient grises et marbrées de sueur et de poussière, mais ses dents, découvertes, brillaient d'un éclat aveuglant. Marty hurla : *It's a Long Way to Tipperary,* jeta ses grenades, courut, s'arrêta, mais la mitrailleuse continua de le suivre en pivotant. Quand son œil noir, grand ouvert, pointa méchamment vers le centre de son ceinturon, Marty hurla et se jeta violemment sur le sol. Sa tête heurta des marches de pierre.

Des gens dirent que c'était honteux de se mettre dans un état pareil. On ne savait vraiment pas qui était le plus condamnable, de l'homme lui-même ou du débitant de boissons qui l'avait servi. Un petit attroupement s'était formé lorsque le carreleur arriva sur les lieux accompagné de Mick et du jeune homme. Le carreleur s'agenouilla et souleva Marty. Il était tant soit peu éméché.

– Marty, vieux frère, dit-il. Marty remua.

– Allons, Marty. Faut pas s'laisser aller comme ça. De vieux soldats comme toi et moi ça ne s'en va jamais, Marty, ça entre dans la légende.

Marty murmura : « Gaard'-à-vous ! »

– C'est ça, Marty, vieux frère, voilà l'exemple qu'il faut donner aux troupes !

Il ajouta à l'adresse de Mick :

– Pour l'amour du ciel, vas-tu le prendre de l'autre côté, au lieu de rester planté là comme une foutue statue ?

Lorsqu'ils le soulevèrent, quelques pièces tombèrent de sa poche : Mick et le jeune homme les cherchèrent un moment, tandis que le carreleur lui essuyait le sang qui coulait sur son visage, à l'aide de sa casquette. Il y avait des traces de bave sur la bouche de Marty et il les effaça délicatement.

– T'as retrouvé ses quat'sous ? demanda le carreleur.

Après avoir scruté plusieurs fois les alentours, Mick, en désespoir de cause, annonça qu'il ne voyait rien d'autre. Ils le ramenèrent chez lui. L'endroit où il était tombé était marqué d'un peu de sang, et dans un coin, près des grilles de fer, là où un petit tas de poussière s'était accumulé, un shilling d'argent semblait briller de malice et attendre que quelque passant, à la vue plus perçante que celle de Mick, ne le trouve. Ils hissèrent Marty jusqu'au haut des larges escaliers de bois nu, leurs bottines heurtant chaque marche et les faisant résonner tandis qu'ils montaient péniblement leur fardeau. Mme White, sa sœur, était en larmes.

– Son pauvre visage, dit-elle dès qu'elle l'aperçut, mon pauvre Marty, qu'est-ce qu'ils t'ont fait ? Et elle sortit sa bassine en émail vert et lui lava le visage, puis, avec l'aide de son mari, le mit au lit. Enfin elle dit que le thé était prêt au coin du fourneau et qu'ils avaient bien le temps d'en prendre une tasse.

– Vous êtes un bon voisin, Dieu merci, dit-elle au carreleur. Aussi s'assirent-ils, burent-ils du thé tout en disant que Marty serait de nouveau tout gaillard le lendemain matin. Elle, néanmoins, ne

cessait de répéter : « Mais qu'est-ce que je vais bien faire de lui ?
Qu'est-ce que je vais bien pouvoir en faire ? Je n'en viendrai jamais
à bout ! » et elle ressassait, à l'adresse de son mari : « Ne serait-ce
pas un acte odieux que de le faire enfermer ? » Ils conversèrent de
la sorte jusqu'à minuit.

Marty reposait dans sa petite chambre : la fenêtre était ouverte
et laissait entrer les bruits de la nuit, et le rideau, de temps en
temps, s'agitait faiblement. Les muscles de son visage d'aigle
étaient secoués de tics nerveux, ses lèvres remuaient sans arrêt.
Par moments, ses mains partaient à la recherche de son sac de
grenades. L'horloge de St Patrick sonna minuit et le timbre des
cloches résonna dans la pièce, puis s'éteignit. Tout redevint
calme et tranquille, seul le murmure des voix dans la pièce voisine
rompait le silence. Marty dormait. Enfin les cloches de St Patrick,
en des accents rendus moelleux par l'âge, se mirent à jouer un
petit air.

Nouvelle extraite de *Les occasions perdues*.

Traduit de l'anglais par Noël Debeer.

BRENDAN BEHAN

Ô doux Jésus, assez de violence !

Comme pour Sean O'Casey, qui est à mon avis le meilleur auteur dramatique vivant, le domaine de ma famille consistait uniquement en des trous de fenêtre, et la seule fois que j'aie jamais creusé dans un champ, ce fut du temps de la grève, avec mon père, quand le conseil municipal de Dublin attribua à chaque homme une parcelle de quelque cinq cents mètres carrés sur les terres du doyen Swift à Glasnevin.

Et, ce dimanche du printemps 1942, c'est vers le cimetière de Glasnevin que je me dirigeais, mais non pas pour y creuser dans un champ. J'allais là avec les autres membres de l'Armée républicaine irlandaise, ou du moins ce qu'il en restait, pour participer à la manifestation commémorative de l'Insurrection du Printemps, qui se déroule sur les tombes des hommes qui sont morts pour la liberté de l'Irlande en 1916.

Il y avait bien deux mille personnes présentes à la réunion commémorative, qui n'étaient pas toutes des membres actifs de l'IRA. Il y avait même quelques soldats permissionnaires de l'armée anglaise, mais en civil.

Je songeai tristement à mes deux camarades de l'IRA qui reposaient maintenant sous terre après avoir été condamnés à mort en Angleterre par la soi-disant justice britannique. C'étaient deux hommes innocents mais très courageux. L'un d'entre eux a été arrêté à Londres dans la demi-heure qui suivit l'explosion qui eut lieu à Coventry. Il y avait eu des meetings de protestation et des manifestations partout en Irlande et en Amérique. On ne les oubliera pas de sitôt.

Enfin, de toute manière, j'étais là avec des milliers d'autres, à penser à eux.

– Dieu protège l'Irlande ! criaient les héros.

– Dieu protège l'Irlande ! criions-nous tous,

Que nous mourions là-haut sur l'échafaud, ou bien sur le champ de bataille,

Certes, peu nous importe, quand nous tombons pour notre chère Irlande ! »

Je formais le rang avec Cafferty, un jeune maçon d'environ dix-sept printemps.

– Brendan, dit-il, je crois que la police est à nos trousses !

Je me retournai et vis les cars de police avec à l'intérieur une bande de foutus saligauds qui avaient rien moins que l'intention de nous faire subir de cruels sévices corporels. Je ne crois pas qu'ils me portaient beaucoup d'intérêt, mais c'étaient trois officiers de l'IRA qui se trouvaient juste devant nous, Andrew, Lasarian et Joseph, qui les intéressaient. Je n'ai, quant à moi, jamais été officier de quoi que ce soit.

Il était doux de se sentir au milieu de milliers de gens libres, d'une liberté à laquelle je n'étais pas encore tout à fait accoutumé.

Allez vous faire foutre, espèce de vieux salopards, ou bien nous aurons à nous expliquer sur le chemin du retour !

Cafferty donnait nerveusement des coups de pied dans les mottes de gazon vert, alors je fis passer le mot que, si les flics essayaient de brutaliser nos trois types, nous devrions leur rentrer dedans. Ils ne pouvaient décemment nous passer tous par les armes ! Avec ordre et agilité, nous les aurions ratatinés à bons coups de pied dans les joyeuses.

J'ai un sens de l'humour qui me porterait presque à rire à un enterrement, à condition que ce ne soit pas le mien. Mais mon humour me quitte dès que j'ai affaire à ces cochons de demeurés de la police, et je n'aspire plus qu'à les asticoter le plus possible selon l'intensité particulière de leur insolence. J'entonnai des chansons gaéliques, et de très subversives encore, et bientôt un tas d'autres types se joignirent à moi.

Le barouf se déclencha comme nous revenions du cimetière. Ça a été aussi bref et gracieux que le galop d'un âne, mais au cours de ces courts instants je crus vivre l'espace d'une vie entière et je ne devais jamais les oublier dans les années qui suivirent.

Ah, sainte mère de Dieu ! C'était une sacrée honte ! Ces policiers à l'air affamé sautèrent de leurs fourgons et se dirigèrent vers Andrew, Joseph et Lasarian pour les arrêter. Ils s'amassèrent autour d'eux, se comportant comme s'ils allaient se déchaîner d'une minute à l'autre. Mon estomac essayait de se débarrasser du dîner, et je fus inondé de sueur froide. Tout d'un coup, je jetai à bas ma veste et me précipitai sur eux pour les attaquer avec mes poings.

– Viens, allons lui régler son compte à cette sale clique ! dis-je à Cafferty.

Tout le monde criait et discutait en même temps, et il y avait un gros policier au visage mauvais qui commençait à devenir fou furieux, et qui criait lui aussi de la fermer, quand tout à coup quelqu'un hurla :

– Cet homme est armé !

Et, regardant autour de moi, je vis l'éclat d'acier d'un révolver dans la main d'un des officiers de l'IRA qui était devenu complètement hystérique.

– Je vais tirer ! Je vais tirer ! hurlait-il.

Oh, mon Dieu ! me dis-je intérieurement, pourquoi ne suis-je pas de retour à Borstal, ou bien à la maison d'arrêt pour délinquants de Feltham, au secret ? Au moins j'y serais en paix et tout seul, au lieu que maintenant je suis ici, avec mes boyaux tout tordus dans le ventre.

Au moment où j'arrachais le révolver des mains de l'officier, la police ouvrit le feu. Moi, je ne tirai pas, et ce n'est que lorsqu'ils eurent ouvert le feu que je ripostai, et, tout en tirant, Cafferty et moi nous filâmes à toutes jambes.

Nous enjambâmes le mur de la maison la plus proche, une maisonnette de *petits-bourgeois*[1] des faubourgs, et puis nous nous accroupîmes au pied du mur dans un buisson pour essayer de reprendre notre souffle. Mon front se couvrit soudain d'une sueur froide et gluante de frayeur rétrospective, frayeur que je n'avais pas eu le temps de ressentir pendant la fusillade. Mes mains tremblaient, et j'aurais bien voulu savoir si ma voix ne m'avait pas quitté, mais je savais que le simple effort de retenir mon souffle pour m'empêcher de bégayer m'aurait presque fait défaillir de faiblesse.

Il était approximativement une heure de l'après-midi, et ce jour d'hiver avait laissé sa place au printemps.

J'attirai l'attention de Cafferty car la porte de la maison s'ouvrit, et je pus voir une femme entre deux âges se pencher d'un air défait sur un bol de lait qu'elle tenait dans la main. Elle nous repéra tous deux immédiatement et poussa un cri à glacer le cœur d'un bourreau, et dans sa peur elle secoua si fort le bol de lait qu'elle le baratta presque ! C'est tout juste si on ne voyait pas monter le beurre à la surface ! Mais ce n'était pas sa faute, à la pauvre chère âme. Ce n'est pas tous les jours de la semaine que vous verrez deux agiles jeunes gens de dix-neuf et dix-sept ans surgir de derrière le mur de votre jardin ! Tremblant de peur, elle se précipita vers la porte tout en criant :

– Jack, Jack ! Il y a deux types qui arrivent ici avec des révolvers !

Parce que pendant ce temps Cafferty et moi, à moitié pliés en deux pour ne pas être trop visibles de la route, nous nous dirigions vers sa porte.

---

1. En français dans le texte.

Nous entendîmes un bruit de pas venant de la pièce du fond, et puis une voix s'éleva, une grosse voix grave :

– Crédieu ! Eh bien, ils n'entreront pas ici !

Et je pensai que j'allais voir un bonhomme d'à peu près deux mètres cinquante avec la carrure de King-Kong. J'avais vu le film quand j'étais un jeune garçon d'environ treize ou quatorze ans, et King-Kong est le plus effrayant des gorilles qu'on puisse imaginer. En comparaison, Dracula et Frankenstein, c'est de la littérature à l'eau de rose.

Et au lieu de ça, c'est un petit homme moins grand que moi qui parut. Il nous dévisagea avec défiance, mais je pouvais voir qu'il était aussi nerveux que nous avec nos yeux qui le détaillaient minutieusement, scrutant chaque trait de son visage et de sa personne.

– Vous ne pouvez pas entrer ici ! dit-il.

– Je suis désolé, dis-je, mais il le faut !

Et puis je souris en enchaînant « monsieur » parce que c'était une assez brave vieille carcasse qui ne faisait qu'essayer de protéger son bien. Bien que sa bouche fût durcie par la colère, je compris avec soulagement que son cœur mollissait.

– Mais il y a des petits enfants dans la maison !

Pour la première fois depuis des années, j'eus envie de pleurer. Je me ferais plutôt couper un bras que de faire le moindre mal à un enfant ; mais je ne pouvais blâmer cet homme de penser le contraire. Tout d'un coup, je sentis mon estomac se contracter de peur et une nouvelle sueur froide et gluante se mit à danser la gigue sur mon front. Le temps vient, le temps passe, le temps est passé, me dis-je tout bas. Nous ne pouvions pas rester là à passer le temps en vaines discussions.

– Nous ne voulons pas effrayer les petits enfants, dis-je, mais il y a des gens là-bas qui ne nous veulent pas du bien ! – et je montrai la route du menton.

En effet, nous pouvions entendre les cris des policiers et le bruit que faisaient les camions militaires en se rapprochant. Je serrai les dents – dont j'avais à l'époque une belle panoplie – et nous repoussâmes, Cafferty et moi, le pauvre vieux bougre dans sa propre maison du bout de notre arme. Son seul crime était d'être là alors qu'il aurait pu aussi bien être chez Michael à donner des tuyaux pour le Grand Prix d'Angleterre autour d'un verre ou deux de bière brune. Sa vieille rassemblait les enfants autour d'elle tout en grommelant des invocations à la Vierge Marie. Il y avait au mur une image de Notre-Seigneur portant une lampe, avec au-dessous, gravés dans le bois, ces mots : « Tiens bon ! »

C'est ce que nous fîmes, et le diable emporte ceux qui disent le contraire !

– Si vous avez l'intention de rester ici, dit le brave homme, donnez-moi votre pétoire. (Il voulait dire mon flingue, mon révolver.)

– Mon cul ! dis-je. Personne n'aura mon révolver, ça c'est certain. Faites preuve d'un peu de foutu bon sens : nous devons nous défendre ! Nous n'allons pas vous inquiéter, ni vous ni les vôtres. S'il y a une bagarre ici, vous pouvez aller en haut !

Ses narines frémirent de fureur, et pendant un instant j'ai bien cru qu'il allait montrer les dents, et je me sentis plus de bonnes dispositions envers la religion de mes pères que je n'en avais eu depuis que j'avais été excommunié ! Ô doux Jésus, assez de violence !

Mais il se contenta de dire :

– Laissez-moi vous dire ceci : je ne me laisserai pas donner d'ordres dans ma propre maison par un chiot comme vous ! – ce qui, je trouve, était très courageux et plus encore raisonnable de sa part.

Je m'assis à côté de Cafferty sur les marches de l'escalier qui aboutissait dans la pièce côté façade de la maison, juste en face de la porte, de sorte que nous étions bien parés pour tout ce qui pouvait nous tomber dessus de cette direction-là. J'essuyai aussi la sueur de mon front, tout en espérant que ma nauséeuse migraine bilieuse me détournerait de mes autres pensées. Ah ! cette diversion, elle serait mieux accueillie qu'une douzaine de bouteilles de stout !

Nous entendîmes des pas approcher de la porte. Doux Jésus ! Mon cœur dégringola dans les talons, et dans cette misérable situation sans défense, j'aurais bien voulu pouvoir me réveiller pour découvrir que j'avais rêvé toute cette histoire et me dire : « Voilà comment ça se passerait si tu étais recherché par la police ! » Et il semblait en effet très probable que c'est ainsi que ça se passerait quand on frappa à la porte !

Je me levai d'un bond, en tenant fermement mon révolver dans la main.

– Sainte mère de Dieu, ne tirez pas ! cria le pauvre homme. C'est ma fille qui revient de la messe ! et, en effet, la porte s'ouvrit, et une très jolie fille d'à peu près mon âge, ou peut-être plus jeune de quelques mois, parut. Elle claqua la porte derrière elle et déposa son missel sur la table, tout en repoussant de la main la vaisselle sale du dîner à peine entamé. Je cachai comme je pus le flingue dans la poche droite de mon pantalon, mais, comme je n'avais pas de veste, on en voyait très bien dépasser la crosse. Je n'avais pas à m'en faire, car on pouvait deviner que c'était une âme sensible, et que de toute manière elle avait dû remarquer l'expression traquée dans nos yeux.

Se tournant vers nous, elle dit :

– Seriez-vous les garçons qui ont participé à la bataille là-bas, au cimetière de Glasnevin ?

– Oui, c'est moi... c'est nous, répondis-je – et Cafferty me poussa du coude pour que je n'en dise pas trop, mais assez doucement, car il me portait beaucoup de respect du fait que j'avais été pincé en Angleterre en servant notre cause.

Elle me demanda de lui raconter ce qui était arrivé, et je lui expliquai ce qui s'était passé, tout en détaillant nos prouesses. J'ai toujours été très friand de l'admiration des autres.

– Ce que je peux vous dire, c'est qu'il y a un cordon de militaires et de policiers qui nous encercle de tous côtés ! dit-elle ; et, tout rebelle sans peur que je suis, j'eus une envie désespérée de chier, ce que j'allai faire en un temps record derrière la maison, puis, après m'être essuyé, je reparus frais comme un gardon tandis qu'elle était toujours là comme si rien ne s'était passé. Y a pas d'erreur, la peur peut faire ça à un homme.

Elle sourit et me toucha le bras :

– Je crois que je peux vous tirer de ce pas !

Douces paroles à mon oreille ! Puissé-je ne jamais me fatiguer de les entendre !

– Vraiment ? dis-je.

Nous la suivîmes, ne la quittant pas d'une semelle, et il me sembla qu'il valait peut-être mieux avoir cette vieille pétoire à portée de la main plutôt que de la garder dans la poche de mon pantalon ; je la tâtai des doigts, et je sentis ma carcasse se réchauffer après la peur bleue que j'avais eue, alors je décidai de forcer ma chance et de le laisser là où il était, je veux dire le révolver.

Il n'y avait personne aux alentours, mais on pouvait entendre des éclats de voix dans le lointain, et comme la journée n'avait pas encore commencé à décliner, il restait encore plein de temps aux flics pour nous faire un sort.

La fille nous conduisit au cimetière de Glasnevin par une entrée sur le côté que je ne connaissais pas, bien que j'aie connu ce cimetière tout au long de ma vie et de mes morts, parce que presque tous mes ancêtres y sont enterrés. Quoiqu'on affirme que l'air y est sain, je n'avais pas l'intention d'y goûter ni ce jour-là ni les suivants.

Nous la suivîmes à travers le cimetière pour ressortir par la porte latérale, et là nous étions libres. Dieu est miséricordieux, et sa mère aussi ! me dis-je en moi-même.

« *Go raibh mile maith agat !* (Soyez-en mille fois remerciée !) lui dis-je, en lui serrant de tout cœur la main.

– Je vous en prie, *ta failte romhat* (à votre service), dit-elle en nous regardant tous deux, *slan libh !* (au revoir !).

– *Slan a't !* »

Et je tombai presque à la renverse, car cette fille nous tendit alors deux paquets de cigarettes « Sweet Afton », une boîte d'allumettes, et plusieurs barres de chocolat, preuves d'une gentillesse et d'une compréhension qu'on ne rencontrait pas tous les jours.

Je sentis ma gorge se serrer, et j'avalai ma salive péniblement, parce que je ne suis pas un homme dur et que ce genre de choses me touchent. De plus, je ne l'avais pas vue emporter aucune de ces choses de la maison.

Nous prîmes la route de Moibhi, vers le nord de Dublin, et j'entendais le grincement des trams là-bas dans le lointain ; alors je m'imaginai les petits vieux qui y avaient pris place, après la messe et une gorgée ou deux de bonne bière brune, légèrement gris et heureux de bavarder un peu et de chanter quelques couplets sur le chemin du retour.

Abordant ensuite lourdement les virages, les trams prenaient de la vitesse pour gravir les côtes, et les cloches des églises se mirent à sonner plus lourdement comme le jour commençait à s'assombrir dans la lumière finissante de l'après-midi.

Comble de misère, je m'aperçus que ce que j'avais comme argent – ce qui n'était pas énorme, mais assez pour nous offrir un ou deux verres – je l'avais laissé dans la veste que j'avais enlevée, au début de la fusillade, et quant à Cafferty, il était absolument sans le sou.

Nous nous assîmes derrière la haie d'un champ de blé et nous allumâmes nos cigarettes, n'ayant pas envie de rassembler nos forces pour retrouver notre voix. J'aspirai profondément la fumée dans mes poumons, je la sentis s'y répandre, puis remonter, et je l'exhalai et la regardai fixement comme elle s'élevait devant moi en volutes. Il nous fallait trouver de l'argent car, même si nous rationnions les barres de chocolat, elles ne pourraient durer plus d'un jour ou deux. Ce qui me fit faire la chose la plus vile que j'aie jamais faite dans ma vie ou, sans aucun doute, une des plus viles. Nous fûmes obligés de dévaliser un groupe de joueurs à « pile ou face », jeu que les Australiens appellent le « two-up ». C'était de paisibles personnes occupées à un passe-temps de dimanche après-midi et qui furent déconcertées par l'apparition soudaine de deux frêles jeunes gens qui réclamaient le magot, révolver au poing. Un vieux bonhomme, plus courageux que les autres, s'avança pour me frapper au visage.

Sales cochons, graines de saligauds ! je vais vous apprendre à vous conduire, espèces de jeunes chiots ! Nom de Dieu ! Nous nous reverrons ! dit-il comme nous raflions l'argent et disparaissions dans le crépuscule, Dieu merci, toujours vivants, et sans plus de mal que ça, grâce à Dieu et à sa très sainte mère !

Là-bas, en ville, les cloches sonnèrent le quart de sept heures, et je savais que les cafés fermeraient tôt dans la journée, car à l'époque telle était la loi en Irlande. De toute manière, nous trouvions que notre niveau de vie avait monté en flèche ; et nous nous offrions une autre cigarette tout en finissant le chocolat, quand je me souvins que j'avais des parents qui ne vivaient pas loin, et que nous pourrions les convaincre de nous aider, ou tout au moins de nous fournir quelques vêtements.

Je ne m'étais pas rendu compte avant ce moment-là combien le fond de l'air était glacé et pénétrant, et, en outre, un manteau était essentiel pour une toute autre raison : un homme qui se trimbale avec un révolver dans la poche de son pantalon n'encourage pas particulièrement à la sympathie, et cet état de choses était si évident qu'il n'aurait pas précisément été nécessaire de faire appel à la fanfare des trompettes présidentielles pour l'annoncer !

Nous décidâmes de tenter notre chance, et en un rien de temps nous étions à la porte en train de frapper, mais j'étais rempli de terreur maintenant, car je ne suis pas un de ces jeunes « roule-moi-dans-le-drapeau-vert » qui rejoignaient l'IRA venant directement de la Ligue gaélique, prêts à mourir pour l'Irlande ! J'étais prêt à mourir pour un manteau, et j'allais être tué probablement par ce froid mortel, si toutefois la PMD (police métropolitaine de Dublin) ne me réduisait pas avant en chair à pâté !

Mon Dieu, cela n'était-il pas très peu demander ? Quel tort leur ferais-je ? Tout au plus pouvaient-ils refuser, et ils ne nous boufferaient pas tout crus !

La porte s'ouvrit.

Alors le sourire s'effaça et la courtoisie s'évanouit ; la colère remonta du fond de mes entrailles, et je serrai les poings. Espèce de rejeton vérolé de putain bâtarde, me dis-je tout bas, prêt à lui envoyer un gnon, mais tout compte fait cela n'eût servi à rien. Ils n'étaient pas bien disposés à notre égard, et je me jurai de leur rendre un jour la monnaie de leur pièce.

Je saisis un regard un peu triste, mais amical, de Cafferty, qui me redonna un peu de courage, et je le lui rendis, comme pour dire : « Ça va s'arranger, vieux ! » et je me sentis haut de deux mètres cinquante, et responsable, mais j'aspirais quand même à être au lit, chez moi, Russel Street, avec ma mère me disant, riant à moitié malgré elle, que j'étais un bon à rien d'avorton d'Irlandais, et m'envoyant chercher le « message » avec le salaire d'une rude journée et la cruche pour y verser la goutte, et puis attendant vainement mon retour !

Un homme avait besoin de toute son énergie, par les temps qui couraient, et je pivotai sur mes talons, tout en prenant Cafferty par le bras :

– Allez, viens, dis-je, je sais où aller !

Nous nous dirigeâmes vers une maison située dans un quartier terriblement sordide – Dieu me pardonne de parler ainsi, car je ne veux pas sembler manquer de reconnaissance, mais il était constitué de maisons de cochers transformées, d'apparence beaucoup moins agréable que les vieilles écuries de Londres avant qu'elles devinssent à la mode. Dans l'une d'entre elles vivait une gentille femme qui connaissait ma famille depuis bien des années, et qui avait été une camarade d'école de ma mère. Elle nous offrirait une planche de salut, je le savais.

– Connie, dis-je, nous sommes en fuite !

– Oui, répondit-elle, et vous ne devez pas rester plantés là ! Vous êtes identifiés l'un et l'autre. J'ai entendu les nouvelles à la radio. Vous feriez mieux d'entrer avant qu'ils ne vous voient !

Que Jésus te bénisse, toi et tous tes semblables, telles sont les louanges que je t'adresse ! – mais, tout haut, je dis :

– Dis-moi... pourrais-tu faire quelque chose pour nous ?

– Sûrement, Brendan ! dit-elle, je ferai pour vous ce que j'ai fait pour tous les gars en 1920, 1921, 1922 et 1923. Je m'en vais vous tirer de ce mauvais pas.

Alors elle nous fit entrer, et la voilà qui nous donne une assiette de choux au lard, qui devait composer son propre dîner, de toute évidence, car sans doute avait-elle à peine de quoi se nourrir elle-même – sans parler des autres – ainsi qu'un verre de bière brune, de sorte que je sentis, après ce froid, la chaleur m'envelopper comme une couverture et, Seigneur, Marie et Joseph, est-ce qu'elle n'était pas en train de nous demander de l'excuser de donner si peu !

– Connie, dis-je, ne nous as-tu pas fait entrer, ne nous as-tu pas nourris, et habillés ? Et pour le reste, c'est l'intention qui compte, ainsi les choses, aussi sombres et noires qu'elles se présentent à nous, ne sont plus aussi sombres et noires qu'elles l'étaient auparavant !

Elle nous installa pour la nuit par terre avec quelques couvertures et des coussins, car c'était ce que la pauvre âme pouvait nous offrir de mieux, et après m'être couché je commençai à lire le *Sunday Independant*, mais, comme j'avais froid avec mes bras hors de la couverture, je laissai tomber le journal pour les ramener à l'intérieur, et j'ai dû m'endormir puisque ce dont je me souviens ensuite, c'est de Cafferty me secouant et me disant que nous devrions être partis avant le jour.

Je quittai la maison comme un aveugle qui se sépare de son chien, et les pensées me fuyaient une à une, s'échappant de moi à la queue leu leu, incapable que j'étais d'en assumer aucune !

Nous tournâmes le coin de la rue, pour nous enfoncer dans le jour naissant.

Extrait de *Confessions d'un rebelle irlandais*.

Traduit de l'anglais par Mélusine de Haulleville.

DUBLIN D'HIER

JOHN CARR

Dublin il y a deux cents ans[1]

Dublin peut prendre son rang parmi les plus belles villes du monde. Le terrain sur lequel elle est bâtie a environ mille quatre cent soixante-quatre acres de superficie, et on lui donne sept milles irlandais de circonférence. En l'année 964, dans la préface des chartes du roi Edgar, elle y est appelée la *très-noble ville de Dublin*. Après avoir passé par une grande variété de progrès et d'embellissements, on y construisit en 1610 un quai, du côté méridional de la rivière Liffi. À cette époque, le terrain qu'on appelle la promenade du Bachelier, le quai de l'Auberge, le quai d'Ellis, le quai d'Arrau, les deux quais d'Ormond, à l'est et à l'ouest du pont d'Essex, étendue d'environ un mille et demi, sur laquelle sont actuellement élevées de très belles maisons, était couvert de limon et inondé par la marée. Ces superbes bâtiments, et les quatre palais de justice, vis-à-vis le quai des Marchands, sont bâtis sur pilotis. Dans le même temps, nous trouvons aussi que cette partie de la ville, appelée *Oxmentown*, était terminée par l'*Abbaye de Mary*, et qu'à l'ouest, de l'autre côté, la rue de l'Église et l'église de Saint-Michel étaient les dernières limites.

---

1. Ce texte date de 1805. (*N. de l'Éd.*)

Stoney batter, maintenant appelé *Manor Street, Grange Gorman* et *Clusmanogue*, qui font maintenant partie de la ville, étaient alors des villages à une grande distance de la capitale ; et le dernier surtout était si éloigné que, dans le temps de la peste, les shériffs de Dublin allèrent y tenir leurs assises. À la même époque, *Temple bar, Crane lane, Fleet-Street, Lazar's-hill*, appelés maintenant *South Towsend-street, Crampton, Aston's, George's*, et le quai de sir *John Rogerson*, sur la rive méridionale de la Liffey, étaient submergés par les eaux. Le quai George, et beaucoup de terrains jusqu'au pont de *Rigsend*, éprouvaient encore le même sort dans le dernier siècle. Du côté méridional, *Dame-street* contenait peu de bâtiments, et se terminait par le monastère des Augustins, vis-à-vis Georges-Lane, couvent qui approchait presque de l'étendue des faubourgs de l'est. La ville est arrosée par la Liffey qui vient de quatre à cinq milles du côté de l'ouest, et, après avoir serpenté agréablement autour d'elle, vient la partager en deux. Elle ressemble beaucoup à la Seine, et l'on peut comparer ses quais à ceux de Voltaire, Malaquais et Conti.

Le nombre des paroisses est de dix-neuf, hors les murailles de la ville. Les églises des paroisses de Saint-Nicolas et de Saint-Michel tombent en ruine, et la paroisse de Saint-Pierre a deux églises. Celle de Saint-Georges n'est pas achevée ; ce sera un fort bel édifice. À ces lieux consacrés au culte public, on peut ajouter la chapelle du collége, celle des habits bleus de l'hôpital ; la chapelle royale de l'hôpital, celle de l'hôpital de Saint-Étienne ; celle de l'asile de la Madeleine, pour les femmes en couche, dans la chapelle de l'hôpital ; celle de Betheseda, et celle des enfants trouvés, de la même chapelle de l'hôpital.

Les Quakers ont deux églises ou lieux d'assemblée, à Dublin, et les deux congrégations montent à six ou sept cents âmes. Ceux qui sont répandus dans toute l'Irlande sont à peu près au nombre de cinq mille, sans y comprendre environ mille personnes qui fréquentent les assemblées et ne font cependant point partie de l'association. Il est à remarquer qu'on ne trouve à Dublin que trois familles de juifs ; on peut croire qu'ils n'ont jamais été plus nombreux ; et ce qui me paraît certain, c'est qu'ils n'ont jamais eu de synagogue. On en trouve dans les villes de Cork, de Waterford, de Limerick et de Belfort, mais il n'y en a dans aucune autre partie de l'Irlande. L'année dernière, un Juif de Kœnisberg fut baptisé. Il y a quelques églises pour les méthodistes, une pour les anabaptistes, une pour les Français luthériens, une pour les calvinistes, quinze chapelles de la religion catholique romaine, une église danoise et une hollandaise. La division des paroisses n'est point égale entre elles. Celle de Sainte-Catherine, la plus étendue et à peu près la plus pauvre, comprend cent douze acres, et contient vingt mille cent-soixante-seize habitants. Saint-Nicolas a douze acres, et mille cent habitants. Saint-Pierre a cent quarante et un acres, et soixante mille soixante-trois habitants. Les charges inégales du clergé peuvent être facilement appréciées par ce calcul ; son état est un état d'oppression, la compensation de ses services et de son salaire étant tout à fait insuffisante. Les limites des paroisses sont tellement irrégulières que de très petites rues contribuent fréquemment au salaire de deux ou trois ministres, comme dans le quartier appelé *le Poddle*. Les paroisses de la campagne varient toujours dans la proportion d'un mille à trente milles. Les paroisses sont au-dedans des murs de l'ancienne ville ; ce sont celles de Saint-Michel, Saint-Nicolas, Saint-Werburgh, Saint-John, le doyenné de l'église du Christ, et une partie de l'est de Saint-Audéon.

On conçoit facilement que l'état de l'Église est misérable. Il y a deux mille quatre cures, trente-six paroisses, mille et une églises, et il n'y a que cent cinquante-cinq maisons ou presbytères. Les bénéfices, ou réunion de paroisses, montent à mille cent vingt, et il y a deux mille quatre-vingt et une paroisses sans résidence pour les desservants, et mille quatre cent trente-cinq paroisses sans églises. Lorsqu'il n'y a ni terres ni maisons, le résident en loue, ou bien il ne réside point dans sa cure, et cependant il y remplit ses fonctions avec beaucoup de régularité, du moins à ce que l'on m'a dit. Cet inconvénient est très grand, car la nécessité de la résidence est absolue, relativement aux paroissiens.

On n'a commencé à paver Dublin qu'en 1774 ; avant le règne de Henri II, il n'y avait aucune maison de brique ou de pierre ; la population a été déterminée en 1798, et en 1804 les conservateurs de la paix l'ont fait monter à trois cent soixante-dix mille âmes. Mais depuis cette époque il y a eu sept cents maisons de bâties, et elles sont toutes habitées ; on peut compter sur sept mille âmes, ou dix par chaque maison, donnant un total de cent quatre-vingt-neuf mille huit cent soixante-dix. Mais comme cette division de dix par chaque maison est au-dessus de la grandeur de Dublin, et comme la population du château n'y est pas comprise, on peut avec certitude compter sur cent quatre-vingt-dix mille âmes, en y comprenant la garnison. On éprouve une très grande difficulté à obtenir un état exact, car il n'y a de registres ni de mariage, ni de naissance et de mort, si ce n'est à Dublin ; encore sont-ils fort inexacts. Un ami que j'ai en Irlande, ayant à prouver que son pupille était en âge, fut obligé de produire la grande bible de famille comme l'unique document qui pût offrir la date certaine de sa naissance. L'accroissement de la population dans la capitale a été progressif. En 1682, sir William Petty nous dit qu'il y avait trente paroisses, en comptant les deux décanats de l'église du Christ et de Saint-Patrice ; qu'il n'y avait pas plus de quatre mille familles, qui, en les comptant à huit individus chacune, font trente-deux mille âmes. Après lui, trois paroisses furent ajoutées. Celle de Sainte-Catherine, dont j'ai déjà parlé, qui contient vingt mille cent soixante-seize habitants ; et Sainte-Marie, environ soixante mille. Il y a différentes causes de cet accroissement. Environ un siècle après la révolution, on avait joui du repos et de la paix ; l'agriculture, les manufactures, le commerce, tous les autres arts et tous les bienfaits d'une tranquille existence étaient répandus dans le pays. Comme les richesses augmentaient, la cour du vice-roi s'agrandissait, et attirait auprès d'elle la noblesse d'origine, jusqu'alors errante et vagabonde. Les professeurs de jurisprudence se formaient et se multipliaient avec la fortune de l'État. Le bel âge de l'Irlande renaissait, comme dans le temps où elle brillait encore des étincelles de la littérature romaine ; dans ces temps où l'Occident était encore enveloppé dans les ténèbres de l'ignorance, et où elle était alors l'école de l'Ouest, et le tranquille séjour des connaissances et de la piété ; c'était le fruit de l'agrandissement des métropoles. Plusieurs des rues de Dublin sont superbes. *Sackville* et *Westmorland streets, Cavendish-row*, peuvent le disputer, en grandeur et en beauté, aux quartiers de Londres les plus admirés. Il y a une grande quantité de belles rues dans le voisinage de *Mont-Joy* et de *Rutland square*, du côté du nord, dans ceux de *Saint-Stephens green*, et de *Merion square*, au midi. La plus grande partie de la ville est bien pavée, bien éclairée, mais en général assez malpropre. Le principal chauffage est le charbon de terre de *Newcastle*, et la tourbe du *Bog d'Allen*.

Dame-Street est le séjour des gens distingués ; c'est aussi là que règnent le bruit et le tumulte ; il est tapissé, pour ainsi dire, de belles boutiques et de beaux bâtiments. C'est la rue Saint-Honoré de Paris, et le *Bond-street* de Londres. Mais la splendeur des grandes rues de Dublin n'est pas défigurée, comme dans celles de Londres, par le mélange des bouchers, des marchands de poisson, des étals de volaille et autres marchandises de cette espèce. Tous ces étals sont relégués dans certains quartiers de la ville, et ce règlement ajoute beaucoup à sa beauté. Le nombre des maisons bâties depuis l'union est d'environ un mille. Je trouve que le prix des maisons de moyenne grandeur s'est considérablement accru depuis cette époque, et que celui des grandes a beaucoup diminué ; l'union a sans doute écarté un grand nombre d'hommes riches et titrés, qui n'ont pas été remplacés...

Extrait de *L'étranger en Irlande*.

Traduit de l'anglais par M. Keralio-Robert.

ALEXIS DE TOCQUEVILLE

La maison de mendicité et l'université en 1835

Un vaste édifice soutenu annuellement par des dons volontaires. Dix-huit cents à deux mille pauvres y sont reçus pendant le jour ; ils y reçoivent la nourriture, le couvert et, quand ils peuvent s'occuper, le travail. Ils vont coucher où ils peuvent.

Spectacle intérieur : l'aspect le plus hideux, le plus dégoûtant de la misère. Une salle très longue remplie de femmes et d'enfants que leurs infirmités ou leur âge empêchent de travailler. Sur le plancher les pauvres couchés pêle-mêle comme des cochons dans la boue de leur bauge. On a de la peine à ne pas mettre le pied sur un corps à moitié nu. Dans l'aile gauche, une salle moins grande, remplie d'hommes vieux ou infirmes. Ceux-là sont assis sur des bancs de bois, tous tournés dans le même sens, pressés les uns contre les autres comme au parterre d'un spectacle. Ils ne causent point, ils ne remuent point, ils ne regardent rien, ils n'ont pas l'air de penser. Ils n'attendent, ne craignent et n'espèrent rien de la vie. Je me trompe, ils attendent le dîner qui doit venir dans trois heures. C'est le seul plaisir qui leur reste, après quoi ils n'auront plus qu'à mourir.

Plus loin sont ceux qui peuvent travailler. Ceux-là sont assis sur la terre humide. Ils ont un petit maillet à la main et ils cassent des pierres. Ceux-ci, au bout de la journée, reçoivent un penny (deux sous de France). Ce sont les heureux.

En sortant de là, nous avons rencontré une petite brouette fermée que deux pauvres conduisaient. Cette brouette va à la porte des maisons riches ; on jette dedans les restes du repas, et ces débris sont apportés à la maison de mendicité pour faire la soupe.

De la maison de mendicité, on nous conduit à l'université. Un immense et magnifique jardin tenu comme celui d'un grand seigneur. Un palais de granit ; une superbe église, une bibliothèque admirable. Des laquais en livrée, vingt-quatre fellows, soixante-dix... D'énormes revenus. Des hommes de toutes les religions reçoivent là l'éducation. Mais les membres seuls de l'Église d'Angleterre peuvent diriger l'établissement et toucher ses revenus.

Cette université a été fondée par Elisabeth avec les terres confisquées sur les catholiques, les pères de ceux que nous venions de voir se vautrant dans leur fange à la maison de mendicité. Cet établissement renferme quinze cents élèves. Peu appartiennent aux riches familles irlandaises. La noblesse irlandaise ne vit pas seulement hors de son pays ; elle ne dépense pas seulement hors de son pays l'argent qu'il produit ; elle fait élever ses enfants en Angleterre, de peur sans doute que l'instinct vague de la patrie et les souvenirs de la jeunesse ne les attachent un jour à l'Irlande.

Si vous voulez savoir ce que peuvent produire l'esprit de conquête, les haines religieuses, combinés avec tous les abus de l'aristocratie, sans aucun de ses avantages, venez en Irlande.

Extrait de *Voyage en Angleterre et en Irlande de 1835*.

James Joyce

Le passage du vice-roi

Almidano Artifoni passait par Holles Street et Sewell's Yard. Derrière lui Cashel Boyle O'Connor Fitzmaurice Tisdall Farrell, balançant une canne-parapluie-cache-poussière, évita le bec de gaz devant chez M. Law Smith et, après avoir traversé, longea Merrion Square. Derrière lui, à une certaine distance, un jeune aveugle tâtait le terrain en avançant le long du mur de College Park.

Cashel Boyle O'Connor Fitzmaurice Tisdall Farrell alla jusqu'aux glaces riantes de M. Lewis Werner, puis fit demi-tour et arpenta de nouveau Merrion Square, en balançant sa canne-parapluie-cache-poussière.

Au coin de chez Wilde il s'arrêta, lança un mauvais regard au nom d'Élie affiché sur le Metropolitan Hall, un mauvais regard aux parterres lointains de Duke's Lawn. Son monocle irrité flamboyait en plein soleil. La lèvre retroussée sur des incisives de rongeur, il marmonna :

– *Coactus volui.*

Il allait en arpentant vers Clare Street, remâchant son imprécation.

Comme il venait d'arpenter la devanture dentaire de M. Bloom, le va-et-vient de son cache-poussière chassa brutalement de côté une mince canne qui tâtait le sol et continua sa course après avoir flagellé un corps débile. Le jeune aveugle tourna son visage maladif vers l'arpenteur.

– Dieu te maudisse, dit-il d'un ton aigre, qui que tu sois ! T'y vois encore moins clair que moi, espèce d'enfant de garce !

*
* *

En face Ruggy O'Donohoe, le jeune Patrick Aloysius Dignam, portant à pleine patte la livre et demie de côtelettes de porc qu'on l'avait envoyé chercher chez Mangan, successeur de Fehrenbach, descendait en flânant Wicklow Street où il faisait chaud. C'était par trop tannant de rester sur son derrière dans la salle avec Mme Stoer et Mme Quigley et Mme Mac Dowell avec les rideaux tirés pendant qu'elles étaient à renifler et à siroter le porto supérieur extra-rouge que l'oncle Barney avait rapporté de chez Tunney. Et qu'elles sont là à grignoter des miettes du gâteau de ménage et à jaspiner toute la sacrée sainte journée et à pousser des soupirs.

Après le passage Wicklow, ce fut la devanture de Mme Doyle, modiste de la cour, qui le fit s'arrêter. Il restait là à regarder dans la devanture deux boxeurs à poil jusqu'à la ceinture et les poings en position. Dans les panneaux de glace de la devanture, deux jeunes Dignam en deuil béaient silencieusement. Myler Keogh, le poulain favori de Dublin, rencontrera le sergent-major Bennett, le cogneur de Portobello, pour une bourse de cinquante souverains. Foutre ! c'est un match que ça vaudrait le coup d'y aller. Myler Keogh, c'est le type qui attaque celui qui a la ceinture verte. Deux shillings le promenoir, demi-tarif pour les militaires. Maman ne s'apercevra pas que je me suis débiné. Le jeune Dignam de gauche tourna en même temps que lui. C'est moi en deuil. Quand c'est-il ? Le vingt-deux mai. Ben, il y a une paye que ce sacré machin est fini. Il se tourna vers la droite et à sa droite tourna le jeune Dignam, sa casquette de travers, son col remonté. Levant le menton pour le reboutonner, il aperçut à côté des deux cogneurs l'image de Marie Kendall, soubrette charmante. Une de ces gonzesses comme y en a dans les paquets de sèches que Stoer fume, et son paternel quand il l'a pincé une fois, il te lui a foutu une de ces tournées...

Le jeune Dignam rajusta son col et continua à flâner. Çui-là qui cognait le plus dur c'était Fitzsimons. Un coup de poing de ce type-là dans l'estomac, ça t'enverrait à perpète, mon colon. Mais le plus fin c'était Jem Corbet jusqu'au jour où Fitzsimons l'a dégonflé et son sac à malice avec.

Dans Grafton Street le jeune Dignam aperçut un type chic avec une fleur rouge dans le coin de la gueule et qui avait aussi une paire de croquenots à l'as et qui était là à écouter ce que le poivrot lui dégoisait et qui tiquait tout le temps.

Le tram de Sandymount n'arrive pas.

Le jeune Dignam, tout en marchant dans Nassau Street, fit passer les côtelettes de porc dans son autre main. Son col était remonté encore une fois et il le renfonça. Le bon dieu de tibi était trop petit pour la boutonnière de la chemise, quelle barbe ! Il croisa des garçons qui revenaient de l'école avec leurs cartables. Je n'irai pas encore demain, sécherai la boîte jusqu'à lundi. Il croisa d'autres garçons de l'école. Est-ce qu'ils ont fait attention que je suis en deuil ? L'oncle Barney a dit qu'il le ferait mettre dans le journal ce soir. Comme ça ils le verront tous dans le journal et ils verront mon nom imprimé et celui de papa.

Sa figure était devenue toute grise au lieu de rouge qu'elle était avant, et il y avait une mouche qui se promenait dessus près de son œil. Ce que ça grinçait pendant qu'ils étaient en train de visser les vis du cercueil, et le boucan que ça faisait en descendant l'escalier.

Papa était dedans, et maman qui pleurait dans la salle, et l'oncle Barney qui disait aux hommes comment il fallait faire au tournant. C'était un grand cercueil, épais, et qui avait l'air lourd. Comment ça se faisait ? Le dernier soir que papa avait bu il était là debout sur le palier à brailler pour avoir ses souliers et retourner chez Tunney boire encore un coup et il paraissait gros et court en chemise. Ne le verrai plus jamais. C'est la mort, ça. Papa est mort. Mon père est mort. Il m'a dit d'être un bon fils pour maman. Je n'ai pas pu entendre tout ce qu'il disait d'autre, mais je voyais sa langue et ses dents qui essayaient bien d'articuler. Pauvre papa. C'était mon père, M. Dignam. J'espère que maintenant il est en purgatoire parce qu'il est allé se confesser au père Conroy samedi soir.

*
* *

William Humble, comte de Dudley, et lady Dudley, accompagnés du lieutenant-colonel Hesseltine, quittèrent en voiture après le lunch le Palais d'été. Dans la seconde voiture avaient pris place l'honorable Mme Paget, Mlle de Courcy et l'honorable Gerald Ward, aide de camp de service.

Le cortège franchit le portail latéral de Phoenix Park, salué par d'obséquieux agents, et, dépassant le pont Royal, suivit les quais nord. Le vice-roi recueillait sur son parcours à travers la capitale de nombreuses marques de sympathie. Au pont Bloody, M. Thomas Kernan, qui se trouvait sur l'autre rive, le salua vainement de loin. À leur passage entre le pont de la Reine et le pont Whitworth, les voitures de lord Dudley, vice-roi, ne reçurent aucun salut de M. Dudley White, *licencié en droit et licencié ès lettres*, qui se trouvait sur le quai Arran devant chez Mme M. E. White, la prêteuse sur gages, juste au coin d'Arrau Street West, en train de se caresser le nez avec l'index, se demandant s'il arriverait à Phibsborough plus rapidement en changeant trois fois de tram, en hélant une voiture, ou à pied en prenant par Smithfield, Constitution Hill et le terminus de Broadstone. Sous le porche du palais de justice, Richie Goulding, avec sa sacoche de frais et dépens de Goulding, Collis et Ward, le regarda, étonné. Au-delà du pont de Richmond, sur le pas de la porte du cabinet de Ruben J. Dodd, avoué, agent de la compagnie d'assurances *Le*

Patriote, une dame âgée au moment d'entrer se ravisa, et revenant sur ses pas jusqu'à la devanture de Roy, adressa un sourire convaincu au représentant de Sa Majesté. De son écluse qui s'ouvre dans le mur du quai Wood sous l'office de Tom Bevan, la rivière Poddle, en guise de féal hommage, tirait une langue d'eau d'égout. Au-dessus du brise-bise de l'Ormond Hotel, bronze près d'or, les têtes de miss Kennedy et de miss Douce, proches, guettaient et admiraient. Sur le quai Ormond, M. Simon Dedalus, qui allait de l'urinoir à la maison du sous-shériff, s'immobilisa au milieu de la chaussée et salua très bas. Son Excellence rendit gracieusement le salut de M. Dedalus. De Cahill's Corner, le révérend Hugues C. Amour, *licencié ès lettres,* l'esprit hanté par les députés de la noblesse dont les mains généreuses distribuaient au temps jadis les grasses prébendes, fit une révérence qui passa inaperçue. Sur le pont de Grattan, Lenehan et M'Coy, au moment de se quitter, regardèrent passer les voitures. À hauteur des bureaux de Roger Greene et de la grande imprimerie rouge de Dollard, Gertie Mac Dowell, qui portait le courrier du Lincrusta Catesby pour son père qui était alité, vit tout de suite à l'équipage que c'était le lord lieutenant et sa lady, mais elle ne pouvait pas voir ce que la vice-reine portait comme toilette parce que le tram et la grande voiture jaune de Spring, déménageur, avaient dû s'arrêter devant elle justement parce que c'était le lord lieutenant. À côté de chez Lundy Foot, John Wyse Nolan, sur le seuil obscur de la brasserie Kavanagh, adressa un sourire glacial, et qui passa inaperçu, au lord lieutenant-général et gouverneur général de l'Irlande. Le très honorable William Humble, comte de Dudley, grand croix de l'ordre de Victoria, passa devant les montres toujours tictacantes de Micky Anderson et devant les mannequins de cire élégants et poupins d'Henry et James, le gentleman Henry, *very smart* James. Le dos tourné à Dame Gate, Tom Rochford et Blair Flynn regardèrent s'approcher le cortège. Tom Rochford, voyant les yeux de lady Dudley fixés sur lui, ôta vivement ses pouces des poches de son gilet bordeaux et lui tira sa casquette. Une charmante soubrette, la grande Marie Kendall, les joues barbouillées et pinçant sa jupe, adressait de son affiche son sourire le plus barbouillé à William Humble, comte de Dudley, au lieutenant-colonel H. G. Hesseltine ainsi qu'à l'honorable Gerald Ward, aide de camp. À travers la glace de la Panification irlandaise, Buck Mulligan gaiement et Haines gravement regardèrent le cortège du vice-roi, par-dessus les épaules des clients excités, dont le rassemblement mit dans l'ombre l'échiquier sur lequel se penchait très attentivement John Howard Parnell. Dans Fowne's Street, les yeux de Dilly Dedalus, quittant les *Premiers éléments de français* de Chardenal, s'écarquillèrent pour n'apercevoir que des ombrelles planantes et des rayons de roues qui lançaient des éclairs. John Henry Menton, qui tenait toute la porte de la Maison du commerce, regarda de ses yeux de marennes vertes noyés de vin, gardant sans la regarder dans sa grosse main gauche qui n'y prenait plus garde une grosse montre en or. À l'endroit où le cheval du bon roi William battait l'air de sa jambe dressée, Mme Breen arracha son conjoint trop pressé aux sabots des chevaux de tête. Elle lui hurla dans l'oreille de quoi il retournait. Il comprit, fit passer ses tomes sous son aisselle gauche et envoya un salut à la seconde voiture. L'honorable Gerald Ward, aide de camp, agréablement surpris, s'empressa de répondre. Au coin de chez Ponsonby, flacon blanc harassé, H. fit halte et quatre autres flacons blancs coiffés de hauts-de-forme firent halte derrière lui, E. L. Y.'S, tandis que les chevaux des piqueurs passaient en fringuant, puis les voitures. En face de Pigott, éditeur de musique, M. Denis J. Maginni, professeur de danse, etc., pittoresquement accoutré et l'allure solennelle, fut distancé par un vice-roi et complètement éclipsé. Le long du mur du Prévôt arrivait fort dégagé Dache Boylan, souliers jaunes et chaussettes à baguettes bleu ciel, rythmant le refrain de *Ma gosse elle est du Yorkshire.*

Dache Boylan opposa aux frontaux bleu ciel et à la piaffe des chevaux de tête une cravate bleu ciel, un canotier conquérant à larges bords campé sur l'oreille, et un complet de serge indigo. Ses mains dans les poches de sa jaquette oublièrent de saluer,

mais il offrit aux trois dames l'admiration insolente de ses yeux
et la fleur rouge entre ses lèvres. En roulant dans Nassau Street,
Son Excellence attira l'attention de sa saluante consort sur le
programme musical qui était en cours d'exécution dans le parc
du collège. À leur passage, invisibles et d'airain, des gars des
Highlands trompettaient et tambourinaient :

Bien qu'elle turbine dans une usine
Et qu'elle porte pas de falbalas
Tararaboum !
Pourtant sûr que j'sens quéqu'chose
Qu'a d'la saveur
Pour ma p'tite rose,
Ma p'tite rose du Yorkshire.
Tararaboum !

De l'autre côté du mur les coureurs du handicap du quart de
mille en plat, M. C. Green, H. Thrift, T. M. Patey, C. Scaife,
J. B. Jeffs, G. N. Morphy, F. Stevenson, C. Adderly et W. C. Huggard
prenaient le départ chacun à son tour. Arpentant devant Finn's
Hotel, Cashel Boyle O'Connor Fitzmaurice Tisdall Farrell, dans
l'intervalle des véhicules, lança le coup d'œil furibond de son
monocle à la tête de M. M. E. Solomons qui se trouvait à la
fenêtre du vice-consulat d'Autriche-Hongrie. Tout au fond de
Leinster Street, près de la porte poterne de Trinity College, un
loyal sujet de Sa Majesté, Corcorne, toucha sa casquette de
piqueur. Alors que les coursiers luisants caracolaient près de
Merrion Square, le jeune Patrick Aloysius Dignam, qui station-
nait, vit les coups de chapeau qu'on envoyait au Monsieur avec le
tuyau-de-poêle et souleva lui aussi sa casquette noire toute neuve
avec des doigts graissés par le papier des côtelettes de porc. Son
col aussi s'était soulevé. Le vice-roi, en route pour inaugurer la
kermesse Mirus au profit de l'hôpital Mercer, roulait avec sa
suite vers Lower Mount Street. Il dépassa un jeune aveugle en
face de chez Broadbent. Dans Lower Mount Street, un piéton à

mackintosh brun, qui croquait du pain sec, traversa prestement et sans dommage la route du vice-roi. Du haut de sa palissade du pont du Canal royal, M. Eugène Stratton avec un rictus lippu souhaitait à tous venants la bienvenue dans le quartier de Pembroke. Au coin de Haddington Road, deux femmes saupoudrées de sable s'arrêtèrent, parapluie et sac dans lequel roulaient onze coques, pour contempler avec émerveillement le lord-maire et la lady Mairesse, mais lui n'avait pas sa chaîne d'or. Au passage des avenues de Northumberland et de Landsdowne, Son Excellence rendit scrupuleusement les saluts de quelques rares passants du sexe mâle, le salut de deux petits élèves à la porte du jardin de la maison qu'on dit avoir été admirée par la feue reine quand elle visita la capitale irlandaise avec son mari le prince consort en 1849, et le salut du puissant pantalon d'Almidano Artifoni avalé par une porte qui se refermait.

Extrait de *Ulysse*.

Traduit de l'anglais par Auguste Morel. Revu par Valery Larbaud, Stuart Gilbert et l'auteur.

ELIZABETH BOWEN

Les promenades

Aux côtés de cette femme-enfant, qui distillait un terne ennui, je faisais en semaine mes promenades quotidiennes. (Le dimanche, je sortais avec mes parents.) Les itinéraires que nous suivions étaient choisis soit par le bon vouloir de miss Wallis, soit par les sentiments qui lentement naissaient en elle. Il paraît probable que nous n'arpentions jamais les quais – certains quartiers de Dublin étaient exclus parce que trop « bruyants » – et que nous ne nous aventurions pas non plus de l'autre côté de la Liffey. Aussi sa rive nord restait-elle pour nous un territoire inconnu. Oui, je vois, certes, les Four Courts[1], où se rendait mon père tous les matins, et d'où sa serviette noire ornée de l'épais cordon rouge revenait mystérieusement à la maison. Autrement, à l'exception de cet unique dôme clairement représenté, le reste de la rive nord n'était qu'une vaste étendue de toile sur laquelle on avait indistinctement jeté nuages et perspectives – gris fumée et gris ardoise, reflet mordoré des briques et lointains bleutés. Cette toile, seule la perçait et la pénétrait la majestueuse perspective de Sackville Street. Et jusqu'au jour où j'assistai à une

---

1. Le palais de justice. (*N. du T.*)

fête dans Mountjoy Square, je crus qu'il y avait au bout de Sackville Street quelque chose de très bizarre.

Nul marécage, nulle jungle ne pouvait receler davantage de
menaces que les quartiers tacitement interdits de votre propre
ville. Aux abords même de Stephen's Green s'ouvraient des rues
étroites comme des défilés, qui avaient le don de me faire peur.
Et les conditions hivernales dans lesquelles je voyais toujours
Dublin contribuaient à rendre la ville en grande partie mystérieuse et austère, croulant sous la masse de ces ombres architec-
turales qui rembrunissent les gravures. Mes craintes n'étaient pas
d'ordre social – ce n'était pas la peur des taudis que peut
éprouver un enfant de riches. C'était la peur du charnier, la
peur de respirer la poussière des tombeaux et des moisissures. Et
elle était mêlée, en outre, de claustrophobie ; quelque chose
risquait de se refermer sur moi, pour ne plus jamais me laisser
ressortir ; quelque chose risquait de tomber sur moi, pour ne
plus jamais me livrer passage. J'avais entendu parler de masures
minées par la pauvreté, qui pouvaient à tout instant s'abattre sur
votre tête. Le soleil ne brillait que sur les trottoirs qui m'étaient
familiers.

Mes premières allées et venues se firent le long des quais,
depuis le perron de notre demeure jusqu'au pont de Leeson
Street. Un de mes plaisirs, auquel ne manquait même pas l'indis-
pensable soupçon de terreur, était de regarder les péniches
franchir l'écluse. Intrépide, le gros bateau s'enfonçait avec l'eau
du canal, aspiré dans la fosse que je n'avais pas le droit d'approcher. On sentait les portes peiner sous l'effort. Puis, lentement,
la péniche reparaissait, avec l'homme noir qui se tenait sur le
pont, toujours impassible, sans qu'on pût rien lire de nouveau
sur son visage. Pleines d'admiration, nous avancions à la même
allure que l'embarcation, qui, laissant négligemment traîner derrière elle son lent sillage, poursuivait son chemin. Surplombant
l'eau du haut du quai, nous pouvions plonger nos regards vers le
pont de la péniche : entre elle et nous courait une rangée d'arbres
étêtés.

Mon père avait dit que le canal allait à Limerick. Miss Wallis, qui couvait jalousement son maigre savoir, avait veillé à me le répéter. Le nom « Limerick » évoquait pour moi des modèles de dentelle surchargée. « À quoi ça ressemble, Limerick ? » demandais-je, soucieuse de percer la dentelle pour atteindre quelque autre réalité. « Je ne sais pas, je n'y suis jamais allée », répondait miss Wallis, sans se sentir humiliée, car la chose lui importait peu. Ces réponses négatives m'exaspéraient. À présent qu'il avait commencé à s'éveiller, mon esprit était en proie à une espèce de boulimie ; il cherchait des satisfactions qu'il ne pouvait ni nommer ni trouver. Les aperçus d'un univers pour lequel j'avais été conçue, mais que je ne devais, semblait-il, pas espérer posséder, me perturbèrent davantage au cours de ces premiers hivers que tout ce que je devais connaître à l'adolescence. Je tentai de harceler de questions les gens qui m'entouraient, leur réclamant des histoires et des faits. Jusqu'à l'âge de sept ans – lequel marqua peu ou prou la fin de ma vie à Dublin –, je n'eus pas le droit d'apprendre à lire : ma mère craignait un surmenage oculaire et cérébral. En réalité, la frustration me fatiguait davantage. On ne m'autorisait que les livres d'images. Lesquelles images commencèrent à se dilater, comme celles qui figuraient sur les murs de ma nursery, pour prendre une importance excessive : je n'avais pas d'autres indices à ma disposition pour éclaircir un mystère. Et lors de mes promenades à travers les quartiers familiers de Dublin, j'observais tout comme une espionne.

Plus vivantes que les promenades que je faisais seule avec miss Wallis, il y avait aussi celles où j'accompagnais les petits Townshend, qui habitaient Lansdowne Road, ou Vernie Cole. Il se trouvait que presque tous les enfants des amis de mes parents étaient des garçons. Je fréquentais Humphrey Fane Vernon, qui m'apprit à faire le poirier ; je passais presque tous les jours devant sa maison de Wilton Place, perpendiculaire au canal. Il y avait aussi Noel Summers, qui séjournait au château de Clontarf et dont la chevelure brune était plus longue que la mienne. Les petits Townshend, tous des garçons, étaient nombreux ; comme moi, ils portaient des manteaux écarlates. J'espérais que les passants les prendraient pour mes frères ; en leur compagnie, j'avais le sentiment de faire partie d'une bande. Mais Vernie Cole était mon cousin issu de germain, si bien qu'un lien spécial m'unissait à lui. Unique et précoce rejeton de parents brillants – son père était un universitaire distingué, sa mère (cousine Blanche) un bas-bleu pétillant de vivacité –, Vernie était une source intarissable d'idées et de renseignements. Il était petit, blond, rose et énergique, toujours vêtu d'un manteau et d'une casquette beiges. S'il me voyait poser le pied sur un rail de tramway juste après le passage du véhicule, il disait que j'aurais dû être foudroyée instantanément par une décharge électrique – cette électricité que j'entendais crépiter le long des fils au-dessus de ma tête. Il m'apprenait aussi des mots et des expressions allemands. Sa *Fraülein*, qui marchait derrière nous avec ma gouvernante, élevait de temps en temps la voix pour le contredire... Dans mon souvenir, Vernie, avec ses informations et sa *Fraülein* pendue à ses basques, reste lié aux vastes jardins, aux perrons bien propres et aux stores rouges de Waterloo Road. Je crois, toutefois, que c'était simplement un endroit où il venait se promener. Je ne me rappelle pas la maison qu'il habitait.

Le terrain qui s'étendait en face de chez nous, de l'autre côté du canal, paraissait dégagé par rapport au décor urbain de notre rive. Les maisons étaient plus basses, leurs murs gris pâle ou rouges. Les rues étaient plus larges ; le lustre chatoyant des toits d'ardoise espacés semblait se refléter sur le ciel laiteux – ce ciel où les cloches des nombreuses églises se dissolvaient sans la moindre fissure d'un écho urbain. Il y avait des jardins, des parterres de gravier en demi-cercle, des clôtures et de nombreux arbres. Car, dès l'instant où l'on avait traversé le pont enjambant le canal, l'endroit présentait – je m'en rends compte à présent – l'aspect spacieux d'une banlieue. Le plan était encore distinct, mais il permettait de se sentir à l'aise. Néanmoins, le quartier était sillonné par des lignes de tramway et ces véhicules y bourdonnaient en prenant de la vitesse.

Là-bas, en face, on avait le sentiment que l'air était plus léger : la scène tout entière aurait pu être l'œuvre d'un artiste ayant beaucoup de blanc au bout de son pinceau. Le long des rangées de grandes fenêtres bien astiquées, des rideaux de dentelle blanche voilaient l'obscurité des pièces. Les barreaux des cages à oiseaux étincelaient au soleil, et des statues, des personnages juchés sur de blancs destriers se dressaient dans les impostes arrondies au-dessus des portes.

Je dois dire que, dans les « rues rouges » proches de l'église de St. Bartholomew (Raglan Road, par exemple), une sombre et coûteuse pesanteur s'intensifiait, et avec elle une espèce de mystère. Les vastes demeures en brique violacée, avec leurs marquises, leurs *bow-windows* et leurs pignons, étaient des hôtels particuliers : elles se dressaient seules au milieu de pelouses, derrière de grandes grilles, protégées par des haies à feuillage persistant. Ici, on n'entendait plus du tout les tramways ; on pouvait estimer que ce silence résidentiel reflétait soit le néant, soit la richesse. Entre les demeures, les rues étaient presque vides, comme s'il fallait verser un droit de péage pour y circuler. À l'évidence miss Wallis – tout comme les consœurs qui lui succédèrent – en avait conscience : dans le quartier des rues rouges, toutes les gouvernantes anglaises manifestaient une espèce de respectueux effroi. Entre l'élégant mépris de ma mère pour les riches et la visible considération de mes gouvernantes pour l'argent, j'étais partagée sans trop savoir quoi éprouver.

Extrait de *Sept hivers à Dublin*.

Traduit de l'anglais par Béatrice Vierne.

DUBLIN D'AUJOURD'HUI

RAY BRADBURY

Le mendiant du pont O'Connell

Devant nous se profilait le pont de pierre grise portant le nom du grand O'Connell ; au-dessous la Liffey roulait ses eaux froides, tout aussi grises, et à deux rues de distance j'entendais déjà un chant discret. Mentalement, je me reportai dix jours en arrière.

– Noël, murmurai-je, est à Dublin le meilleur moment de l'année.

Pour les mendiants, voulais-je dire, mais sans formuler ma pensée.

Car, durant la semaine de Noël, les rues de Dublin s'emplissaient de troupeaux d'enfants au cheveu aile-de-corbeau, escortés par des maîtres d'école ou des nonnes. Ils s'amassaient sous les porches, guettaient dans les entrées des théâtres et se bousculaient dans les allées, les yeux pleins de chants de Noël, un tambourin à la main, les flocons de neige formant une collerette de grâce autour de leur cou tendre. Cela chantait dans tous les coins de Dublin, ces soirs-là, et il ne se passait pas une soirée sans que j'entende, en remontant Grafton Street, tel ou tel Noël entonné en chœur par toute une file d'attente devant un cinéma, tel ou tel autre chant résonnant devant les Quatre-Provinces. En tout, je dénombrai un de ces soirs de fête cent chorales – pensionnaires de couvents ou jeunes élèves d'écoles privées – déployant dans l'air glacé la dentelle de leur chant et y tissant de longs coupons mélodieux qui s'élevaient et retombaient en drapé de part et d'autre de Dublin. Comme quand on marche sous une averse de neige, il était impossible de les croiser sans en être touché. Suaves quémandeurs, ainsi que je les appelais, qui vous rendaient à leur manière ce que vous leur donniez au passage.

Confrontés à pareil exemple, les mendiants les plus dépenaillés de Dublin avaient lavé leurs mains, amendé leur sourire écorché, emprunté des banjos ou acheté un crin-crin. Ils s'étaient même regroupés pour chanter à quatre voix. En effet, comment se taire quand une moitié du monde chantait tandis que l'autre, rendue oisive par ce fleuve d'harmonie, donnait sans compter mais avec enthousiasme à une chorale après l'autre ?

Noël profitait donc à tout le monde ; les mendiants *travaillaient* – pas toujours dans le ton, certes, mais ainsi, une fois dans l'année au moins, on les voyait *s'occuper* à quelque chose.

Mais Noël était passé, les enfants aux habits de réglisse avaient réintégré leurs volières et le plus clair des mendiants de la ville, refermés, satisfaits du silence retrouvé, retournaient à leur mode de vie désœuvrée. Sauf ceux du pont O'Connell qui, tout au long de l'année, pour la plupart du moins, s'efforçaient de donner tout ce qu'ils pouvaient.

– Ils ont leur fierté, dis-je en marchant au côté de John. Je me réjouis de ce que le premier d'entre eux, là, devant nous, gratte une guitare, et le suivant un violon. Et regardez, là, au centre exact du pont !

– L'homme que nous cherchons, sans doute ?

– Tout juste. Celui qui manie l'accordéon. On peut le détailler à loisir. Du moins je *pense*.

– Que voulez-vous dire ? Il est aveugle, c'est ça ?

La pluie tombait doucement, mollement même, sur la pierre grise de Dublin, sur la rive gris de pierre, sur le gris de la lave que charriait le fleuve.

– C'est bien là tout le problème, répondis-je enfin. Je ne sais pas.

En passant, nous avons tous les deux regardé l'homme qui se tenait au beau milieu du pont O'Connell.

C'était un individu de taille très moyenne, une espèce de statue penchée, arrachée peut-être à quelque jardin ; des vêtements trop souvent lessivés par les intempéries, comme toujours en Irlande ou presque, des cheveux trop souvent grisés par l'air enfumé, des joues mangées de barbe, un ou deux poils sans âme au creux d'une oreille décollée, et les pommettes écarlates de l'homme resté trop longtemps dans le froid et qui a trop bu au pub pour pouvoir retourner se poster trop longtemps dans le froid. Des lunettes noires masquaient ses yeux, et pas moyen de dire ce qui guettait derrière. Des semaines plus tôt, j'avais commencé à me demander si ses prunelles surveillaient ma progression, maudissant ma hâte coupable, ou bien si seules ses oreilles captaient le passage d'une conscience tourmentée. Je redoutais terriblement qu'un jour il n'ôte ses lunettes de son nez. Mais je craignais encore plus l'abîme que j'y découvrirais peut-être, et dans lequel sa raison pourrait alors basculer au son d'un effrayant rugissement. Était-ce un œil de civette ou bien le vide interstellaire qui s'ouvrait derrière ces verres fumés ? Mieux valait rester dans l'ignorance.

Mais j'avais une autre raison de ne pas pouvoir l'oublier.

Sous la pluie, le vent et la neige, au fil de ces longues semaines glacées, je l'avais toujours vu sans chapeau ni casquette.

C'était le seul habitant de Dublin qui puisse, sous l'averse ou le crachin, supporter des heures durant que le déluge lui bruine dans les oreilles, sculpte et plaque sur son crâne ses cheveux roux de cendre, crée des ruisseaux dans ses sourcils et inonde enfin ses verres noir de charbon, comme des yeux d'insecte, ainsi que son nez emperlé de pluie.

La bourrasque caressait les bas-reliefs de ses joues et les sillons de sa bouche avant de dégoutter de ses lèvres comme une rafale de pluie sur le silex d'une gargouille. Son menton acéré renvoyait tout droit dans le vide ce jaillissement perpétuel, qui retombait alors sur son écharpe de tweed et son manteau couleur locomotive.

— Pourquoi ne porte-t-il pas de chapeau ? demandai-je d'un ton impérieux.

— Ma foi, répondit John, peut-être n'en possède-t-il pas.

— Il faut bien qu'il en ait un ! m'écriai-je. Puis, un ton plus bas : Il *faut* qu'il en ait un.

— Peut-être n'a-t-il pas les moyens de s'en payer un.

— Personne n'est pauvre à ce point, même à Dublin. *Tout le monde* possède au moins une casquette !

— Eh bien, il a sans doute des factures à payer avant tout, ou alors quelqu'un de malade chez lui.

— Mais rester des jours, voire des semaines, sous la pluie sans trahir le moindre frémissement, sans même tourner la tête, en faisant comme s'il ne pleuvait pas... Cela dépasse l'entendement.

Je secouai la tête.

— J'en déduis donc qu'il y a un truc. Comme chez les autres, il s'agit d'un stratagème destiné à attirer la compassion, à faire en sorte que le passant se sente malheureux et transi, donc encore plus généreux.

— Je suis sûr que vous regrettez déjà ce que vous venez de dire, fit John.

— C'est vrai. C'est vrai, je le regrette. Car, malgré ma casquette, la pluie dégoulinait jusqu'au bout de mon nez.

— Doux Jésus, mais que faut-il en penser, alors ?

— Pourquoi n'iriez-vous pas lui poser la question ?

— Non !

C'est alors que la catastrophe se produisit.

Le temps que nous échangions ces propos sous la pluie glaciale, le mendiant avait gardé le silence. Mais soudain, comme si les intempéries l'avaient ranimé, il exerça une formidable pression sur son accordéon et, de sa boîte-serpent tour à tour pliée et dépliée, il tira une série de notes asthmatiques qui ne nous préparèrent nullement à la suite.

Car il ouvrit la bouche et se mit à chanter.

Une voix de baryton suave et claire emplit toute la longueur du pont O'Connell, une voix posée, assurée, merveilleusement modulée, maîtrisée, sans une trémulation, sans un défaut nulle part. L'homme se contenta d'ouvrir la bouche, ce qui signifiait qu'en lui toutes sortes de portes secrètes avaient cédé d'un coup. Il faisait plus que chanter : il laissait libre cours à son âme.

– Charmant, commenta John Très joli, vraiment.

– Très joli, renchéris-je. Ça oui.

Nous l'avons écouté chanter toute l'ironie de Dublin la Belle, où il pleut quarante jours par mois tout au long de l'hiver, puis célébrer Kathleen Mavourneen, limpide comme le vin blanc, et évoquer enfin tous les autres jeunes gens, toutes les jeunes filles, et les lacs, et les collines, et les gloires passées et présentes, tout cela bien fatigué par l'usage mais brusquement ravivé, alerte, repeint de frais sous la petite pluie qui n'était plus d'hiver mais de printemps. S'il reprenait parfois son souffle, ce devait être par les oreilles tant la ligne mélodique était continue, tant était régulier l'enchaînement des mots, tous bien ronds comme des sons de cloche.

– C'est sur scène que cet homme a sa place, murmura John. Il a trop de talent pour rester debout là.

– C'est ce que je me suis souvent dit.

John manipula maladroitement son porte-monnaie. Mon regard se portait alternativement sur lui et sur le mendiant chantant ; la pluie trempait sa tête nue, dégoulinait sur ses cheveux gominés et vacillait sur le lobe de ses oreilles.

C'est alors qu'une étrange perversité s'empara de moi. Avant que John ait pu déposer son obole, je le pris par le coude et l'entraînai vers l'autre bout du pont. John résista, me jeta un regard, puis me suivit en maugréant.

Tandis que nous nous éloignions, l'homme entonna un nouvel air. Lançant un coup d'œil en arrière, je le vis qui, la tête fièrement levée, ses lunettes noires faisant face à l'ondée, déclamait la bouche grande ouverte et d'une belle voix pure :

Je rirai quand tu s'ras mort
et bien enterré, mon vieux
Rirai bien quand tu s'ras mort
et bien enterré, mon vieux.
Rirai bien quand tu s'ras mort,
Couronne de fleurs sur ta tête,
J'épouserai l'ouvrier...

– Mais pourquoi donc est-ce à *lui*, entre *tous*, que vous refusez de donner la pièce ? s'exclama John.

Les mendiants de Dublin... Qui prend la peine de s'interroger sur eux, de les regarder, de les voir, de savoir et de comprendre ?

Quant à moi, dans les jours qui suivirent, je m'en gardai soigneusement.

Puis, quand cela me reprit, j'eus la certitude que l'homme en pierre de gargouille qui prenait sa douche quotidienne sur le pont O'Connell en chantant des opérettes irlandaises n'était *pas* aveugle. Sa tête n'en demeurait pas moins pour moi une coupe de ténèbres.

Un après-midi, je me surpris à flâner devant une boutique de tweed non loin du pont O'Connell, le regard attiré par une pile de bonnes casquettes bien solides. Je n'avais nul besoin d'un nouveau couvre-chef, j'en avais même, dans une valise, une provision à vie ; pourtant je déboursai la somme nécessaire à l'acquisition d'une belle casquette bien chaude, dans les tons marron, que je tournai et retournai dans mes mains comme sous l'effet d'une transe.

– Mais, monsieur, c'est une taille sept, déclara l'employé. Pour moi, vous faites plutôt du sept et demi.

– Elle m'ira très bien. Parfaitement bien. Je fourrai l'objet dans ma poche.

– Je vais vous donner un sac, monsieur...

– Non ! Le feu aux joues, soupçonnant brusquement mes intentions réelles, je payai mon dû et m'en fus.

Le pont m'attendait sous la pluie nonchalante. Il ne me restait plus qu'à m'approcher et...

Au milieu du pont, le mendiant aveugle et tête nue avait disparu.

À sa place, un vieux couple tournait la manivelle d'un vieil orgue de Barbarie qui craquait et toussait comme un moulin à café croquant du verre et du roc, et produisait non pas une mélodie, mais une espèce de grandiose et mélancolique indigestion de fer.

J'attendis que l'air, si air il y avait, s'achevât. Je pétrissais la casquette de tweed neuve dans mon poing moite pendant que l'orgue picotait, carillonnait et pétaradait de plus belle.

– Soyez maudits, semblaient dire ce vieux et cette vieille pleins de haine pour leur tâche, avec leurs faces d'une lividité fracassante, leurs yeux ardents sous la pluie. « Payez ! Écoutez, mais ne comptez pas qu'on vous joue un air ! Vous n'avez qu'à le composer vous-même ! » formulaient leurs lèvres muettes.

Debout à la place habituelle de mon mendiant sans casquette, je songeai : Pourquoi ne mettent-ils pas de côté un cinquantième de l'argent qu'ils gagnent pour faire accorder leur instrument ? Si j'étais eux, j'essaierais au moins d'en tirer une mélodie, ne serait-ce que pour moi ! Oui, si c'était *toi* qui tournais la manivelle ! me répondis-je. Mais ce n'est *pas* toi. Il est bien évident que ces deux-là détestent demander l'aumône (qui les en blâmerait, d'ailleurs ?), et ne veulent rien savoir de la tradition qui consiste à récompenser par un air de musique le généreux donateur.

Quelle différence avec mon ami sans casquette !

Mon *ami* ?

Je cillai sous l'effet de la surprise, puis fis un pas en avant et saluai d'un mouvement du menton :

– Je vous demande pardon... L'homme à l'accordéon...

La femme interrompit son geste et me lança un regard furibond :

– Hein ?

– L'homme qui reste sous la pluie sans casquette.

– Ah, celui-là ! jeta-t-elle.

– Il n'est pas là, aujourd'hui ?

– Est-ce que vous le voyez ? cria-t-elle en se remettant à tourner la manivelle de l'infernal engin.

Je déposai un *penny* dans la coupelle d'étain.

Elle me regarda comme si je lui avais craché dans la main.

J'ajoutai un penny.

– Savez-vous où il est ? demandai-je.

– Malade. Alité. Ce maudit froid ! On l'a entendu s'en aller en toussant.

– Savez-vous où il habite ?

– Non !

– Connaissez-vous son nom ?

– Je me demande bien qui pourrait savoir *ça*.

Je restai là, tout désorienté, à me représenter cet homme seul, quelque part dans la ville. Je regardai bêtement la casquette neuve.

Les deux vieux ne me quittaient pas des yeux.

Je posai un dernier shilling dans la sébile. « Il s'en tirera », dis-je à personne en particulier.

La vieille tira de toutes ses forces sur la manivelle. La machine cahotante libéra dans ses entrailles hideuses un flot de verre et de ferraille.

– Cet air, dis-je. Qu'est-ce que c'est ?

– Vous êtes sourd ? jappa la vieille. C'est l'hymne national ! Ça ne vous ferait rien d'ôter votre casquette ? Je lui montrai le couvre-chef neuf que je tenais à la main. Elle me retourna un regard incendiaire :

– Votre casquette, l'ami, *votre* casquette !

– Oh ! Tout rougissant, je me découvris.

J'avais à présent une casquette dans chaque main.

La femme tournait toujours sa manivelle. La « musique » s'égrenait. La pluie battait sur mon crâne, mes paupières, ma bouche.

Parvenu au bout du pont, je m'immobilisai, le temps de prendre une décision ardue et mûrement réfléchie : de quelle casquette coiffer mon crâne détrempé ?

Dans le courant de la semaine suivante, j'empruntai fréquemment le pont, mais n'y trouvai chaque fois que le vieux couple et son orgue de tous les diables, ou bien encore personne.

Puis, un vendredi soir, John vint me rejoindre dans ma chambre d'hôtel avec une bouteille de scotch et une mise au propre de notre scénario. La conversation fut longue et constructive ; il se faisait tard, un grand feu vif pareil à un lion orange brûlait dans la cheminée, nos verres étaient pleins. Le silence s'installa provisoirement dans la pièce, peut-être parce que, tout à coup, nous le sentions aussi tomber à gros flocons mous derrière les hautes fenêtres.

Son verre à la main, John contempla cette perpétuelle dentelle, puis baissa les yeux sur les pierres de l'âtre où se lisait l'heure tardive, et souffla enfin :

– Nous ne sommes plus que quelques-uns.

J'attendis un instant avant de répondre :

– J'ai entendu un de ces mendiants le dire. Qu'est-ce que ça signifie ?

Il observa toutes les silhouettes, en bas, dans les ombres, et but une gorgée de whisky.

– D'abord, j'ai cru comprendre qu'il s'était battu pendant les Troubles, qu'il voulait dire : il ne reste plus que quelques membres de l'IRA. Mais non. Ou qu'il entendait par là : le monde s'enrichit, la mendicité disparaît. Mais ce n'est pas non plus ce qu'il avait voulu dire. Peut-être faut-il comprendre qu'il n'y a plus guère d'« êtres humains » capables de regarder, voir et comprendre avec assez de lucidité pour que les uns quémandent et que les autres donnent l'aumône. Maintenant qu'on s'affaire, qu'on saute et qu'on court en tous sens, on n'a plus le temps de s'observer mutuellement. Mais ce ne sont sans doute là que sornettes et balivernes, sentimentales billevesées.

John se détourna de la fenêtre, prit la casquette en tweed neuve que j'avais accrochée au rebord du manteau de la cheminée et me dit :

– Avez-vous lu les journaux, aujourd'hui ?

– Non.

Il extirpa de sa poche une page arrachée et froissée en boule.

– C'est cet entrefilet de l'*Irish Times*, en bas de la page cinq. Apparemment, le mendiant du pont O'Connell en a eu assez. Il a jeté son accordéon dans la Liffey avant de prendre le même chemin.

Il est donc revenu, pensai-je. Hier ! Et je ne l'ai pas vu !

– Pauvre bougre. John laissa échapper un petit rire caverneux. Quelle mort comique et horrible à la fois. Maudit accordéon... Un instrument ridicule. J'en ai horreur, pas vous ? Il a dû tomber en miaulant comme un chat malade, et son propriétaire l'a suivi aussitôt dans sa chute... Je trouve cela risible, et en même temps j'ai honte d'en rire. Enfin... On n'a pas retrouvé le corps. On continue à chercher.

– Oh, mon Dieu ! m'écriai-je en bondissant sur mes pieds. Oh, non !

Tout à coup, John me regarda attentivement.

– Vous n'auriez pas pu l'en empêcher.

– Bien sûr que si ! Je ne lui ai jamais donné un sou ! Pas une seule fois ! Je me suis promené partout en ville en distribuant des *pennies* à la pelle. Mais à lui, *jamais* ! Oh, non !

J'étais allé à mon tour me camper près de la fenêtre, et je regardais dehors, entre les flocons.

– Je croyais que sa tête nue n'était qu'une ruse destinée à m'apitoyer. Bon sang, au bout d'un moment, on croit voir des stratagèmes partout ! Quand je passais par là les soirs d'hiver et que je le voyais chanter sous une pluie battante, j'avais tellement froid pour lui que je le détestais de toutes mes forces. Je me demande combien de gens ont ressenti la même chose. Résultat, au lieu de récolter de l'argent, il avait toujours une sébile vide. Je l'avais assimilé aux autres. Mais si ça se trouve, il faisait partie des pauvres légitimes, de ceux qui entament cet hiver leur carrière de mendiant, qui mettent leurs vêtements au clou et se retrouvent sous la pluie sans même une casquette.

À présent les flocons tombaient en rangs serrés, masquant les réverbères et les statues qui se tenaient à leur pied, dans les ombres.

– Comment les distinguer ? repris-je. Comment savoir qui est honnête et qui ne l'est pas ?

– C'est bien le problème, répondit tranquillement John, *on ne peut pas*. Certains font ça depuis plus longtemps que d'autres ; ils sont devenus plus malins, ils ont oublié comment tout a commencé pour eux. Le samedi encore, ils avaient à manger ; et le dimanche, plus rien. Le lundi, ils demandaient qu'on leur fasse crédit. Le mardi, ils tapaient leur première allumette, le jeudi leur première cigarette. Et quelques vendredis plus tard, ils se sont retrouvés Dieu sait comment devant un bâtiment nommé Royal Hibernian Hotel. Ils seraient bien incapables de vous dire pourquoi ou comment. Mais une chose est sûre : ils sont suspendus par le bout des doigts au bord de l'abîme. Quant à ce pauvre bougre... On a dû lui écraser les mains sur le pont O'Connell ; il aura lâché prise et rendu l'âme. Mais qu'est-ce que ça prouve ? Difficile de leur faire baisser les yeux ou de regarder ailleurs. La plupart du temps je ne me défends pas trop mal, mais on ne peut pas toute sa vie prendre ses jambes à son cou pour aller se cacher dans un coin. La seule solution, c'est de donner à chacun. Si on se met à poser des limites, il y aura toujours quelqu'un pour trinquer. Maintenant, je regrette amèrement de ne pas avoir donné un shilling à ce chanteur aveugle. Enfin... On peut toujours se consoler en se disant qu'il n'a pas fait ça à cause de l'argent, mais d'un drame familial ou d'un problème ancien. On n'a aucun moyen de le savoir. Le journal ne donne pas de nom.

La neige tombait, silencieuse, en travers de notre champ de vision. Tout en bas patientaient les sombres silhouettes des mendiants. On n'aurait pu dire si c'étaient des loups que la neige transformait en agneaux, ou bien des agneaux demeurés agneaux sous la neige qui recouvrait doucement de son manteau leurs épaules, leurs échines, leurs chapeaux et leurs châles.

John me souhaita la bonne nuit et s'en fut.

Cinq minutes plus tard, ma casquette neuve à la main, je prenais dans le noir l'ascenseur hanté pour descendre dans le hall.

Sans manteau, en manches de chemise, je sortis dans la nuit hivernale.

Je donnai la casquette au premier homme venu. Je n'ai jamais su si elle lui allait. Tout ce que j'avais comme argent sur moi ne tarda pas à subir le même sort.

Là, resté seul, tremblant de froid, je levai brièvement les yeux. Figé sur place, cillant sous la neige, ces rafales silencieuses et incessantes de neige qui m'aveuglaient, j'aperçus les plus hautes fenêtres de l'hôtel, les lumières, les ombres.

Comment est-ce, là-haut ? me demandai-je. *Y a-t-il du feu dans les cheminées ? L'air est-il chaud comme l'haleine ? Qui sont tous ces gens ? Sont-ils en train de boire ? Sont-ils heureux ?*

Savent-ils même que je suis là ?

Extrait de *La baleine de Dublin.*
Traduit de l'anglais par Hélène Collon.

CATHAL Ó SÁNDAIR

Agression dans Harcourt Street

Le moment : fin de journée, crépuscule. L'endroit : Harcourt Street, Dublin 2 – une rue de grands immeubles de bureaux, d'hôtel et d'appartements. Animée pendant la journée. Mais une gorge sinistre et solitaire quand les nuages sombres d'une nuit profonde se rejoignent comme un toit au-dessus de bâtiments déjà là du temps de Victoria, d'Édouard, de George, de l'État libre, de la République...

À n'importe quel piéton, l'homme courbé et maigre qui avançait cette nuit-là d'un pas lent et fatigué aurait donné l'impression d'avoir une soixantaine d'années : très certainement un retraité.

– Coups et blessures, pensait-il, voilà le danger, le danger permanent pour les gens âgés dans nos cités et nos villes.

Il existait une autre expression : c'était d'Amérique que la terreur et l'expression étaient venues : « mugging », agression... *mugail* dans la langue que nos ancêtres parlaient déjà avant la mort du Christ : un mot horrible pour un acte terrible et atroce.

L'homme courbé et fragile regarda autour de lui avec une attention extrême... Des ruelles sombres et solitaires sur un côté : du danger, à coup sûr. Les gens diraient qu'il n'est pas bien prudent de se promener si tard la nuit quand on est âgé. Si tard ? C'est que, il va sans dire que cela dépend de votre âge.

– Combien de fois y a-t-il eu des agressions – coups et blessures – dans ce quartier ces derniers temps ? se demanda le piéton courbé.

Toutes les semaines, il était fait état de tels actes honteux. Le quartier commençait à avoir mauvaise réputation. Le visage de l'homme prit une expression grave et mécontente : il n'aimait pas ça. Il n'aimait pas ça du tout. Le quartier, de tout temps, avait été respectable, agréable à vivre. Mais allait-on permettre à des vauriens barbares et menaçants d'effacer cette bonne réputation, comme une traînée de brume, comme l'écume sur le fleuve ?

Le complet que portait cet homme était chic, neuf et cher. Un retraité, pourrait-on penser, ayant travaillé pour une entreprise généreuse – la Dublin Corporation, la fonction publique, ou la brasserie là-bas, à James Gate... Une pension plutôt convenable, la possibilité de rester digne après des années de travail : d'être au chaud, au sec et à l'aise. Une livre on deux, trois même, en permanence dans son porte-monnaie. En bref, une réponse aux prières d'un agresseur.

L'homme avançait d'un pas inquiet. Ce n'était pas bien, ni tolérable ni agréable, que des citoyens âgés soient aussi inquiets à Dublin, la capitale de *Banba na n-ainnir n-órchiabh,* en l'an mille neuf cent soixante-dix-neuf de Notre Seigneur. New York – ça se comprenait : là-bas les gens sensés ne sortent pas tout seuls le soir venu. N'était-ce pas là-bas que ce phénomène diabolique et intolérable de notre époque, l'agression, était apparu pour la première fois ?

« Je ne dois pas en être bien loin à présent », se dit le piéton avec un stoïcisme surprenant. *« Que sera, sera »...* ce qui arrivera, arrivera... Bon, si on ne peut pas y remédier, il faut bien l'accepter, comme on dit. Mais il ne fait aucun doute que la personne qui a forgé ce dicton ne pensait pas aux agressions !

Était-ce cette nuit-là que le piéton serait attaqué ? Ces mêmes sauvages, qui ne s'inquiéteraient pas d'abandonner une personne âgée dans le caniveau tandis que son sang vital se déverserait à profusion d'une blessure à la tête... se contenteraient d'une ou deux livres – le prix d'une bouteille de vin, d'un paquet de cigarettes... La pendaison, ne serait-ce pas encore trop bien pour eux ?

En tout cas, le moment fatidique approchait pour le piéton dans Harcourt Street. À l'instant même, deux jeunes gredins se trouvaient dans Hatch Street, se dirigeant vers Harcourt Street ; jeunes, actifs et forts, sans pitié ni compassion, l'un comme l'autre. Il serait difficile de rencontrer deux personnes d'aspect plus scélérat de jour... comme de nuit.

– Il faut que nous trouvions de l'argent, Nicky, dit Billy à son compagnon, d'une façon ou d'une autre. Nous n'avons même pas une cigarette à nous partager, ni de quoi nous payer une bouteille.

Nicky ricana.

– Nous nous sommes toujours débrouillés pour trouver une solution, mon pote.

– La solution habituelle, alors ! dit Billy.

– Chaque minute, un imbécile vient au monde, dit Nicky. Surtout un vieil imbécile, avec plus d'argent que de cerveau.

– Et c'est plutôt bien comme ça, répondit son partenaire.

En arrivant dans Harcourt Street, ils aperçurent un piéton dans la lumière d'un lampadaire, de l'autre côté de la rue... un homme courbé avançant lentement sur le trottoir. Nicky et Billy se jetèrent un coup d'œil. Nicky approuva l'idée de l'autre conspirateur. Pas la peine de parler. Un clin d'œil suffit quand on a l'habitude. Qui se ressemble, s'assemble, et ils avaient les mêmes pensées.

Ils attendirent quelques secondes pour traverser en toute sécurité. Rapidement ils se dirigèrent vers l'autre trottoir. Vingt mètres séparaient les jeunes vauriens de leur proie.

Du coin de l'œil, il avait dû les voir traverser dans sa direction. Il était évident qu'il commençait à s'inquiéter : il tenta de presser le pas. Mais il était terriblement faible. Qu'il accélère ne gênerait pas ses poursuivants. Le piéton isolé en était tout à fait conscient.

Pire encore : la rue était encore plus déserte que d'habitude. Presque pas de voitures. L'homme fragile et courbé longeait un bout de terrain sur lequel un grand bâtiment tout neuf était en construction, des murs d'aggloméré et des échafaudages le long du trottoir. C'était ici, pensa-t-il, que l'attaque aurait lieu, les coups et les blessures... l'agression. Il entendait les pas avec netteté, leur proximité, leur urgence. Ce serait à cet endroit que... un... Oh mon Dieu, il ne devait pas penser à une chose pareille...

Quant à Nicky et Billy, ils étaient dans leur élément. Ce serait si simple... si rapide. Comme de voler des bonbons à un enfant. Il était évident, d'après son apparence, que l'homme qui se trouvait devant eux n'en était pas réduit à son dernier billet.

Il n'y a pas de justice dans ce monde et ce genre de vieil imbécile possédait une fortune dont il n'était plus capable de profiter. Eh bien, Nicky et Billy allaient bientôt se payer du bon temps grâce à ce qu'il possédait. Ils accélérèrent le pas et se mirent à courir, se précipitant à toute vitesse sur le piéton.

Nicky dépassa le retraité, se retourna et étendit les bras pour lui barrer la route. Billy resta derrière lui et le poussa, le projeta contre la cloison du chantier. L'homme courbé tomba en arrière, mais la cloison le retint.

– Que-que voulez-vous ? dit-il en tremblant. Nicky saisit fermement le revers du manteau de leur victime. Le vieil homme sentit sur son visage l'horrible odeur de son assaillant.

– Tout ce que tu possèdes, grand-père ! menaça Nicky entre ses dents. T'entends... tout... montre... argent, jusqu'au dernier penny.

Il balança un coup de côté sur le visage du retraité et relâcha sa prise.

– Vas-y, fouille... bien au fond de tes poches ! dit Nicky avec brutalité. On n'a pas toute la nuit.

– Si je vous... donne – vous ne me ferez pas de mal ? supplia l'homme fragile et courbé.

Les deux autres éclatèrent d'un rire sarcastique.

– Argent, cigarettes, montre... allez, vieil imbécile ! dit Billy.

Le bonhomme sortit son porte-monnaie et le tendit nerveusement à Nicky, qui le lui arracha des mains, regarda dedans et émit un grognement de mécontentement.

– À peine un peu de monnaie, vieux borné, à quoi ça peut servir ?

Pour souligner ces mots, il envoya son poing dans la poitrine de leur prisonnier.

– Ouais ! les billets ! ajouta Billy en lui donnant un bon coup sur l'oreille.

Alors ils projetèrent le vieil homme d'avant en arrière entre eux, en évitant de le laisser tomber.

– Vite, l'argent ! ordonna Nicky.

– C... c'est bon... dit l'homme d'une voix rauque. J'ai un portefeuille... mais écartez-vous, que je puisse le sortir de la poche intérieure de mon complet...

Billy sourit. « Voilà justement ce que nous voulions entendre... Écarte-toi, Nicky. »

Tandis qu'ils reculaient de quelques pouces, une chose surprenante se passa. D'une certaine façon, c'était plutôt comme un miracle. C'était comme si tout d'un coup le retraité avait grandi, s'était élargi, s'était étoffé. Lorsqu'il fit bouger ses bras, il était comme un moulin à vent. Ses bras se détendirent, saisirent les deux vauriens et les jetèrent l'un contre l'autre, brutalement, bruyamment. Alors, en un clin d'œil, contre la cloison, il y eut ces deux-là et, à l'extérieur, celui qui avait été leur prisonnier. Nicky et Billy essayèrent de reprendre le dessus, mais sans y parvenir. Boxe, karaté... judo ; le type connaissait tous les trucs. Une poussée, une claque, un coup brutal... bang, boum, flac... et bing, paf, pan... un ouragan de claques et de coups tomba sur les deux jeunes gens, faisant couler le sang de leur nez, de leurs oreilles, de leurs tempes.

– Pitié ! cria Billy.

– Au meurtre ! hurla Nicky.

Le bonhomme ne s'arrêtait pas, il ne cessa que lorsqu'ils furent tous les deux par terre... inconscients... Alors, il frappa ses mains l'une contre l'autre comme pour en enlever la poussière, se baissa pour ramasser son porte-monnaie sur le trottoir et reprit la rue dans l'autre sens d'un pas agile... sans le moindre signe de faiblesse ou d'âge...

Les policiers découvrirent les deux complices un peu plus tard.

– N-nous avons été agressés ! dit Nicky.

– C'était horrible, insultant ! dit Billy. Nous n'avions aucune chance.

Mais les policiers connaissaient ces deux-là depuis longtemps, bien qu'ils n'aient jamais pu les associer à un crime important. Les policiers se dirent que ces deux vauriens avaient reçu la monnaie de leur pièce.

Un peu plus tôt, le responsable de ce désastre avait atteint une maison dans Harcourt Street... sorti une clé de sa poche et était entré.

Il y avait une plaque de cuivre sur une des colonnes devant la porte. On pouvait y lire :

REX CARLO
DÉTECTIVE PRIVÉ

Nouvelle extraite de *Petits romans noirs irlandais*.

Traduit de l'anglais par Bernard Hoepffner avec la collaboration de Catherine Goffaux.

RODDY DOYLE

Deux frimeurs

— Tu as quel âge ? avait demandé le barman.

— Vingt et un, avait répondu Jimmy, regardant le barman droit dans les yeux.

En réalité, Jimmy avait dix-sept ans.

Le barman avait fait un signe de tête en direction de Danny.

— Et ton petit frère ? avait-il dit.

— Il en a vingt-deux, avait dit Jimmy.

Danny avait failli tomber à la renverse. Il n'avait que seize ans.

Ils étaient au Todd's, le seul pub où leur père ne mettait jamais les pieds. Il faisait sombre, c'était tranquille, discret – idéal. Danny voulait rester.

Le barman avait regardé Danny. Puis il avait souri. Il savait que Jimmy mentait. Mais Jimmy savait y faire dans ces cas-là. Si ç'avait été Danny qui avait raconté des bobards, on l'aurait mis à la porte.

— Qu'est-ce que vous prenez ?

— Deux pintes de Guinness, avait dit Jimmy.

De nouveau, Danny avait failli s'évanouir. Ils s'étaient mis d'accord avant d'entrer, dehors dans la rue. Smithwicks. Ils allaient boire des Smithwicks. La Guinness, c'était un truc sérieux. Trop pour des buveurs débutants. La Guinness, il fallait la traiter avec précaution.

– Deux pintes, donc, avait dit le barman. Mais, écoutez-moi. La prochaine fois, dites simplement « deux pintes ». Pas besoin d'ajouter « de Guinness ». Qu'est-ce que vous voulez que ce soit d'autre, à Dublin ?

Danny avait vu Jimmy piquer un fard et son visage devenir écarlate du cou jusqu'aux oreilles.

– Ha ha, avait dit Danny quand le barman avait été parti tirer les pintes.

– Ha ha, quoi ?

– Deux pintes.

– Je te donnerai deux coups de pied aux fesses si tu ne te tais pas, avait dit Jimmy.

Le 28 juin. 1973. Samedi. Trois minutes après huit heures. Danny s'en souvenait parfaitement. Leur première fois dans un pub. Le Todd's. Eux deux, ensemble. Les frères Murphy.

Le barman prenait son temps. Ils étaient debout au comptoir. Ils maudissaient le barman. Il en avait pour une éternité. Ils voulaient avoir leurs pintes pour aller dans un coin, se cacher. Chaque fois que la porte s'ouvrait, Danny regardait pour savoir qui entrait. Il était sûr c'était leur père.

– Arrête de regarder, avait dit Jimmy.

Le barman était de retour avec les pintes.

– Vous attendez quelqu'un, jeunes gens ?

– Non, avait dit Jimmy.

– Votre papa, peut-être ?

– Il est mort.

Danny avait failli tomber à la renverse, une nouvelle fois.

– Oh, mon Dieu, avait dit le barman. C'est une mauvaise nouvelle. Il avait l'air en pleine forme quand j'ai joué au golf avec lui, samedi.

Une fois de plus, Danny avait vu Jimmy changer de couleur. Cette fois-ci, c'est Danny qui avait pris la parole.

– Notre père ne joue pas au golf.

C'était vrai.

– Ne *joue* pas ? avait dit le barman. Vous disiez qu'il était mort.

– Ne *jouait* pas, avait dit Danny. Quand il n'était pas mort. Il n'a jamais joué au golf.

Le barman plaisantait. Danny avait fini par comprendre.

– Ça doit être quelqu'un d'autre alors, avait dit le barman.

– Oui, avait répondu Danny.

– Quelqu'un d'autre qui s'appelle Murphy, avait dit le barman.

– Oui.

– Amusez-vous bien.

– Ouf, avait dit Danny, se parlant à lui-même.

Il s'était emparé brusquement de sa pinte et avait couru vers une table dans un coin, loin du barman.

Jimmy y était arrivé avant lui.

– Il ne joue pas au golf, non ? avait dit Jimmy.

– Le barman ?

– Non, papa.

– Je ne crois pas, avait dit Danny. Il ne va dans aucun club. Et il travaille le samedi. Mais comment le barman sait-il qu'on s'appelle Murphy ?

– Oh, on s'en fout. À la tienne !

Il avait levé sa pinte. Danny la sienne. Danny n'aimait pas l'odeur qui devenait plus forte lorsqu'il approchait la chope de sa bouche. Il espérait que le goût serait meilleur. Ses lèvres avaient touché le verre. Il avait essayé de le tenir le plus éloigné possible de son nez.

Jamais de sa vie il n'avait goûté à quelque chose de ce genre. C'était épouvantable, dégoûtant. C'était rude. Jamais il n'avait goûté quelque chose d'aussi mauvais. Il allait être malade. Il en était sûr. Il avait envie de rentrer à la maison en courant.

Il avait posé le verre sur la table.

– C'est bon.

Jimmy avait posé son verre sur la table.

– Oui.

Danny avait regardé le verre de Jimmy. Il l'avait à peine touché. Il était pratiquement plein, comme le sien.

Mais trois verres plus tard, c'*était* bon.

Ils étaient assis l'un à côté de l'autre, à se remplir lentement les boyaux avec de la Guinness. Ils regardaient les hommes et les femmes aller et venir. Et, au fur et à mesure que le temps passait, ils se sentaient chez eux, au milieu de la fumée et du brouhaha.

– T'as une tête qui me revient pas, disait Jimmy.

Il disait ça chaque fois qu'une femme entrait dans le bar. À la troisième pinte, c'était la chose la plus drôle que Danny ait entendue de sa vie. Et il disait : « T'as une tête qui me revient pas » chaque fois qu'un homme entrait dans le bar.

Ils se sentaient des hommes. Ils partageaient ce sentiment. Ensemble, ils devenaient adultes. Les frères Murphy.

Et Danny avait été malade.

Sur le chemin de retour.

Devant le Fish and Chips.

Il avait ouvert la bouche, et toute la Guinness, avec tout ce qu'il avait bu ou mangé d'autre dans sa vie, était sortie de lui et s'était répandue sur le sol.

– Oh, mon Dieu.

Il s'est essuyé les yeux. Quand il les avait rouverts, il avait vu Jimmy, vomissant à côté de lui.

Extrait de *Rendez-vous au pub.*

Traduit de l'anglais par Julia Schmidt et Sabine Wespieser.

L'IRLANDE DU NORD

ARTHUR YOUNG

Le Cavan

Le 18 août, je pris, par Swadlingbar, la route de Farnham. Ce *Spa* du nord de l'Irlande est un petit village qui paraît faire une résidence peu convenable pour le nombre de gens qui s'y rendent. Je pris le chemin de Killishandra, et de là j'allai à Farnham. La route, pendant trois ou quatre milles, conduit le long des bords d'un lac, au travers d'un joli bois qui s'avance jusque sur l'eau. Je passai près de la demeure de M. Henry, maison très agréablement située au milieu des bois qui s'étendent à droite à gauche, et au-dessus. Il y a dans ce canton plusieurs lacs. Je passai près de quelques-uns qui se communiquent l'un à l'autre par une rivière. Le chemin traverse des landes et des marais très susceptibles d'être mis en valeur. La chaux est ici à bon marché ; mais il ne paraît pas qu'on ait fait beaucoup de travaux en ce genre, ou qu'on se propose d'en faire. À la maison de M. Nesbit commence un riche pays de bois. Le palais de l'évêque de Killmore est sur une montagne très élevée ; et cependant il est abrité par de très beaux arbres. Le pays, en général, est agréable. L'évêque avait eu la bonté de m'inviter à l'aller voir ; mais il était à Dublin. De là, les bois de Farnham font un bel effet. J'arrivai à ce dernier endroit d'assez bonne heure pour pouvoir faire avec le comte une promenade à cheval sur les bords de ses lacs, qui sont très étendus et très beaux. Les côtes en sont singulièrement variées ; d'un côté sont de belles rangées d'arbres, entre lesquelles on aperçoit des prairies ; de l'autre est un grand et magnifique bois qui s'étend à une grande distance, et couvre une côte qui s'élève presque perpendiculairement à une hauteur considérable. Leur aspect n'est point trop uniforme. Les collines qu'ils couvrent sont de figures très variées. Quelques-unes se prolongent de niveau, tandis que d'autres s'avancent jusque dans le lac. Sur une partie de la côte, le pays consiste en enclos. Les haies sont parsemées d'arbres, et quand elles suivent les pentes, elles forment un très joli coup d'œil. À tout prendre, Farnham est un des plus beaux lieux que j'aie vus en Irlande. Les eaux, les montagnes et les bois sont tous d'un beau genre, et présentent mille accidents heureux.

Lord Farnham a cultivé les choux pendant trois ans. En 1774, il en eut quatre acres fumés avec de la chaux et de la terre de fossés, et plantés en diverses espèces, telles que le chou plat de Hollande, le hâtif d'Yorkshire, et le brocolis vert. Ils furent semés au printemps et replantés en juin par rangées espacées de trois pieds ; on les bina avec le horse-hoe. On a trouvé qu'ils valaient beaucoup mieux pour les vaches à lait que les turneps. Ils ont également bien réussi pour des bœufs de travail, et pour d'autres à l'engrais qui avaient passé l'été dans les pâturages ; ils durèrent jusqu'à la fin de février. Les brocolis se soutinrent même plus tard. Tous ces choux vinrent d'une bonne grosseur, la récolte fut en tout très avantageuse. On sema après des vesces et des fèves qui réussirent fort bien.

En 1775, le comte en eut six acres fumés avec de la chaux et de la terre de fossé, bien mêlées ensemble. On mit au pied de chaque chou un peu de fumier. Les espèces furent les mêmes que l'année précédente. On y ajouta quelque peu de chou rouge ; la récolte fut très belle. Plusieurs choux pesèrent jusqu'à seize livres chacun ; ils furent employés aux mêmes usages que

l'année précédente, et ne réussirent pas moins bien. J'ai vu ceux
qu'il a plantés cette année-ci ; ils sont fort beaux, bien sarclés,
bien binés avec le horse-hoe, et promettent un grand produit.
Lord Farnham, d'après son expérience, recommande beaucoup
cette culture. Dût-il cultiver quarante ans, il ne manquerait
jamais d'en avoir pour ses vaches, pour ses bœufs de charrue, et
pour achever l'engrais des animaux qui ont passé l'été dans des
pâturages, il les croit beaucoup meilleurs que les turneps. Il
trouve qu'un acre dure plus longtemps, se cultive plus aisément,
et qu'on en débarrasse la terre à beaucoup moins de frais. Il ne
s'est pas fait cette opinion faute de connaître les turneps,
puisqu'il a vécu plusieurs années dans le Norfolk, et qu'il y a
observé les immenses avantages qu'on y retire de cette culture ; il
les a introduits à Farnham, en même temps que les choux. Ils
sont difficiles à cultiver en Irlande, par l'ignorance des habitants
dans l'art de les biner. Il en a planté par rangées et semé à la
volée. Les premiers ont beaucoup mieux valu parce qu'ils ont été
plus faciles à biner. Les rangées étaient en sillons à deux pieds
de distance l'une de l'autre. J'ai vu ceux qu'il a semés cette
année-ci ; je les ai trouvés nets, beaux et d'une belle espérance. –
Depuis que ceci a été en écrit, lord Farnham m'a appris qu'en
1777 il avait eu quatorze acres d'Irlande de turneps, qui ont
nourri cinquante bêtes à cornes, tant bœufs de travail et à
l'engrais que vaches laitières, outre soixante moutons gras.
Quelques-uns des bœufs ainsi engraissés ont été vendus de 17 à
20 *l.* pièce ; c'étaient des animaux de la race de Lancashire, qui
avaient travaillé la même année. Il a eu un acre de carottes qu'il
a employées à nourrir des chevaux ; au lieu de leur donner
quatre barils d'avoine par semaine, on ne leur en donnait qu'un,
le surplus étant remplacé par ces racines. Il ajoute qu'en
Angleterre il a nourri toute son écurie avec des carottes, et que
les chevaux, tant qu'ils en avaient, ne voulaient pas toucher à
l'avoine. Comme il était fort coûteux de laver ces racines, il
imagina de les mettre dans des paniers, au milieu d'une eau
courante, ce qui lui épargna la moitié des frais. Le sol n'est pas

une terre légère. Il laisse ses carottes en terre pendant l'hiver, et les retire à mesure qu'il en a besoin[1].

Lord Farnham m'a indiqué, relativement aux turneps, une particularité que j'ignorais. Il me dit que dans le Norfolk il en a nourri ses chevaux. Ses juments et ses poulains, dont il avait un grand nombre, paissaient dans le parc de Hunston avec ses bœufs qu'on engraissait avec des turneps ; et ils suivaient avec autant d'empressement que ceux-ci les charrettes de turneps. On ne leur donnait pas d'autre nourriture, ils se portaient à merveille. Ce lord a fait, dans quelques-unes de ses terres, beaucoup d'améliorations, par le moyen des tranchées couvertes. Il a converti en excellents prés des terrains argileux, humides, couverts du joncs et d'autres plantes aquatiques. Les tranchées principales sont remplies avec des pierres ; les moindres le sont avec des épines ou du gazon.

Il s'est aussi fort occupé de l'éducation du bétail, ayant fait des frais considérables pour se procurer des meilleures races du Lancashire : et, ce qu'il y a d'étrange, c'est que ses laiteries n'en ont point souffert, car ses plus belles vaches donnent beaucoup de lait ; après avoir nourri pendant assez longtemps, elles donnent chacune six à sept livres de beurre par semaine, et fournissent, en outre, du lait et de la crème aux besoins de sa nombreuse maison. Il élève les veaux mâles pour en faire des bœufs, les fait travailler jusqu'à six ans ; puis il les engraisse. Il trouve qu'il y a plus d'avantage à se servir des bœufs pour le trait que des chevaux. Il a cherché aussi à perfectionner la race de ces derniers. Il a acheté à cet effet un étalon de M. Bakewell, et a fait plusieurs élèves qu'il vend facilement 21 *l.* à l'âge de quatre ans.

---

1. Cette méthode est vraisemblablement la meilleure. On voit dans les *Lettres d'un fermier*, qui font partie de cette collection, qu'un cultivateur perdit une immense récolte de carottes, pour les avoir entassées dans du sable où elles s'échauffèrent. Dans les environs de Paris, beaucoup de jardiniers n'arrachent les carottes qu'au moment où ils les veulent vendre ; mais ils les couvrent de feuilles dans les fortes gelées, précaution difficile à prendre pour celles qu'on cultiverait en grand, et probablement plus nécessaire en France que dans le climat humide de l'Irlande. (*N. du T.*)

Relativement aux plantations, lord Farnham a observé qu'aucun arbre n'atteint promptement une aussi grande taille que le sapin. Il en a plusieurs grands qui ont été plantés par son père, il y a quarante ans, dans un sol d'une argile humide sur un fond de roche. Nous en avons mesuré quelques-uns qui avaient près de la terre douze pieds de circonférence, et à cinq pieds de terre, sept pieds et demi. Un de ces arbres avait soixante-seize pieds cubes de bois de charpente. Ce qu'il y a de remarquable, c'est qu'il m'a montré plusieurs chênes qui faisaient périr les pins d'Écosse plantés à côté d'eux, les ayant surpassés dans leur croissance, et les dominant absolument. Je ne me rappelle pas d'avoir vu nulle part le même fait[1]. Dans la même plantation, le hêtre l'emporte en général sur le pin d'Écosse et sur le frêne, quoique ce dernier convienne bien au terrain. Le hêtre, le chêne et le sapin sont, dans le fait, les plus beaux arbres. Il a employé le sapin à la construction des bateaux, usage auquel il réussit parfaitement. Il en a construit un de cette manière, qui a duré aussi longtemps que s'il eût été fait du meilleur chêne. Cet exemple peut devenir très utile. Je me souviens que M. Mitford, dans le Hampshire, avait fait le parquet de sa bibliothèque en bois de sapin nouvellement débité, qui n'avait pas travaillé le moins du monde, qualité bien essentielle dans la construction des navires. M. Farnham vend facilement son pin d'Écosse, pris à la sortie du bois, à 40 s. le tonneau[2], même les moindres arbres.

Le sol, aux environs de Farnham, est en général un bon loam, ayant de quatre à dix pouces de profondeur : au-dessous est une argile jaune ou bleue, profonde de deux pieds, sous laquelle est ou un gravier schisteux, ou de la pierre de taille de nature

---

1. Ce fait est très naturel : l'arbre hâtif doit étouffer le tardif par son ombrage, et l'empêcher de s'élever. Dans les plantations considérables, il est bien essentiel de diviser les espèces par cantons, afin que les unes ne nuisent pas aux autres. C'est une vérité dont il est très facile de se convaincre : il suffit d'observer les plantations où l'on remplace les arbres morts par d'autres ; jamais ces derniers ne réussissent.

2. Le tonneau est pris pour mesure de capacité ou d'encombrement. (*N. du T.*)

calcaire, ou une pierre bleue [whin-stone]. La terre est généralement humide. Des tranchées couvertes la dessèchent bien quand il y a de la pente. De Cavan à Beltarbet, le terrain est sec, inégal et rocailleux. De Killishandra à Knockwinn, c'est un gravier sec. De Cavan à Virginy, c'est une terre de bruyère qui, amendée avec de la chaux, produit de bon blé. Les rentes fixées par de nouveaux baux sont en général de 14 à 20 s. Les anciennes étaient de 5 à 10 s. C'est à Cavan et à Killmore qu'elles sont les plus hautes. Le pays est fort coupé de marais et de montagnes qui, avec les lacs, occupent plus de la moitié du comté. Le terme moyen des rentes est d'environ six shelings. [Par un autre calcul, j'ai trouvé qu'il était de 7 s. 6 d.] Les fermes sont de cinquante à cent acres, en général, de cent, qui se sous-louent, en petites portions de deux à dix acres, à de pauvres habitants. Ceux-ci sont des journaliers qui payent leurs fortes rentes par le moyen de leur travail.

Les cours sont : 1. jachère d'été ; 2. froment ; 3. avoine ou orge ; 4. pommes de terre ; 5. froment ou orge. 1. jachère ; 2. froment ; 3. avoine ; 4. avoine ; 5. avoine ; 6. avoine ; 7. avoine ; 8. avoine ; 9. on unit la terre pour y laisser venir de l'herbe. On n'en sème point ; – 1. pommes de terre ; 2. pommes de terre ; 3. lin ; 4. avoine ; 5. avoine ; 6. avoine ; 7. herbe qu'on laisse venir.

On sème par acre, quatre bushels ou vingt stones de froment, et l'on en recueille sept barils. On en sème une assez grande quantité ; et il y a dans le pays plusieurs moulins à farine. On sème quatre bushels d'orge, on en recueille neuf barils de seize stones chacun. On sème huit bushels d'avoine, et l'on en recueille, l'un dans l'autre, dix barils. On plante de pommes de terre quatorze barils par acre, de vingt stones chacun. Le produit est ordinairement de soixante, et leur prix de 5 à 10 s., prix moyen, 7 s. 6 d.

Dépenses :

	l.	*s.*	*d.*
Rente	»	16	»
Quatorze barils	5	5	»
Pour les planter, trente-six hommes pendant un jour, à 1 *s.*, non nourris, ou à 6 d., nourris	1	16	»
Pour les butter, huit hommes	»	8	»
Pour les sarcler, dix enfants, à 4 *d.*	»	3	4
Pour les arracher, soixante-douze hommes	3	12	»
Engrais	1	»	»
	13	»	4

Produit :

	l.	*s.*	*d.*
Soixante barils, à 7 *s.* 6 *d.*	22	10	»
Dépenses	15	»	4
Profit	9	9	8

On emploie peu de chaux dans le pays, quoique la pierre calcaire y abonde en plusieurs endroits. La chaux éteinte vaut de 6 à 10 *d.* le baril. Aux environs de Bally-Connel et de Killishandra, on se sert beaucoup d'une marne blanche et légère qui se trouve sous les marais ; on l'emploie avec succès dans les landes, usage pour lequel on se sert aussi de chaux. Avant de labourer la terre, on répand la chaux à raison de cent cinquante barils ; après quoi l'on sème de l'avoine, ou l'on plante des pommes de terre. Ce procédé détruit parfaitement toute la bruyère [*erica vulgaris*] et rend ensuite la terre très douce. Sur des terres de bruyère sèches à Bally-Connel, M. Swan, intendant de lord Farnham, a vu des monceaux de pierre calcaire déposés par terre à côté des fourneaux, et il a remarqué que partout où l'on avait posé de ces pierres sans qu'elles fussent cuites ni même rompues, la bruyère, par le seul effet de la poussière qui tombait des pierres, était complètement détruite, et qu'à sa place la terre était couverte de trèfle blanc [*trifolium repens*], preuve évidente que des pierres calcaires brisées seraient un très bon engrais[1].

Les fermiers herbagers qui cependant ne sont pas considérables, une ferme de cent cinquante acres en ce genre étant regardée comme une bonne ferme, ont pour méthode d'acheter successivement de jeune bétail, et de le revendre plus âgé sans l'engraisser. Quelques-uns, qui ont de meilleures terres, achètent, au mois de mai, des vaches qui ne sont pas à lait, et les revendent grasses au mois de novembre, gagnant 30 à 40 *s.* par tête ; il y en a peu qui engraissent de jeunes bœufs. Le pays n'abonde pas non plus en bêtes à laine, et il n'y a point de laiteries. Mais tous les petits habitants ont une, deux ou trois vaches. Quand ils payent pour les faire paître dans les herbages d'autrui, c'est de 20 à 50 *s.* Ils ont aussi plusieurs cochons, jusqu'à cinq par maison. Tout le monde laboure avec des chevaux ; on en attelle trois ou quatre à une charrue, et toujours de front. Je dois remarquer ici que très ordinairement *ils labourent et hersent leurs terres avec leurs chevaux* TIRANT PAR LA QUEUE. Cela se fait dans toutes les saisons. Rien ne peut engager ces gens à se désister de cette méthode. Ils prétendent

---

1. Duhamel a fait la même observation. Lorsqu'il faisait bâtir sa maison, les pierres employées à sa construction furent déposées et taillées sur une portion de terrain qui était auparavant en culture : après que le tout fut enlevé, la terre fut remise en culture, et à l'endroit où les pierres avaient été taillées, la végétation fut beaucoup plus abondante qu'ailleurs. Faut-il conclure de ce fait que les pierres calcaires, brisées, sont un amendement qui convienne à toute sorte de terrain ? Je crois que cet effet dépend absolument de la nature du sol, et que, s'il est léger ou sablonneux, cette espèce d'amendement produira un effet presque nul, tandis que dans un terrain fort, compact, argileux, et autres de cette nature, il en résultera les meilleurs effets. Je ne conclurai pas que la poussière des pierres calcaires soit capable de détruire la bruyère. Si elle facilite la végétation, pourquoi celle de la bruyère serait-elle exceptée ? Dans le fait cité, il est question de grosses pierres calcaires déposées dans un endroit où végétait la bruyère. Or il n'est pas étonnant que sa végétation ait été interrompue : la même chose arrivera pour tous les végétaux qui seront recouverts par des pierres. Il est inutile d'insister davantage sur un fait aussi évident.

même que, si l'on prend un cheval usé sur ses jambes, et qu'on le fasse tirer par la queue, il tire beaucoup mieux ; cela le repose, disent-ils. Lecteur, qu'indigne ce récit, ce n'est point là une plaisanterie, mais une cruelle et malheureuse vérité ! Ainsi en est-il dans tout le Cavan.

Les terres se vendent à raison de vingt-deux années de revenu net. Leur prix a diminué depuis deux ans. Les rentes ont considérablement baissé depuis quatre ou cinq ans. Celles qui avaient été renouvelées il y a sept ou huit ans ont perdu depuis 3 jusqu'à 8 shellings par acre. Les dixmes sont, en général, louées par des spéculateurs qui vont visiter les récoltes des fermiers, et composent avec eux avec un bénéfice considérable. Ils écorchent le peuple et les pauvres gens. Les habitants sont, en général, plus aisés qu'ils n'étaient il y a quelques années. Ils ont aussi plus d'industrie, sont mieux nourris, mieux vêtus et mieux logés. Leur nombre augmente beaucoup. Leur nourriture consiste en pommes de terre, lait et beurre, et en pain d'avoine, quand ce n'est pas la saison des pommes de terre. Rarement ont-ils de la viande. Leur travail, relativement aux toiles, se réduit à peu près à la filature qui, dans tout le comté, est l'ouvrage des femmes et des filles. La tissure est beaucoup moins commune, et ne se multiplie pas dans le canton. Une femme, en filant, gagne communément 4 $d.$ par jour. On ne recueille pas assez de lin pour fournir les rouets du pays ; il en vient beaucoup de Dublin. Il y a dans ces environs quatre blanchisseries établies à Bally-Connel, Ballyna, Scrabby et Ardvagh. Il en coûte pour construire une cabane de terre 4 $l.$ 4. $s.$; pour la bâtir en pierre, chaux et ardoise, il en coûte 30 $l.$ Un fossé de six pieds de large sur cinq de profondeur, 1 $s.$ 1 $d.$ la perche. Une tranchée de deux pieds de profondeur sur trois pieds de large et sur la même longueur, coûte de 2 à 3 $d.$ Le battage du froment revient à 1 $s.$ le baril ; celui de l'avoine, 7 $d.$; de l'orge, 8 $d.$ Les gages d'un valet de ferme sont de 5 $l.$; ceux d'un garçon, de 3 à 4 $l.$; une femme, en été, gagne 6 $d.$ par jour. Une charrette à roues coûte 1 $l.$ 10 $s.$; une charrue, 8 $s.$; une paire de herses, 12 $s.$

Comme je me vois ici prêt à sortir des pays où il se fabrique de la toile, je veux, avant de quitter Farnham, donner un état des frais, du produit et du bénéfice d'un acre de lin. Le tableau suivant est le prix moyen de chaque article pris sur le relevé de tout le nord de l'Irlande, depuis Market-Hill, par où je suis entré dans ces contrées.

Frais d'un acre de lin.

	l.	*s.*	*d.*
Rente, de 8 *s.* à 2 *l.* 12 *s.*	1	6	»
Dixme, de 11 *d.* à 9 *s.*	»	4	8
Semence, de 1 *l.* 4 *s.* à 3 *l.*	2	2	»
Semailles	»		6
	3	13	2
Labours, de 5 *s.* à 10 *s.* 10 *d.*	»	7	8
Pour ôter les mottes et les pierres, de 1 *s.* 4 *d.* à 5 *s.* 4 *d.*	»	2	4
Sarclage, de 2 *s.* à 8 *s.*	»	4	»
Pour arracher le lin, de 4 à 13 *s.* 6 *d.*	»	7	»
Pour le mettre en poignées	»	6	7
Rouissage, de 1 *s.* à 16 *s.*	»	5	7
Pour l'ôter de l'eau, l'étendre sur le gazon, de 2 à 11 *s.*	»	5	8
Pour le mettre debout sur le pré, de 2 *s.* à 8 *s.*	»	4	4
Pour le sécher	»	8	»
Pour le broyer	»	15	»
Pour le peigner, de 1 *l.* 1 *s.* à 5 *l.*	2	10	6
	9	9	10

Produit.

Trente-six stones de lin peigné, à 8 *s.* 6 *d.*	15	6	»
Frais	9	9	10
Profit	5	16	2
Pour le peigner	1	10	5

Le 20 août, je pris congé de Farnham, et traversant Cavan, je me rendis à Granard.

Extrait de *Voyage en Irlande avec des observations générales sur l'état présent de ce royaume.*

Traduit de l'anglais par Jean Martin.

BRENDAN BEHAN

Avec l'IRA

This jewel that houses our hopes and our fears
was knocked up from the swamp in the last hundred years ;
But the last shall be first and the first shall be last :
May the Lord in his mercy be king to Belfast [1].

Ce poème est appelé « Ballade sur un refrain traditionnel » et a été écrit par Maurice Craig, poète originaire de Belfast, qui a aujourd'hui quitté sa ville natale. Je le mentionne ici pour la simple raison que Cafferty et moi, nous devions quitter notre ville natale, et atteindre la frontière avant que le soleil eût le courage de se lever, par ce lundi matin.

Maintenant, tout le monde a entendu parler de la frontière entre l'Irlande du Nord et l'Irlande du Sud – les Six Comtés, comme on les appelle – mais, dans la vie de tous les jours, cette frontière n'existe pas vraiment. Comme des millions d'autres, je crois en la liberté de l'Irlande, et pour moi la frontière ne signifie absolument rien. En un endroit, elle coupe bel et bien

---

1. Ce joyau qui abrite nos espoirs et nos craintes
   Il a été suscité du marécage pendant les cent dernières années
   Mais le dernier sera le premier et le premier sera le dernier :
   Puisse le Seigneur dans sa clémence favoriser Belfast. (*N. du T.*)

une ferme en deux, de sorte que vous pourriez chier au Sud et déjeuner au Nord après avoir fait seulement quelques pas. De même, vous seriez fous de ne pas traverser la rue pour vous envoyer quelques gorgées de bonne bière du côté sud, pour la raison suffisante que de ce côté-là la boisson est moins chère, puisqu'elle n'est pas assujettie aux lois fiscales anglaises.

Mais, ce jour-là, je ne me préoccupai guère de ces choses. Mes réflexions politiques portaient uniquement sur notre propre sécurité. Dans la lumière diffuse du petit jour, je reconnus Eddie, le frère de Maureen, et qui était un de mes vieux et sûrs amis de l'IRA, qui remontait la rue vers moi en courant. Il nous poussa dans l'embrasure d'une porte, à l'abri de la lumière d'un réverbère, et il me dit qu'on lui avait donné l'ordre de m'enlever mon arme. Il nous avait cherchés toute la nuit, et il en accusait de la fatigue. J'aurais aimé lui venir en aide, car c'était un brave bougre, et je connaissais sa mère et son père, ses frères et ses sœurs, aussi bien que je connaissais les miens, et nous avions soutenu les mêmes combats côte à côte, dans la cour de récréation et ailleurs, avec beaucoup de persévérance et d'allant.

« Je te donnerai la pétoire, Eddie, si tu me passes la tienne en échange ! » dis-je, car il se tenait si près de moi qu'il vous aurait fallu être un vrai crétin pour ne pas l'avoir remarquée !

Mais il refusa, et ce ne fut que plusieurs années plus tard qu'il me dit que les héros de l'officialité lui avaient donné une arme complètement inutilisable à échanger avec la mienne, ce qui, je dois dire, était très chic de leur part. Allez donc au diable, espèces de salauds de mes deux ! Vive la République !

Nous nous serrâmes la main tristement.

« *Slan leat*, Eddie, dis-je.

– *Slan a't*, et sois prudent ! » dit-il, et il m'entoura de son bras en un geste tendre, souriant, comme s'il m'approuvait en quelque sorte.

Les cloches, en ville, sonnèrent le quart avant cinq heures, et l'air dans le petit matin printanier était aussi glacial et figé que du métal.

Comme nous nous dirigions vers la frontière, il ne se passa rien de bien alarmant, si ce n'est quelques rares coups de feu çà et là, que je préférerais oublier, car je ne suis pas un tueur et, si j'ai dû tuer, je n'ai tué que pendant la guerre, et je le regrette beaucoup. Je voudrais, je voudrais très sincèrement qu'on puisse m'entendre en train de dire cela, car ce n'est pas du tout une vantardise. Je n'ai jamais tué personne pour un bout de terre, ou pour quoi que ce soit qui pourrait être considéré comme une source de profit pour ma personne. Si j'ai tué, c'est en soldat, en tant que membre de l'Armée républicaine irlandaise, dont j'étais fier d'être un membre.

À Belfast, nous allâmes chez une jeune fille que j'essayais d'impressionner pendant que Cafferty vendait la mèche en parlant des énormes salaires que recevaient les ouvriers dans les usines et les chantiers navals du Nord. Il parla d'un de ses amis en particulier, et bien que je n'eusse pas essayé de convaincre cette fille que j'étais un millionnaire ou même quelque chose d'approchant, je ne m'attendais pas à ce que Cafferty précisât que cet homme, avant la guerre, avait été dans la même situation que nous maintenant : sans le sou ! Comptez sur vos amis !

Le lendemain, j'allai au mariage d'une femme de la « *Cumann na mBhan* », la « Ligue des femmes », qui est le pendant féminin de l'Armée républicaine irlandaise. Elle épousait un homme de l'IRA, de sorte que nous étions tous en famille.

Le lieu de ces réjouissances nuptiales, dans le quartier de Falls Road, qui est le principal quartier catholique, était une petite maison de briques rouges dans le ghetto de Belfast, située dans une rangée d'autres maisons de briques rouges, comme on peut en trouver partout aussi bien dans le nord de l'Angleterre que dans le nord de l'Irlande, que ce soit à Liverpool ou à Belfast.

La maison était entourée d'hommes en armes ; certains d'entre eux portaient des mitraillettes Thompson, tandis que d'autres avaient de longs Webley et des Colt automatiques, au cas où la police royale de l'Ulster voudrait opérer une descente inopinée, ce que, la couardise de ces cochons de policiers, qu'ils soient du Nord ou bien du Sud, étant bien connue, ils n'auraient certes pas le cran de faire !

Mais, crénom, il y avait de quoi s'amuser, car à l'intérieur de la maison tout le monde dansait et chantait comme si chaque jour de la semaine chacun épousait sa chacune sous bonne garde armée !

Ce fut une nuit terrible, et cela me rappela mon père et ma mère, quand lui se levait pour prendre la parole, « Vivement le mariage ! », et qu'ils chantaient tous deux :

> *Dit la fille au garçon : Nous valons bien les autres !*
> *Dit la fille au garçon : Certes meilleurs que l'or nous sommes...*
> *Dit la fille au garçon : Tu es aussi fou que tous les autres !*
> *Dit alors le garçon : Kathy, nous avons atteint l'âge...*

Il y avait tout ce qu'on voulait à boire, plein de Guinness et de whiskey, et, après que nous eûmes éclusé quelques godets, la police royale de l'Ulster aurait pu faire une descente dans la boîte et nous embarquer par-dessus le marché. Cependant, je suis heureux de dire que les sentinelles étaient plus consciencieuses, bien que nous leur tendions de temps en temps un verre par la fenêtre.

Je remarquai qu'un type avait un de ces longs ressorts comme en utilisent les plombiers et les ajusteurs pour courber les tuyaux, mais il l'avait glissé dans sa manche, et cela n'aurait pas fait du bien à celui qui en aurait tâté !

Je ne laissais pas paraître que je l'avais vu, mais ça m'avait quand même ébranlé, et je fus content quand Ambush, qui est un de mes vieux amis, me tendit le crachoir en me demandant de jouer à l'harmonica un couplet ou deux, ce à quoi j'excelle plutôt. Je jouai l'air de *L'Internationale*, et Ambush m'accompagna avec les paroles, et puis il chanta une joyeuse rengaine qui parlait d'une grève de la faim :

> *Pour l'Irlande laisse-moi porter ta croix, Seigneur,*
> *Voici qu'approche l'heure de notre jugement,*

Et les affres, les souffrances du sacrifice,
C'est à eux qui sont aimés de les assumer durement
Mais, Seigneur, choisis-moi dans la foule suppliante,
Il en est d'autres qui sont moins prêts
Bien que, si nous aspirions tous tant que nous sommes à mourir,
L'Irlande pourrait bien être épargnée !

Parmi les invités au mariage, il y avait la rivale malheureuse de la mariée, qui était aussi une « Armée-républicaine-irlandai-seuse », si je puis ainsi manquer de respect à notre mouvement, et, pour ne pas être en reste dans le déroulement des événements, elle se mit à chanter :

J'arborerai ce soir un sourire, ô mon bien-aimé,
Et bien que cette autre puisse être là
Elles s'attardent dans mes cheveux
Les pierres précieuses qui t'ont paré.

Quelqu'un dans le fond de la pièce me fit signe de l'arrêter, mais elle n'avait pas encore terminé, et, sans autre avertissement, elle se débarrassa de son châle pour continuer, dans une plainte à vous figer le sang dans les veines, qui déchira l'air :

Et celui-là même qui m'a abandonnée
Il croira que mon cœur est léger
Car si demain je pleure tout mon soûl
Ce soir, je me parerai d'un sourire.

Ne me demandez pas ce que cela signifie, car c'est le langage de Belfast, mais en matière de sentiments, seul l'absurde a cours.

Nous étions maintenant tous dans un état très avancé de déliquescence, et une petite vieille se leva pour entamer une chanson sur son défunt mari, qui était un canonnier, et qui avait rencontré un autre canonnier plus rapide que lui, lors d'un engagement dans les Dardanelles. Le canonnier qui était plus rapide était du côté de son cousin, ce qui démontre bien aux gens qu'il ne faut jamais se trouver impliqué dans des conflits familiaux.

Alors Ambush nous gratifia d'un autre couplet, non pas sur les troubles en Europe, mais sur les soulèvements des rebelles : « Voici que se lève notre glaive fenian[1] ! » Il possédait une belle voix, ce qui est une qualité que je prise fort chez un citoyen, car moi-même je ne suis pas si mauvais à jouer du gargariseur !

« Chante-nous un couplet, Brendan ! » lança-t-il lorsqu'il eut fini. Je chantai alors aux orangistes assemblés le *God Save the King* à l'envers, ce qui est un truc que je tiens d'un pote de Borstal. Ma famille en sauterait jusqu'au plafond d'indignation, et l'assemblée qui m'entourait n'avait aucun penchant particulier pour l'Angleterre ou ce qui la touchait de près ou de loin, mais la soirée était si avancée que la discrétion n'était plus guère la principale de nos vertus !

Cependant, pour montrer qu'il n'y avait pas de favoritisme, chrétien malin comme je suis, je chantai d'une voix de plus en plus forte, que l'on pouvait entendre dans tout Belfast :

Sortez tous, et faites résonner vos poubelles !
Tiddy-fol-loll, tiddy-fol-lay !

Du temps des pogroms, les gens avaient pris l'habitude de se prévenir les uns les autres de l'arrivée de la bande des tueurs, de rue en rue, en faisant résonner les couvercles des poubelles, et c'était la chanson qu'ils entonnaient. C'est une belle chanson, comme d'ailleurs la plupart des chansons du Nord.

« Bis ! crièrent-ils, de joyeuse humeur. Fais-nous entendre celle que tu chantais aux veillées funèbres ! »

Je dus leur bisser trois chansons, et, ça je peux le dire, j'étais en veine de voix !

Nous restâmes à Belfast, Cafferty et moi, jusqu'à ce que l'alerte se fût un peu calmée, car nous avions entendu à la radio

---

1. Fenian : association révolutionnaire irlandaise fondée en 1861 pour arracher l'Irlande à la domination anglaise. (*N. du T.*)

que des recherches intensives étaient menées contre nous deux, et je ressentais une sorte de plaisir en pensant à tous ces hommes en uniforme en train de devenir fous à force de rêver aux galons qu'ils recevraient s'ils nous attrapaient !

Nous ne vîmes aucun signe de déploiement de police avant d'atteindre un village sur la frontière du comté de Dublin. Quelques-uns étaient assis dans leurs voitures, tandis que d'autres policiers en uniforme se tenaient alentour. Nous allâmes nous réfugier dans un petit café que je connaissais bien, et où on me connaissait, où l'on nous introduisit aussitôt dans une petite pièce à l'arrière. Il y avait une ouverture dans le mur communiquant avec le bar, et, comme le pèze ne manquait pas, je criai par le trou :

« Pour moi, un demi de stout ! Un demi de stout ? » Cafferty acquiesça.

On nous apporta donc la bière, un plat de porc pour chacun, et une assiette de pain et de beurre. Le pied de porc bien chaud et fumant nous requinqua pour reprendre la route et pour affronter les difficultés éventuelles qui pourraient surgir.

Nous poussâmes nos assiettes vides par l'ouverture du mur, et après avoir de plus pissé un coup, nous nous remîmes en route.

Dehors, maintenant, tout était calme, si ce n'est le bruit des oiseaux qui s'envolaient au-dessus de nos têtes et le printemps qui cédait lentement la place à l'été, alors je respirai à pleins poumons l'air, et le soleil, et l'odeur de la terre fraîche.

Lorsque nous eûmes atteint les faubourgs de la ville, Cafferty et moi nous nous séparâmes, parce que nous avions entendu qu'on avait lancé l'ordre de tirer à vue sur moi, car, comme c'était moi qui m'étais servi de l'arme, j'étais considéré comme le plus dangereux. Mes fesses ! me dis-je intérieurement et en cachette du bon Dieu, qui est là pour nous surveiller tous.

Mais cela ne changerait en rien la situation de Cafferty, car, au point où nous en étions, on ne pouvait plus que l'accuser de complicité, ou d'un sacré truc du même genre.

Cet ordre de m'abattre venait de l'inspecteur-chef Gantley, un fils de pute, et d'un autre rat d'égout ex-membre de l'armée de l'État libre, et ni l'un ni l'autre n'avaient jamais fait partie de l'Armée républicaine irlandaise, du moins comme membres actifs. Plus tard, Gantley, Sean de son prénom, a été tué par un de ses propres hommes alors que, pour faire du zèle, il opérait une descente de police contre deux criminels – si on peut les appeler ainsi, car ce mot, je ne l'utilise pas souvent – qui se cachaient dans les fonderies de Hammond Lane, à Dublin. Bien que Gantley soit mort, je suis heureux d'annoncer que je suis encore là !

Lui ayant marmonné un mot d'encouragement, car j'étais triste de le voir partir, je regardai Cafferty descendre la rue jusqu'à ce qu'il fût enveloppé par la lumière et le soleil et qu'il disparût.

Du temps que ma mère allait encore à l'école, elle avait une amie, Chrissie Richardson, qui vivait dans un orphelinat, à Dublin. Plus tard, quand ma mère fut nommée gardienne du siège d'une organisation appelée « La Croix Blanche d'Irlande », Harcourt Street, Chrissie amena chez elle son petit ami, Alf, un Écossais de Newcastle, un type très sympathique à mon avis ; il était en fuite non pas parce qu'il était soldat de l'Armée républicaine irlandaise, mais parce qu'il avait déserté de l'armée anglaise. Ma mère les aida, lui et Chrissie, jusqu'à ce qu'ils se marient, à la suite de quoi nous vécûmes tous dans la même rue.

Pour dire la vérité, dès la première fois que j'entendis Alf parler, je reconnus en lui un étranger, bien que, dans certaines régions de l'Angleterre, on eût pu le prendre pour un Irlandais, à cause de son accent !

Je me dirigeai donc maintenant vers la maison d'Alf et Chrissie, et c'est là que je me cachai, chez un ex-soldat de l'armée britannique ayant la très noble particularité d'avoir été un déserteur, et ils m'offrirent un lit et de la nourriture, en me traitant comme l'un des leurs.

Je m'engageai dans la brigade dublinoise de l'Armée républicaine irlandaise, et nous cambriolâmes un certain nombre de bureaux de prêteurs sur gages, et l'une de ces officines fit une contribution forcée à la cause de quelque 2 000 ou 3 000 livres. Quelqu'un fit remarquer que nous aurions mérité une médaille pour avoir trouvé l'emplacement de la boutique vu qu'elle avait changé d'adresse !

Cafferty lui aussi effectuait des raids sur les boutiques des prêteurs sur gages, et il fut arrêté puis relâché dans les circonstances suivantes : il avait accompagné deux autres républicains dans un des bureaux de prêt les plus importants de Dublin, et, tandis que les deux types tenaient en respect les employés derrière le comptoir, Cafferty avait planté son révolver dans la nuque d'un charpentier qui avait eu la malchance d'être venu réparer le plancher précisément ce matin-là.

« Continue donc à taper sur ton plancher, vieux, et on ne te fera pas de mal, mais si tu t'avises de lever la tête, je te fais sauter le caisson !

– D'accord, d'accord ! dit le charpentier, j'ai vécu l'époque des Troubles ! » Et il continua de frapper sur le plancher, tandis que Cafferty et ses deux compères filaient avec le magot.

Quelques jours plus tard ils furent tous les trois arrêtés par une meute de flics, par Gantley et ses joyeux compagnons, et, où qu'il soit enterré, je doute que Gantley paraisse aujourd'hui aussi joyeux que ça, après avoir été abattu comme je l'ai dit par un homme de sa propre escouade. C'étaient de redoutables tireurs, car en général ils étaient à moitié saouls quand ils sortaient du « château » (c'est là que les « forces spéciales » tiennent leur quartier général) pour partir en mission.

Le charpentier fut convoqué pour les identifier.

« Bien sûr, dit-il, que je vais les identifier ! Montrez-moi seulement leurs pieds ! »

Alors le policier pensa que c'était vraiment la plus extraordinaire des demandes, mais néanmoins il était quand même content de tenir un témoin, parce que les employés du bureau de prêt avaient tout simplement fait savoir qu'ils ne désiraient en rien être mêlés à tout cela. On escorta le charpentier jusqu'à l'endroit où se trouvaient les pieds de tous ces types, et dès qu'il fut devant ceux de Cafferty, il s'écria :

« C'est lui !

— Comment diable !... s'exclama Cafferty. Vous êtes fou ou quoi ? Pour identifier quelqu'un, on lui met la main sur l'épaule, et on le regarde bien en face !

— L'homme qui m'a pointé le canon de son arme sur la nuque, dans les bureaux de prêt, à telle date en cette année 1942 de Notre Seigneur, c'est vous !

— Dites donc, vous n'avez même jamais vu mon visage avant maintenant !

— Non, dit le charpentier, mais j'ai vu vos souliers, et si vous étiez obligé de contempler les souliers de quelqu'un pendant cinq minutes, avec un .45 pointé sur votre nuque, vous finiriez par connaître chaque craquelure de ces chaussures aussi bien que vous reconnaissez chaque ride de votre visage quand vous vous rasez. »

Cafferty fut inculpé, et le charpentier fut convoqué pour témoigner, ce qu'il accepta de faire. Alors les policiers affirmèrent qu'il était un type formidable et un bon citoyen, et ils lui servirent plein de whiskey, lui organisèrent une belle fête, et tout le toutim.

Mais, avant qu'il ait pu venir témoigner, il reçut chez lui une boîte à souliers avec dedans une vieille chaussure sale, et, attachée à la chaussure, il y avait une image pieuse, ainsi qu'une balle au fond de la boîte. Sur l'image pieuse, il y avait inscrit le nom du charpentier ainsi que la date du prochain procès, et : « En souvenir de cette belle âme ! Que ceux qui pensent à lui aujourd'hui adressent une petite prière au Seigneur ! Accrochez son portrait au mur ! Il est parti, mais il n'est pas oublié ! »

Le charpentier considéra cela comme une menace directe pour sa sécurité, et il abandonna ses efforts pour devenir un témoin à charge.

« Comment diable pourrais-je identifier un homme d'après ses chaussures ? » dit-il à la police.

Et Cafferty fut relâché.

Extrait de *Confessions d'un rebelle irlandais.*

Traduit de l'anglais par Mélusine de Haulleville.

ROBERT MCLIAM WILSON

Petit déjeuner à Belfast

De retour chez moi à Poetry Street, je me suis enfilé une tasse de café. Du bon : aussi noir que la tourbe, aussi costaud que de la peinture pour radiateur. La seule façon d'en boire. Il me coûtait trois billets la livre, mais un homme a droit à du bon café. Depuis que Sarah avait raffiné mes goûts, c'était devenu chez moi un principe incontournable. Puisque j'habitais désormais un quartier chic de la ville, j'achetais mon café en grains et je le buvais dans de luxueuses tasses en porcelaine. C'était Poetry Street. C'était le Belfast bourgeois, plus feuillu et plus prospère qu'on ne l'imagine. Sarah avait trouvé cet endroit et nous y avait installés pour mener notre vie arborée dans notre quartier arboré. Chaque fois que ses amis anglais ou sa famille nous avaient rendu visite, ils avaient toujours été déçus par l'absence de voitures calcinées ou de patrouilles militaires dans notre large avenue bordée d'arbres. De la fenêtre du bas, Belfast ressemblait à Oxford ou à Cheltenham. Maisons, rues et gens avaient l'apparence cossue de revenus confortables.

Mais de la fenêtre du haut, je voyais l'Ouest ; l'Ouest célèbre et mystérieux. C'est là que j'étais né : à Belfast Ouest, l'audacieuse, la vraie de vraie, l'impitoyable. J'envoyais volontiers là-bas les visiteurs de Sarah. À Belfast Ouest, il y avait grande abondance de ces détails pittoresques.

Une radio grésillait doucement dans l'appartement inférieur. Il était à peine dix heures, et les étudiants qui habitaient au-dessous venaient sans doute de se lever. J'ai ouvert mes rideaux en grand, et le soleil du samedi a inondé ma chambre comme une nouvelle couche de peinture. J'ai cligné des yeux devant tous les oiseaux de Belfast dans l'immense ciel de Belfast. De l'autre côté de Lisburn Road, une minuscule femme de ménage a lancé quelques ordures par la porte du restaurant indien huppé. Une bande de chats a jailli de nulle part pour se mettre à table. J'ai reconnu le mien, il se défendait très bien face à ses congénères. C'était le gros sans testicules. J'ai songé à l'appeler pour son petit déjeuner, mais j'ai décidé de ne pas le déranger. Je n'aimais pas particulièrement mon chat. Il jouait un peu trop les putes.

Je me suis occupé de mon propre petit déjeuner : café, toasts et cigarettes. J'ai mangé de bon cœur, excellent remède contre une nuit réduite à deux heures de sommeil et une légère gueule de bois. Je suis allé à la porte pour guetter encore un courrier qui n'arrivait jamais. J'ai ramassé le journal local et entrepris de le lire. Encore un chauffeur de taxi qui s'était fait descendre la nuit passée. Les chauffeurs de taxi étaient les victimes à la mode, ces temps derniers. Une vraie folie. Une vraie haine. Au bas de la première page trônait une pub pour une soirée de Noël. *Blanche-Neige et les sept nains* AVEC DE VRAIS NAINS ! ! !

Tout semblait tellement grotesque.

Dans les circonstances présentes, Belfast était une ville vraiment célèbre. Quand on réfléchissait qu'il s'agissait de la capitale sous-peuplée d'une province mineure, le monde semblait vraiment la connaître excessivement bien. Personne n'ignorait les raisons de cette gloire superflue. Je n'avais pas beaucoup entendu parler de Beyrouth avant que l'artillerie ne s'y installe. Qui connaissait l'existence de Saïgon avant que la cocotte-minute n'explose ? Anzio était-il un village, une ville ou tout simplement un bout de plage ? Où se trouvait exactement Azincourt ?

Belfast bénéficiait du statut de champ de bataille. Les lieux-dits de la ville et de la campagne environnante avaient acquis la résonance et la dure beauté de tous les sites de massacres historiques. Bogside, Crossmaglen, Falls, Shankill et Andersonstown. Sur la carte mentale de ceux qui n'avaient jamais mis les pieds en Irlande, ces noms étaient suivis de minuscules épées entre-croisées. Les gens y voyaient des champs de mort – de lointains abattoirs télévisés. Belfast n'était fameuse que parce que Belfast était hideuse.

Qui aurait pu le prédire trente ans plus tôt ? La petite Belfast était une ville si jolie. Nichée au creux de l'aisselle de Belfast Lough, tout près de la surface de la mer brumeuse, la ville était entourée de montagnes et cajolée par la mer. Quand on levait les yeux dans l'enfilade de la plupart des rues de Belfast, il y avait toujours une montagne ou une colline pour vous regarder.

Mais non, Belfast continuait de ne pas me surprendre. Deux ou trois jours plus tôt, une bombe avait explosé près du poste de police situé presque en face de mon appartement. De ma fenêtre, j'avais assisté à l'évacuation de Lisburn Road. Le fleuriste, le marchand de journaux, le coiffeur. Après avoir interdit l'accès de la rue, ils ont procédé à une explosion contrôlée de cette bombe. Bon dieu ! Deux de mes fenêtres ont volé en éclats et, par-dessus le marché, ça m'a flanqué une trouille bleue. À quel point ces explosions contrôlées l'étaient-elles vraiment ? Celle-ci a bousillé la moitié de la rue – l'autre moitié était déjà fichue. Quelle nouvelle définition du mot « contrôle » cette explosion suggère-t-elle ?

Il s'agissait évidemment d'une broutille. Comme toutes les bombes de Belfast, celle-ci explosa. Sans commentaire. Sans morts ni blessés. Ce n'était pas grand-chose. Mais c'était un gros truc. Une affaire courante. Personne n'en a fait un fromage. Que nous était-il donc arrivé ? Depuis quand les détonations passaient-elles quasiment inaperçues dans le quartier ?

Je ne m'étais pas trouvé aussi près d'une explosion depuis un certain temps. Après tout, j'habitais un quartier bourgeois. C'est bizarre, on oublie vite à quoi elles ressemblent, ces explosions. Mais quand cette bombe a explosé, je me suis rappelé ce que c'était, plus vite que je ne l'aurais voulu. (L'explosion contrôlée, soit dit en passant, a eu lieu sur une poubelle remplie de déchets du *Kentucky Fried Chicken*. Des petits morceaux de viande grillée ont ainsi arrosé toute la rue. C'est mon chat qui a été content.)

Extrait de *Eureka Street*.

Traduit de l'anglais par Brice Matthieussent.

NOTICES SUR LES AUTEURS

Brendan BEHAN (1923-1964). Brendan O Beachàin est né à Dublin dans une famille républicaine où il fut éduqué jusqu'à l'âge de quatorze ans par son frère aîné. Il rejoint ensuite la Fianna Eireann, la branche junior de l'IRA. Il devient peintre en bâtiment, et est arrêté en 1939 à Liverpool pour avoir participé à une campagne de l'IRA. Il est alors condamné à trois ans de prison à Borstal dans le Suffolk, où il s'occupera de la bibliothèque. De retour à Dublin en 1942 il tire sur un policier durant une manifestation de l'IRA et se retrouve à nouveau condamné, à quatorze ans de prison. Il en ressort en 1946 à la suite d'une amnistie générale et redevient peintre en bâtiment. En 1954 sa pièce *The Quare Fellow* est jouée à Dublin et rencontrera un grand succès lorsqu'elle sera montée à Londres deux ans plus tard par Joan Littlewood. En 1958 son roman autobiographique *Borstal Boy* sort enfin, basé sur ses années de prison, et sa seconde pièce de théâtre, *An Giall*, écrite en gaélique, est montée à Londres et à New York sous le titre *The Hostage*. Détruit par les ravages de l'alcool et des crises de diabète répétées, il meurt à Dublin, le 20 mars 1964. Lors de son enterrement son cercueil sera escorté par la garde d'honneur de l'IRA. Ses autres œuvres importantes sont *Brendan Behan's Island* en 1962, *Brendan Behan's New York* en 1964, et *Confessions of an Irish Rebel* en 1965.

Elizabeth BOWEN (1899-1973). De son vrai nom Dorothea Cole, Elizabeth Bowen est née dans le comté de Cork, dans un domaine que la famille a reçu de Cromwell. Élevée dans le Kent, elle partagera par la suite son existence entre l'Irlande, l'Angleterre, l'Italie et la France. Comparée parfois à Virginia Woolf, elle en partage le goût des descriptions, du détail, des ambiances victoriennes opulentes et calmes derrière lesquelles se cachent les déboires du cœur, la solitude des âmes sans amour. C'est en 1923 que la publication de son premier recueil de nouvelles *Encounters* (*Rencontres*), la révèle au grand public. De nombreux autres suivront : *Joining Charles* (*Rejoindre Charles*) en 1929, *The Cat Jumps* (*Le saut du chat*) en 1934, *Look at all the Roses* (*Regardez toutes ces roses*) en 1941, *The Demon Lover* (*L'amant diabolique*) en 1945, mais ce sont surtout ses romans qui sont connus : *The Hotel* (*L'hôtel*) en 1927, *The House in Paris* (*La maison à Paris*) en 1935, *The Death of the Heart* (*Les Cœurs détruits*) en 1938, et *The Heat of the Day* (*L'ardeur du jour*) en 1949.

Ray BRADBURY (1920-). Après des débuts difficiles, la plupart de ses premiers textes ayant été refusés par les éditeurs de l'époque, l'américain Ray Bradbury s'est vite affirmé comme l'un des meilleurs auteurs de science-fiction d'après-guerre. Ce sont ses *Chroniques martiennes*, publiées de 1946 à 1950 dans des revues spécialisées, qui le révélèrent au grand public. Parmi ses grands succès de librairie figurent *Fahrenheit 451* (porté au cinéma par François Truffaut en 1966), *L'homme illustré*, *Les Pommes d'or du soleil*, et *Le pays d'octobre*. C'est tout naturellement qu'Hollywood fit appel à lui en tant que scénariste. Plusieurs de ses nouvelles furent adaptées à l'écran, *La corne de brume* tournée par Eugène Lourié, *Le météor* qui devint *Le météor de la nuit* sous la direction de Jack Arnold. C'est ainsi que John Huston fit appel à lui pour écrire le scénario de ce qui allait être un film mythique, *Moby Dick*, d'après Herman Melville. Alfred Hitchcock s'intéressa également à Bradbury en lui passant commande de plusieurs scénarios pour sa série télévisée, *Alfred Hitchcock présente*. Parmi les écrits plus récents de Bradbury on peut citer : *La foire des ténèbres, Un remède à la mélancolie, Je chante le corps électrique,* et *La solitude est un cercueil de verre.* Il a également consigné dans *La baleine de Dublin* ses souvenirs d'écriture à Dublin du scénario de *Moby Dick* sous l'emprise d'Huston.

John CARR (1772-1832). Cet écrivain voyageur, avocat au barreau de Londres, fit le tour de l'Europe et consigna ses voyages dans de multiples publications dont les plus connues sont *A Stranger in Ireland, or a Tour in the Southern and Western Parts in the Year 1805,* paru à Londres en 1806, et *Caledonian Sketches, or a Tour Through Scotland,* publié en 1807.

Roddy DOYLE (1958-). Né dans la banlieue nord de Dublin, Roddy Doyle est professeur d'anglais et de géographie à l'école Greendale de la capitale irlandaise. Sa trilogie, *The Commitments* en 1988, *The Snapper* en 1990 et *The Van* en 1991 a été adaptée avec succès au cinéma, lui valant même le Prix du meilleur scénario en 1993 pour *The Snapper.* Il est également auteur pour le théâtre ; ses deux pièces *Brown Bread* et *War* ont été montées à Dublin. Son plus grand succès demeure pourtant *Paddy Clarke Ha Ha Ha,* paru en 1993, moins connu en France, et qui lui a fait remporter le prestigieux Booker Prize et a été traduit dans une vingtaine de langues. Roddy Doyle s'est depuis quelques années tourné vers le cinéma et la télévision où il fait une carrière brillante, sans toutefois délaisser l'écriture.

Lady GREGORY (1852-1932). Née Isabella Augusta Persse, à Roxborough dans le comté de Galway, la future lady Gregory reçut une éducation privée et en 1880 épousa sir William Gregory, bientôt gouverneur de Ceylan. Un an plus tard elle donne naissance à leur unique fils, Robert. Après quoi le couple s'installe en Égypte où Isabella publie, en 1882, son premier texte, *Arabi and His Household,* inspiré par le nationaliste Arabi Bey. En 1892 elle publie anonymement *Love Lyrics and Songs of Proteus with the Love Sonnets of Proteus,* et perd son mari. Deux ans plus tard, elle publie son *Autobiography*. Elle fait alors la connaissance de William Butler Yeats et découvre, sous son influence, le folklore irlandais et la mythologie celtique. C'est ainsi qu'ils conçoivent l'idée, avec le dramaturge Edward Martyn, de créer le National Theatre, l'Abbey Theatre de Dublin. Parmi ses nombreux écrits, livres et pièces de théâtre, on peut citer *The White Cockade* (1905), *The Canavancs* (1906), *Damers Gold* (1912), *Irish Folk History Plays* (1912), *Our Irish Theatre* (1913), *The Killartan Poetry Book* (1918), *Visions and Beliefs in the West of Ireland* (1920), et *Sanscha's Mater* (1927), *Dave* (1927), ses deux dernières pièces.

Son apport à la culture traditionnelle irlandaise fut célébré par Yeats dans deux de ses plus grands poèmes : *Coole Park* en 1929 et *Coole Park and Ballylee* en 1931.

James JOYCE (1882-1941). Né à Rathgar, dans la banlieue dublinoise, James Augustine Aloysius Joyce est issu d'une vieille famille catholique originaire de Cork. Il commence ses études dans un collège de jésuites, à Clongowes Wood, avant d'entrer à Trinity College, la grande université de Dublin, où il étudie plusieurs langues. Il commence à écrire en 1887 et à publier dès 1900, date à laquelle paraît dans une revue son premier texte, un essai sur Ibsen. Il commence la rédaction de son roman *Stephen le héros*, qui paraîtra plus tard sous le titre de *Dedalus*. En 1902 il quitte Dublin pour s'installer quelque temps à Paris. Ce séjour sera déterminant pour son œuvre à venir, en effet il lui permettra de faire la rencontre de Yeats et de jeter sur papier les bases de ce qui deviendra son recueil célèbre *Gens de Dublin* (*Dubliners*). En 1904 il fait connaissance avec Nora Barnacle, dont il tombe amoureux. Le couple voyage et s'installe un temps en Italie, à Trieste. En 1906 il achève *Gens de Dublin*, organise le plan d'*Ulysse* et retravaille *Portrait de l'artiste* dans lequel il a fondu *Stephen le héros*. En 1914 il publie sa seule pièce, *Les exilés*. De 1915 à 1919 il s'installe à Zurich puis, sur l'invitation d'Ezra Pound, s'installe à Paris où il rencontre le Tout-Paris littéraire par l'intermédiaire de Valery Larbaud, et en particulier Sylvia Beach, qui sera la première à publier *Ulysses*, en 1922, et la traduction française, *Ulysse*, en 1929. Ce livre aura de nombreux déboires avec la censure, en particulier en Irlande où il est interdit. En 1923 Joyce commence l'écriture de *Finnegan's Wake*, qui ne paraîtra dans sa version intégrale qu'en 1939. Dès 1924 Joyce connaît de sérieux ennuis de santé, plusieurs opérations tentent de lui éviter la cécité, mais c'est presque aveugle qu'en 1941 il meurt à Zurich, où il s'était réfugié un an plus tôt.

Anatole LE BRAZ (1859-1926). Anatole Le Braz est né dans un petit village des Côtes-du-Nord, à Saint-Servais. Il passa son enfance à Ploumilliau où son père était instituteur. Il fit plus tard ses études au lycée de Saint-Brieuc (qui porte son nom aujourd'hui), puis à Paris où il passa une licence de lettres. Devenu professeur de philosophie au collège d'Étampes, il fut nommé ensuite à Quimper où il enseigna le français. C'est dans cette ville qu'il commença à écrire et à publier, d'abord dans les journaux locaux, ses premiers textes de contes et nouvelles d'inspiration bretonne. Le Braz a rapporté dans ses écrits des thèmes propres à l'imaginaire de cette région ; de l'Ankou, figure mythique de la Mort, en passant par les différentes légendes concernant les lavandières, les marins, les paysans, et autres créatures démoniaques telles que les korrigans. Son livre le plus fameux est *La légende de la mort chez les Bretons armoricains*, paru en 1893 ; on peut citer également *Vieilles histoires du pays breton*, *Le sang de la sirène*, *Les contes du soleil et de la brume*, *Les saints bretons d'après la tradition populaire*, ainsi que *Soniou Breiz-Izel*, un recueil de chansons traditionnelles bretonnes collectées avec le folkloriste François Luzel. Paradoxalement, ce breton amoureux fou de sa région et de sa culture celte s'est éteint à Menton.

Robert McLIAM WILSON (1964-). Né en Irlande du Nord, à Belfast, dans le quartier ouvrier catholique de la ville, McLiam s'est expatrié en Angleterre, à Londres, où malgré des débuts difficiles il obtint une bourse d'études à Cambridge. Il s'en éloignera vite pour se consacrer à sa passion, l'écriture. Son opiniâtreté est récompensée en 1988 lorsque sort son premier roman *Ripley Bogle* lui vaut plusieurs prix littéraires en Grande-Bretagne. Son second roman, *Eureka Street*, rencontre le même engouement auprès de la presse unanime et du public.

Octave MIRBEAU (1848-1917). Journaliste, romancier, auteur dramatique, critique artistique et théâtral, Mirbeau s'est fait connaître en 1882 avec un pamphlet, *Les comédiens*, qui fit scandale dès sa sortie. Son parcours le fit passer de l'hebdomadaire royaliste et antisémite, *Les Grimaces*, à *L'Aurore* où il s'affiche dreyfusard ! Tour à tour anarchiste, antimilitariste et anticlérical, Mirbeau a mené sa vie sous le sceau du scandale. Ses critiques furent parmi les plus écoutées de l'époque ; Gauguin, Pissaro, Monet, Rodin, Van Gogh eurent droit à ses articles qui firent autorité, de même que Maeterlinck ou César Franck. Son œuvre littéraire, décriée pour sa violence et sa grande misogynie, s'est semble-t-il aujourd'hui perdue dans l'indifférence du temps ; néanmoins certains titres sont encore suffisamment évocateurs, tels que *Le calvaire* (1886), *L'abbé Jules* (1888), *Sébastien Roch* (1890), et surtout *Le jardin des supplices* (1899) ou *Le journal d'une femme de chambre* (1900), adapté au cinéma en 1964 par le réalisateur espagnol Luis Buñuel, avec Jeanne Moreau. Cependant c'est grâce au théâtre qu'il connut son plus grand succès avec sa pièce *Les affaires sont les affaires* (1903).

George MOORE (1852-1933). Issu d'une famille de propriétaires terriens du comté de Mayo, George Moore songe très tôt à une carrière militaire, mais décide d'aller à Londres où il mène une existence de bohème jusqu'à la mort de son père en 1870, mort qui lui permet de se rendre à Paris pour étudier la peinture. Il se découvre rapidement une vocation littéraire, y acquiert une excellente culture française et noue des amitiés profondes avec les peintres et les écrivains, dont Zola. Mais il retourne à Londres en 1880 et y vit jusqu'en 1892 dans une relative pauvreté ; pendant ces douze années il publie une série de romans influencés par le naturalisme. Ainsi *A Modern Lover* (1883), *A Mummer's Wife* (1885) (*La femme du cabotin*, qui sera publié quelques années plus tard en 1888 chez Charpentier, l'éditeur de Zola). Ou encore en 1894 *Esther Waters*, traduit en français en 1934 aux Éditions du siècle sous le même titre, qui clôt la série des romans de cette veine. En 1895 il publie enfin *Celibates*, un recueil de nouvelles sur des gens écrasés par le destin (qui sera refondu en 1922 sous le titre *In Single Strictness*, qui fut lui-même remanié sous le titre *Celibate Lives* en 1927, pour donner en France le recueil traduit en 1971 sous le titre *Albert Nobbs et autres vies sans hymen*, d'après la nouvelle « Albert Nobbs », écrite par Moore à son retour d'Irlande en 1911. En 1901, incapable de vivre plus longtemps dans l'Angleterre victorienne, hypocrite et pudibonde, et refusant la guerre des Boers, il rentre en Irlande. Il y restera dix ans, de 1901 à 1911, se mêlant activement à la vie de l'Irish Literary Theatre avec AE (George Russell), Synge, dont il avait fait la connaissance en 1897, lady Gregory et Yeats. Attiré par le symbolisme, il évolue vers un idéalisme religieux et mystique proche de celui de Huysmans, comme en témoigne *The Lake* (1905), où il développe aussi une écriture qui colle aux courants sous-jacents du langage parlé, lui-même étant l'expression du jaillissement de la conscience, comme s'emploiera à faire plus tard Joyce dans *Ulysse*. En 1906 il publie *Memoirs of My Dead Life*, ouvrage qui reprend les *Confessions of a Young Man*, parus en 1888. De retour à Londres en 1911, il ne cesse de publier. La plus connue de ses œuvres est son triptyque *Hail and Farewell* (*Ave* en 1911, *Salve* en 1912 et *Vale* en 1914). Il y narre d'une façon malicieuse sa vie avec ses amis à Dublin, raconte l'aventure de l'Abbey Theatre, ses rapports tumultueux avec Yeats, avec qui il avait fini par se brouiller. Citons enfin *The Brook Kerith* (1916), son chef-d'œuvre, qui relate l'histoire apocryphe de Paul et du Christ, ou encore *Héloïse and Abelard* (1921). George Moore était un homme d'une grande rigueur morale, à l'esprit généreux, utopiste, et c'est la prégnance indéniable du politique et du social dans ses nouvelles qui a servi de modèle à nombre d'auteurs, si bien que certains critiques ont pu le considérer comme le fondateur de la nouvelle moderne irlandaise.

Frank O'CONNOR (1903-1966). De son vrai nom Michael Francis O'Donovan, né à Cork de père anglais. Il fait ses études dans sa ville natale où il a comme professeur un écrivain nationaliste célèbre, Daniel Corkery, qui lui fait connaître la littérature russe, et auteur entre autres de *A Munster Twilight* (*Crépuscule dans le Munster*) et de *The Hounds of Banba* (*Les chiens de banba*). Très engagé politiquement, O'Connor entre dans les rangs de l'IRA dès la fin de la première guerre mondiale, ce qui lui vaut d'être arrêté et incarcéré en 1923, période qu'il met à profit pour parfaire sa connaissance de la langue et de la culture gaéliques. Libéré, il devient bibliothécaire à Cork, et publie en 1931 son premier recueil de nouvelles, *Guests of the Nation* (*Les hôtes de la nation*), qui le rend immédiatement populaire. Il s'installe ensuite à Dublin où il occupe un poste de bibliothécaire, avant de devenir directeur du célèbre Abbey Theatre, où il resta de 1936 à 1939, pour finalement démissionner en réaction contre la censure. Après ce coup d'éclat il décide de s'expatrier aux Etats-Unis, où il enseigne dans différentes universités. Hostile à la neutralité de son pays pendant la seconde guerre, il travaille pour le gouvernement britannique tout en dénonçant le provincialisme sectaire de l'Irlande comme il l'avait fait en exil aux États-Unis. Il rentre ensuite à Dublin en 1962, où il enseigne la littérature irlandaise à Trinity College. Ses textes sont nombreux, fortement ancrés dans son pays. Il y décrit les habitudes de la petite bourgeoisie catholique des provinces irlandaises. Pièces de théâtre (*In the Train* (1937), *Moses Rock* (1938), romans (*The Saint and Mary Kate* en 1932, *Dutch Interiors* – *Intérieurs Irlandais* en 1940 (qui fut interdit), plusieurs recueils de nouvelles auxquels il doit aujourd'hui sa réputation d'auteur à succès : *Bones of Contention* en 1936 (*Pommes de discorde*), *Crab*

Apple Jelly en 1944 (*Gelée de pommes sauvages*), *The Common Chord* en 1947 (*Accord commun*), *The Stories of Frank O'Connor* en 1956 (*Nouvelles choisies*), *My Oedipus Complex and Other Stories* en 1963 (*Mon complexe d'Œdipe et autres nouvelles*), *Collection Two* en 1964 (*Recueil Deux*), *Collection Three* en 1969 (*Recueil Trois*). Il a également publié en 1961 une autobiographie, *An Only Child*, une étude sur la littérature irlandaise depuis ses origines, *The Backward Look*, en 1967, et un texte inachevé, *My Father's Son* en 1968. Yeats a pu écrire de Frank O'Connor que son amour pour les petites gens et son attachement pour la littérature gaélique faisaient de lui le Tchekov irlandais.

Liam O'FLAHERTY (1897-1984). Né dans les îles d'Aran, à Inishmore, au large de Galway, Liam O'Flaherty projetait de devenir séminariste avant de renoncer au sacerdoce. Lors de la Première Guerre mondiale il entra dans les Irish Guards mais il fut grièvement blessé en 1917. Son fort engagement politique (il a pris activement part à la révolution irlandaise de 1922) l'a contraint à s'exiler hors d'Irlande où il était considéré comme *persona non grata*. Par la suite il reviendra sur sa terre natale, aux îles d'Aran. Son œuvre est tout entière tournée vers l'histoire politique et sociale de son pays, depuis la grande famine de 1845 (son roman *Famine*, écrit en 1937), jusqu'aux heures noires de l'insurrection de 1916 (son roman *Insurrection* en 1950). Ses œuvres ont été largement traduites en français : *The Informer* (*Le mouchard*) en 1925, *Spring Sowing* (*Semailles de printemps*), recueil de nouvelles en 1924, *The Tent* (*La tente*) en 1926, *The Assassin* (*L'assassin*) en 1928, *The House of Gold* (*La maison de l'or*) en 1929, *The Return of the Brute* (*Le retour de la brute*) en 1929, *The Mountain Tavern* (*L'auberge de montagne*) en 1929, *The Puritan* (*Le puritain*) en 1931, *The Ecstasy of Angus* (*L'extase d'Angus*) en 1931, *The Martyr* (*Le martyre*) en 1932, *Skerrett* (*Skerrett*) en 1932, *Two Lovely Beasts* (*Deux jolies bêtes*) en 1948, *The Wounded Cormorant and Other Stories* (*Le cormoran blessé et autres nouvelles*) en 1973. Plusieurs adaptations de Flaherty ont été portées au cinéma, notamment

Le mouchard de John Ford en 1935, *Le puritain* de Jean Musso en 1937, *Dernière jeunesse* de Jean Mousso en 1939, et *Point noir* (*Up Tight*), remake du *Mouchard* réalisé par Jules Dassin en 1968.

Cathal Ó SÁNDAIR (1922-1996). Née en Angleterre, de père anglais et de mère irlandaise, Cathal Ó Sándair est l'auteur d'une série d'histoires de détectives pour enfants (*Reics Carlo*) ainsi que d'environ 160 ouvrages écrits en gaélique.

James PLUNKETT (1920-2002). Né à Dublin, dans la quartier de Sandymount, Plunkett (de son vrai nom James Plunkett Kelly) a fait sa scolarité à l'école des Christian Brothers où il a commencé a écrire ses premières nouvelles. Très vite il sera publié dans différents journaux d'obédience socialiste. Il entre ensuite à la *Dublin Gas Company* où il sera employé pendant sept ans. En 1945 il devient secrétaire permanent du Syndicat général des travailleurs irlandais. Par la suite il devient assistant à la radio irlandaise sur des émissions dramatiques. Il y deviendra producteur ainsi qu'à la télévision, tout en continuant d'écrire. C'est sur les conseils de Sean O'Faolain qu'il prendra comme thème essentiel de son œuvre Dublin et ses habitants. En effet, il décrit souvent cette ville dans ses ouvrages : *Strumpet City* (*Ville légère*) en 1969, *Farewell, Companions* (*Adieu, camarades*) en 1977, mais c'est à ses recueils de nouvelles qu'il doit la reconnaissance de la critique internationale et du grand public avec : *The Eagles and the Trumpets* (*Aigles et trompettes*) en 1954, *The Trusting and the Maimed* (*Confiants et éclopés*) en 1955, *Collected Stories* en 1977, *The Boy on the Back Wall and Other Stories* (*Le garçon sur le mur de derrière*) en 1987, et *The Circus Animals* (*Les animaux du cirque*) en 1990 comme un clin d'œil à William Butler Yeats.

Charlotte STOKER (1819-1901). Née Charlotte Matilda Blake Thornley, la jeune Charlotte vécut son enfance à l'ouest de l'Irlande, dans le comté de Sligo, où, adolescente, elle connut la terrible épidémie de choléra qui décima une grande partie de la population dans les années 1830. Suivant sa famille à Dublin où celle-ci se réfugie pour échapper à l'épidémie, elle y rencontrera Abraham Stoker (1799-1876), son aîné de vingt ans qu'elle épouse en 1844. Le couple s'établit à Clontarf, une petite localité de la proche banlieue dublinoise. Suffragette avant la lettre, Charlotte Stoker s'illustre vaillamment en défendant la cause des filles-mères, et d'autres œuvres charitables. Le couple Stoker eut sept enfants, dont le futur et célèbre Bram Stoker (1847-1912), auteur du plus sulfureux roman du XIXᵉ siècle, *Dracula*. Après avoir séjourné avec son époux quelques années en Italie, c'est à Dublin que Charlotte reviendra pour mourir, en 1901.

Alexis de TOCQUEVILLE (1805-1859). Charles Alexis Clérel de Tocqueville, historien et homme politique, fut magistrat sous la Restauration et fut chargé à ce titre d'enquêter sur le système pénitentiaire aux États-Unis. Son enquête donna lieu à un livre *De la démocratie en Amérique* (1835-1840), qui lui valut une renommée immense, cet ouvrage étant encore considéré aux États-Unis et ailleurs comme un des textes fondamentaux les concernant. Il fut également député et ministre des Affaires étrangères en 1849, puis il renonça à la politique pour se consacrer à ses écrits historiques, parmi lesquels *L'Ancien Régime et la Révolution* en 1856, *Voyage en Angleterre et en Irlande*.

William Butler YEATS (1865-1939). Il est né dans les faubourgs de Dublin à Sandymount, où son père, ami des préraphaélites, était également peintre. Il passe son enfance à Londres, puis retourne à Dublin pour suivre des cours aux beaux-arts. C'est là qu'il croise la route de George Russell (qui signe AE), avec lequel il se lie d'amitié et qui aura sur lui une forte influence mystique. L'un comme l'autre s'affilient au groupe théosophique de Londres et au groupe adonné à l'occultisme, la société hermétique de Dublin de l'ordre sectaire de la Golden Dawn in the Outer, l'une des sociétés secrètes les plus influentes de l'époque, et qui regroupait les célébrités, toutes disciplines confondues, du Royaume-Uni. En 1889 il tombe amoureux de la comédienne Maud Gonne, elle aussi affiliée à l'ordre de la Golden Dawn. L'actrice, dont les sympathies révolutionnaires étaient bien connues, entraîne le poète dans l'action nationaliste. En 1893 il publie son premier recueil de proses narratives *The Celtic Twilight* (*Le crépuscule celtique*), et commence alors pour Yeats la recherche de ses racines celtes et de son engagement pour la renaissance de cette culture à laquelle il est si attaché. Ainsi, grâce notamment à sa rencontre avec lady Gregory, autre figure importante du mouvement, crée-t-il l'Irish National Theatre Society en 1901, et trois ans plus tard il participe à la direction de l'Abbey Theatre de Dublin, dont il sera le directeur pendant des années, sans toutefois cesser d'écrire et de publier des essais, des poèmes, des pièces de théâtre. Il entreprend également la publication des œuvres de Synge (pour qui il avait pris parti quand éclata le scandale du *Baladin du monde occidental* lors de sa création en 1907, dans lequel le dramaturge montrait un parricide, provoquant la colère des Irlandais qui considéraient leur honneur atteint). Il effectue de nombreuses conférences pour faire connaître la littérature celte. Ce visionnaire, à la fois homme politique, orateur, journaliste, a été tout autant tourné vers le passé (les mythes, les légendes, sa prose archaïsante) que vers le présent (le devenir de son pays, les causes à défendre). En 1923 il reçoit le Prix Nobel de littérature, et s'éteint en 1939 en France, à Roquebrune-Cap-Martin, où il était venu s'installer un an plus tôt. Un certain nombre de ses œuvres sont traduites en français. On retiendra parmi les plus importantes : The *Celtic Twilight* (*Le crépuscule celtique*, 1893), *The Secret Rose Stories* (*La rose secrète*, 1897), *The Shadowy Waters* (*Les ombres sur la mer*, 1900), *Deirdre* (1903), *The Death of Cuchulain* (*La mort de Cuchulain*, 1939).

Arthur YOUNG (1741-1820). Fils d'un clergyman du Suffolk, ce célèbre écrivain-voyageur anglais, agronome de formation, s'illustra en 1780 avec son ouvrage *A Tour of Ireland*, dans lequel il analyse avec curiosité et un rien sarcastique les us et coutumes de la population irlandaise du XVIIIe siècle. Il entreprit son séjour irlandais durant l'été 1776, parcourant le pays de Dublin jusqu'au Shannon pendant trois ans, s'attachant particulièrement aux aspects économiques et sociaux. Cependant c'est son ouvrage sur la France, *Travels in France,* publié en 1792, qui sera le plus remarqué. Il fut, parallèlement à ses écrits, secrétaire au « Board of Agriculture » en 1793, et devint aveugle en 1811, pour finir sa vie de façon plutôt misérable.

Jean-Pierre KRÉMER

Alain POZZUOLI

Nous remercions les éditeurs et ayants droit qui nous ont autorisés
à reproduire les textes des auteurs suivants :

Brendan Behan, *Confessions d'un rebelle irlandais.* © Brendan Behan, 1965, by
kind permission of The Estate of Brendan Behan. Traduction de Mélusine
de Haulleville © Gallimard.

Elizabeth Bowen, *Sept hivers à Dublin.* (*Seven Winters Memories of A Dublin Childhood,*
1942). Traduction de Béatrice Vierne © Anatolia / Le Rocher.

Ray Bradbury, *La Baleine de Dublin.* Traduction d'Hélène Collon © Denoël,
1993.

Roddy Doyle, *Rendez-vous au pub.* © 1999, Roddy Doyle, first published by New
Island, " Open Door Series ". Traduction de Julia Schmidt et Sabine
Wespieser © J'ai lu / Librio.

Lady Gregory, *Le Rêve d'Angus Og. Contes irlandais.* Traduction de Pierre Leyris.
Le traducteur ou ses ayants droit n'ayant pu être retrouvés, leurs droits sont
réservés chez l'éditeur.

James Joyce, *Ulysse.* © Estate of James Joyce. Traduction d'Auguste Morel,
revue par Valéry Larbaud, Stuart Gilbert et l'auteur © Gallimard.

Robert McLiam Wilson, *Eureka Street.* Traduction de Brice Matthieussent.
© Christian Bourgois.

George Moore, « Un théâtre dans la lande » recueilli dans *Les Fantômes des
victoriens.* Traduction de Jean-Pierre Krémer © José Corti.

Liam O'Flaherty, *Insurrection.* © Liam O'Flaherty, published by Woolfhound
Press. Traduction d'Isabelle Chapman © Joëlle Losfeld.

Frank O'Connor, *Les Hôtes de la nation* (*Guests of the Nation*). Les ayants droit de
l'auteur n'ayant pu être retrouvés, leurs droits sont réservés chez l'éditeur.

James Plunkett, « Le Fusilier dublinois » in *Les Occasions perdues.* Traduction de
Noël Debeer © Presses Universitaires du Septentrion.

Cathal O'Sandair, « Agression dans Harcourt Street » recueilli dans *Petits romans
noirs irlandais.* Les ayants droit de l'auteur n'ayant pu être retrouvés, leurs
droits sont réservés chez l'éditeur. Traduction de Bernard Hoepffner avec la
collaboration de Catherine Goffaux © Gallimard, fonds Joëlle Losfeld.

Charlotte Stoker, « Lettre à son fils Bram sur l'épidémie de choléra à Sligo en
1832 », *in* Bram Stocker, *Le Géant invisible.* Traduction de Jean-Pierre
Krémer © Mille et une nuits, département des éditions Fayard, 2001.

William Butler Yeats, *Hanrahan le Rouge.* Les ayants droit de l'auteur n'ayant pu
être retrouvés, leurs droits sont réservés chez l'éditeur.

TABLE DES MATIÈRES

Ce volume,
publié aux éditions Sortilèges,
a été achevé d'imprimer
en mars 2004
par Normandie Roto Impression s.a.s.
61250 Lonrai, France

N° d'éditeur : 6070
N° d'imprimeur : 040887
Dépôt légal : avril 2004